Karl Bruckner

SADAKO WILL LEBEN

WER ÜBER GEWISSE DINGE
DEN VERSTAND NICHT VERLIERT,
DER HAT KEINEN ZU VERLIEREN.

G. E. LESSING

G&D

www.ggverlag.at

ISBN 978-3-7074-1368-7

In der aktuell gültigen Rechtschreibung

3. Neuauflage 2011

Umschlagillustration: Martin Weinknecht
Printed by Tipolitografia Alcione, Lavis-Trento, über Agentur Dalvit, D-85521 Ottobrunn

Dies geschah am Vormittag des zwanzigsten Juli 1945:

Aus dem Luftraum über dem glitzernden Inlandmeer kam ein leises Dröhnen. Eine japanische Beobachtungsstation an der Küste der Insel Sikok funkte der Befehlsstelle für die Verteidigung Südjapans im Alten Schloss von Hiroshima: „Feindlicher Bomber im Anflug!"

Einige Minuten später folgte dieser Funkmeldung eine zweite: „Feindbomber wurde als Aufklärer erkannt."

Die Befehlsstelle ließ keinen Fliegeralarm für die Stadt geben, um die Arbeit in den Rüstungsbetrieben nicht unnötig zu unterbrechen. In letzter Zeit hatten Feindflugzeuge mehrmals Hiroshima überflogen und keine Bomben abgeworfen.

Am Ufer eines der sechs Arme des Otha-Flusses fischte der arbeitsunfähige alte Bootsbauer Kenji Nishioka. Er saß auf einem Stein, der aus dem Uferschlamm ragte. Seine nackten Füße ließ Kenji vom Wasser umspülen. Die Kühle linderte das Brennen in den geschwollenen Knöcheln. In der vergangenen Nacht war der Schmerz besonders arg gewesen. Kenji betrachtete nachdenklich die kranken Gelenke. War es die Sommerhitze, die seine Knöchel anschwellen ließ? Oder hatte seine Nachbarin, die alte Kumakichi, Recht, wenn sie sagte: Alles Übel kommt vom Krieg? Daran mochte etwas Wahres sein. Der Krieg war schuld, dass er, Kenji, in den vergangenen Monaten nur mehr jeden dritten Tag so viel Reis erhielt, wie er früher an einem Tag gegessen hatte. Die Männer in der Stadtverwaltung hielten wohl alle alten Leute für unnütze Esser, weil sie ihnen gar so winzige Mengen Lebensmittel zuwiesen. Die Jüngeren hatten keinen Respekt mehr vor den Alten. Ja, ja, der Krieg verdarb die Sitten. Wenn er nicht bald endete, mussten die alten Leute verhungern.

Missmutig zog Kenji die Angelschnur ein und steckte einen frischen Köder an die Angel. Seit dem frühen Morgen saß er hier, aber kein Fisch hatte angebissen. Hätte er sein gutes Boot noch gehabt, er wäre aufs Meer hinausgefahren zum Fischfang. Dieses Boot war aber schon im ersten Kriegsjahr für die Marine beschlagnahmt worden. Und alles Schiffsholz dazu, das er zu einer Zeit aufgestapelt hatte, als er noch schwere Jollen baute für Fischer und auch leichte Ruderboote für Vergnügungsfahrten.

Aus unbestimmbarer Richtung kam ein Dröhnen. Das Geräusch schwoll an, verebbte und ließ sich abermals vernehmen. Kenji Nishioka spähte blinzelnd himmelwärts. Die Sonne blendete ihn. Die Augenschlitze in seinem vollmondrunden Gesicht glichen nun zwei Pinselstrichen, mit schwarzer Tusche gemalt. Angestrengt bemühte er sich, die Ursache des Gedröhns zu erkennen. Nun bog er den Kopf so weit nach hinten, dass der schüsselförmige Hut aus Bast von seinem Kahlkopf abrutschte und in den Uferschlamm fiel. Dieser Hut war früher die Kopfbedeckung eines Rikschafahrers gewesen. Der hatte den Hut, als er zum Militärdienst eingezogen wurde, seinem Gläubiger Nishioka als Pfand für ein kleines Darlehen zurückgelassen. Damals war der Hut fast neu gewesen. Jetzt war er zerschlissen und ohne Form. Trotzdem trug ihn Kenji mit Vorliebe und deshalb wischte er sorgsam den Schlamm weg, der auf dem Hut haftete. Er war so beschäftigt damit, dass es vergaß, was er vorhin in der Luft gesucht hatte. Als ihn das lauter werdende Gedröhn daran erinnerte, wurde es durch das jäh einsetzende Stampfen einer der vielen Maschinen in der Mitsubishi-Schiffswerft am jenseitigen Ufer übertönt. Eine schmutzig graue Rauchsäule zischte dort drüben in die Höhe. Kenji Nishioka kümmerte sich nicht mehr um das Gedröhn in der Luft.

Auf der Uferstraße marschierte singend eine Kompanie Soldaten. Nur einer, der letzte Mann am linken Flügel, hob den Blick zum Himmel. Er sah ein Flugzeug hoch über dem Meer. Es schien ihm kleiner als das winzigste Schriftzeichen. „Ein feindlicher Bomber", sagte der Soldat zu seinem Nebenmann und wies ihm verstohlen die Richtung. Der Kamerad streifte die Flugmaschine mit scheuem Blick. Danach zog er die Luft durch die Zähne. Das sollte ausdrücken, wie gering er die Gefahr einschätzte.

Der junge Offizier, der die Kompanie zu einem Exerzierplatz führte, drehte sich überraschend um. Er musterte streng die Reihen der Soldaten. Keinen bemerkte er, der das Gesicht dem Bomber zuwandte. So war es recht. Ein Soldat musste die Gefahr verachten. Sogar dieser alte Mann dort unten am Flussufer reinigte in Ruhe seinen Hut, statt dem Bomber in der Höhe seine Aufmerksamkeit zu schenken. Der Alte gab ein gutes Beispiel.

Am Straßenrand bemühte sich der zehnjährige Shigeo Sasaki, mit den marschierenden Soldaten Schritt zu halten. Das war nicht leicht, denn Shigeo ging auf Stelzen. Einen halben Meter über dem Boden balancierte er auf den Tritthölzern, die an übermannshohe Latten geschraubt waren. Shigeo hörte wohl das Motorengedröhn in der Luft, aber er nahm sich nicht Zeit, aufwärts zu blicken. Es war ihm wichtiger, den Soldaten zu imponieren. Hinter ihm trippelte seine vierjährige Schwester Sadako. Sie weinte, weil sie den großen Bruder nicht einholen konnte. Schließlich blieb die pausbäckige Kleine stehen und trampelte unter schrillem Geschrei auf der Stelle. Ihre winzigen Holzsandalen mit den hohen Stöckeln klapperten mit der Schnelligkeit von Trommelschlägeln auf das Pflaster. Die Arme hielt sie vorgestreckt, als wollte sie Shigeo von seinen Stelzen herabziehen. Er stapfte ungerührt weiter, wobei er, Anerkennung heischend, den Soldaten zulächelte, bis er stolperte und abspringen musste. Einige Soldaten grinsten belustigt. Shigeo tat, als wäre er nur seiner Schwester zuliebe abgesprungen und lief zurück. Er umschlang die Kleine, hob sie hoch und drehte sich, um sie zu beruhigen, im Kreis. Sie ließ sich nicht trösten.

Shigeo wurde zornig. Er zeigte nach dem Flugzeug am Himmel. „Siehst du die große Hummel dort oben? Die wird gleich herunterstürzen und dich stechen, wenn du nicht still bist."

Das Kind schielte aufwärts, verstummte und steckte einen Finger in den Mund. Das Flugzeug in der Höhe schien ihm tatsächlich eine bösartige Hummel zu sein.

Der Bootsbauer Kenji Nishioka suchte zum dritten und letzten Mal die Flugmaschine im Himmelsblau. Jetzt entdeckte er sie. Soeben schwebte sie über dem Stadtzentrum. Kenji dachte: „Wenn dieser Flieger ein Feind ist, muss er ein mutiger Mann sein. Er ist übers große Meer zu uns hergeflogen." Er wechselte den Köder an der Angel und wiegte dabei in Gedanken den Kopf. Er dachte weiter: „Es ist ein Feind. Unsere Flugmaschinen machen nicht so viel Lärm. Wahrscheinlich ist er ein Kundschafter. Sonst hätte man Fliegeralarm gegeben." Durch die Angelschnur ging ein Zucken. Kenji riss an. Der Fisch hatte nicht angebissen. Kenji dachte weiter: „Ich wäre sowieso nicht zum Luftschutzbunker gelaufen. Ich habe niemandem etwas Böses getan, warum sollte mich ein Fremder erschlagen wollen?"

Der Flugzeugführer war Kapitän Lawrence A. Kennan. Er hatte viele Aufklärungsflüge mit Erfolg durchgeführt und war mehrfach ausgezeichnet worden. Vor dem Krieg war er Organisationsleiter einer Firma in Detroit gewesen, die sich mit dem Bau von Beton- und Stahlbrücken beschäftigte. Er hatte seinen Beruf geliebt. Brücken zu bauen schien ihm ein Mittel, Menschen einander näherzubringen. Seine Geschäftsreisen hatten ihn nach Südamerika geführt, nach Australien und sogar nach Indien und den Philippinen. Damals war die Welt für ihn ein unbegreifliches Wunder gewesen, das er bestaunte, wann immer ihm Zeit dazu blieb. Der Krieg dagegen ließ ihm selten Zeit, Naturschönheiten zu bewundern. Gleich nach Abschluss seiner Ausbildung zum Aufklärungsflieger war er, ausgenommen zwei kurze Urlaube, pausenlos im Einsatz gestanden, ständig bedroht von feindlichen Fliegern und den Flakgeschützen auf dem Boden. Selbst auf den malerischen Tropeninseln, die er überflogen hatte, war stets der Tod auf der Lauer gestanden. Dieser Flug über das japanische Inselreich war sein zwölfter im Laufe von achtzehn Tagen. Am frühen Morgen war er mit sechs Mann Besatzung von der Insel Tinian in der Marianengruppe im Pazifik gestartet. Zu einem Flug von mehr als viertausend Kilometern – hin und zurück. Jetzt kreiste er in sechstausend Metern Höhe über dem befohlenen Ziel – Hiroshima. Er wusste: Der Beobachter im Rumpf der Maschine fotografierte jetzt die Stadt.

Kapitän Kennan erlaubte sich einen Blick in die Tiefe. Er sah das Delta des Flusses Otha und die sechs Inseln, auf denen Hiroshima erbaut war. Das Stadtpanorama beeindruckte ihn sehr. Eine Urlaubsreise nach Japan in Friedenszeiten dünkte ihm ein großartiges Erlebnis. Er würde Liddy mitnehmen, seine Frau, und seine Kinder Evelyn und Bud. Und mit ihnen alle Städte besuchen, die er als Aufklärungsflieger im Krieg überflogen hatte. Wann wird dieser Krieg zu Ende sein? Dauerte er noch Monate oder Jahre?

Jahre?

Ausgeschlossen. Die Macht des Feindes im Pazifikraum war gebrochen. Die Japaner hatten alle von ihnen besetzten Gebiete aufgeben müssen, ihre Kriegsflotte eingebüßt und sich auf ihr Inselreich zurückgezogen. Dort allerdings waren sie immer noch kraftvolle Gegner. Eine Truppenlandung vom Meer her würde sich nur unter furchtbarsten Verlusten erzwingen lassen. Am besten war es, an solches Schlachten nicht zu denken. Er durfte nicht daran denken! Sonst sah er wieder die Toten. Die Feuermeere! Die Hölle! Nichts denken!

Zu spät. Es hatte ihn schon gepackt. –

Kennans Gesichtsmuskeln verkrampften sich und auch seine Hände. Er bäumte sich auf wie unter Qualen.

Er hatte im Verlauf dieses Krieges so viel sinnlos Zerstörtes gesehen, so viele unmenschliche Gräueltaten erlebt, dass er in manchen Nächten, von grausigen Träumen gequält, aufschrie, erwachte und im fortdauernden Entsetzen in die Nacht hinausjagte. Wenn er sich endlich besann, weil er gestürzt, gegen ein Hindernis gerannt war oder von Wachtposten angerufen wurde, glaubte er stets, alles im Krieg Erlebte wäre gleichfalls ein Traum gewesen. Er war zweifellos nicht mehr jener gesunde, lebensfrohe Lawrence A. Kennan, der zu Beginn des Krieges mit Begeisterung Flugzeugführer gewesen war. Er litt unter einer seltsamen Krankheit. In den letzten Wochen hatte ihn mehrmals, wenn er während des Fluges an die Kriegserlebnisse dachte, ein übermächtiges Hassgefühl gegen seine Maschine angefallen. Er umklammerte dann in wilder Kraft den Steuerknüppel, stemmte sich gegen die Haltegurte und verspürte unbändige Lust, alles Mögliche loszureißen, zu zertrümmern. Hatte er diese nur wenige Sekunden währende Empfindung überwunden, fühlte er sich erschöpft wie nach einem aufregenden

Wettlauf. Nach jedem Anfall nahm er sich vor, mit dem Truppenarzt zu sprechen, aber nie führte er sein Vorhaben aus. Er wollte von seinen Kameraden nicht für einen feigen Heuchler gehalten werden, für einen Drückeberger. In diesem Krieg musste, nach seiner Meinung, jeder Einzelne seinen Teil an Leiden ertragen – bis zum bösen oder guten Ende.

Der zweite Flugzeugführer hieß George Hawkins. Er war als Vortragskünstler bei der Truppe ungemein beliebt. Er stammte aus Boston, wo er im Hafen Kranführer gewesen war. Zeit seines Lebens hatte dieser blondhaarige Achtundzwanzigjährige mit den blauen Babyaugen davon geträumt, ein berühmter Schauspieler zu werden. Wegen eines leichten Sprachfehlers – seine Stimme klang heiser – war ihm jedoch der Weg zur Bühne verwehrt geblieben. Ein erstaunliches Gedächtnis befähigte ihn, stundenlang Rollen auswendig zu deklamieren. Shakespeare war sein Lieblingsdichter. Während aller Flüge beschäftigte sich Hawkins in Gedanken mit den Helden der Dramen dieses Dichters und war bald Othello, bald König Lear oder Hamlet oder Cäsar. Nebenbei erfüllte er, verlässlich wie ein Automat, seinen Dienst als Kopilot, überwachte aufmerksam die Instrumente und hielt die Sprechverbindung aufrecht, ohne jemals zu vergessen, wo er beim Aufsagen seiner Rolle im Text unterbrochen worden war. Wäre das Flugzeug abgeschossen worden, hätte er wahrscheinlich, noch am Fallschirm hängend, einen Monolog aus einem Drama Shakespeares in die Luft gesprochen.

William Sharp, der kraushaarige Beobachter, bediente die in Bodenschächten eingebauten Aufnahmegeräte mit der Sicherheit eines gewiegten Fachmannes. Vor dem Krieg hatte er, trotz seiner Jugend, als Spezialist in der Herstellung optischer Gläser gegolten. In der Fabrik in Pittsburgh, in der er beschäftigt gewesen war, hatte er eine Menge Dollars verdient. Das Geld war ihm stets zwischen den Fingern zerronnen. Er liebte Wetten, spielte leidenschaftlich gerne Poker und hasste jeden Zwang. Als Luftwaffensoldat wurde er gezwungen, sich unzähligen Dienstvorschriften zu fügen, darum hasste er auch alle Vorgesetzten, die ihn hinderten, diese Vorschriften zu missachten. Bloß seine Spezialkamera betreute er mit der Sorgfalt eines Liebhabers. Es ließ ihn gleichgültig, was er fotografierte. Tropische Landschaftsbilder, Inseln, Städte, Gebirge interessierten ihn nicht. Er wusste nur, dass er über einer japanischen Hafenstadt flog, die Hiroshima hieß. Seinetwegen hätte sie Honolulu oder Singapur heißen mögen. Jetzt, da er mit seiner Arbeit zu Ende war, dachte er nur mehr daran, wie er am Abend im Biwak auf der Insel Tinian seine Kameraden beim Pokern hereinlegen könnte. Im Augenblick verspürte er mächtige Lust, eine Zigarette zu rauchen. Genusssüchtig schnalzte er mit der Zunge und schielte nach dem Bordmechaniker Sam Miller. Dieser humorlose Kommissknochen war ein Aktiver – er hatte schon vor dem Krieg bei der Luftwaffe gedient. Dieser verschlossene, mürrische Bursche würde seinen eigenen Bruder melden, falls er den beim Rauchen im Einsatz erwischte.

Sharp zog als Ersatz für die Zigarette ein Stück Kaugummi aus seiner Tasche und biss grimmig in die teigige Masse. Zum Zeitvertreib guckte er durch das Beobachtungsgerät und sah, wie die Stadt unter ihm zurückblieb. Das Meer kam ins Bild. Der Rückflug zur Flugbasis Tinian begann. Das gefiel ihm. Die Chance, eine Partie Poker zu spielen, vergrößerte sich von jetzt ab von einer Minute zur anderen. Hoffentlich verminderten keine Feindflieger diese Chance. Die Japaner waren tolle Draufgänger. Unbegreiflich, dass sie diesen Aufklärer unbehelligt ließen. Schien ihnen wohl der Mühe nicht wert, wegen eines solchen Einzelgängers Krach zu machen. Wenn die wüssten, warum diese hübsche Viermotorige über der Stadt gekreist war, hätten sie bestimmt auf alle Knöpfe gedrückt, um sie herunterzuholen. Die heutigen Aufnahmen von Hiroshima wurden sicher für einen speziellen Einsatz gebraucht. In Tinian schien sich etwas ganz Besonderes vorzubereiten. Seit zwei Tagen ließ sich beim Kommandostab ein aufgeregtes Getue bemerken. Sonderkuriermaschinen landeten und flogen ab. Die höheren Offiziere flüsterten nur mehr miteinander. Wenn das nicht auf ein ungewöhnliches Vorhaben hindeutet, will der Beobachter William Sharp auf der Stelle seinen ganzen Fallschirm auffressen.

Der Bordschütze O'Hagerty durchforschte mit gespanntester Aufmerksamkeit den Luftraum bis zum Horizont. Er hatte das Denken ausgeschaltet, so wie man etwa einen Elektromotor zum Stillstand bringt. Das war ihm erst nach langem Training gelungen. Während vieler Einsatzflüge hatte er sich darin geübt, an nichts zu denken, und nur zu schauen. Nun durfte er sich rühmen, einer der gewissenhaftesten Bordschützen der gesamten Luftstreitkräfte zu sein. Ihm entging nichts, was sich in seinem Blickfeld abspielte. Seine Sehorgane waren gedrillt wie zwei Rekruten, die von einem Feldwebel so lange und gnadenlos geschliffen wurden, bis sie ohne Wimperzucken bereit waren, sich auf Kommando vom Dach eines Wolkenkratzers in die Tiefe fallen zu lassen.

O'Hagerty konnte stundenlang hinter den Bordwaffen ausharren, ohne etwas zu denken. Seine Willenskraft war enorm. Er hatte die besten Chancen, nächstens zu einem Lehrgang für Offiziersanwärter einberufen zu werden.

Der zur Fülle neigende Heckschütze Frank Richardson fror wieder einmal jämmerlich. Trotz der pelzgefütterten Stiefel und der dicken ledernen Fliegerkombination hockte er, wie ein Gürteltier zusammengekauert, in seiner Glaskuppel. Er fror, weil er Angst hatte. Angst vor einem unversehens auftauchenden Feindflieger. Er war südlich der Insel Guam abgeschossen worden, und seither quälte ihn die Vorstellung, noch einmal diese feurigen Linien der Leuchtspurmunition auf sich zukommen zu sehen. Damals waren von der Flugzeugbesatzung nur er und der Funker am Leben geblieben. Und selbst das war ein Wunder gewesen, weil der feindliche Flieger ihn und den Kameraden noch umkreiste und beschoss, als sie beide an ihren Fallschirmen zum Meer niederschwebten. Niemals wird Richardson diese entsetzlichen Minuten der Todesangst aus seinem Gedächtnis löschen können. Niemals!

Dem zehnjährigen Shigeo Sasaki war es endlich gelungen, seine kleine Schwester Sadako zu beruhigen. Er hatte sie hochgehoben und auf die Tritthölzer seiner Stelzen gestellt. Es war ziemlich mühsam gewesen, die tollpatschige Kleine so weit zu bringen, dass sie richtig Stand fasste. Zuerst hatte sie sich an eine Stelzenlatte geklammert und war nur auf dem linken Fuß gestanden, während er sich anstrengte, auch ihrem rechten Fuß auf der zweiten Latte Halt zu geben. Endlich hatte sie begriffen, beide Latten festzuhalten. Jetzt stand sie oben; aber so stark war er nicht, sie so viel zu stützen, dass sie auf den Stelzen schreiten konnte. Obwohl er die Hölzer mit aller Kraft umklammerte, schwankte Sadako bedenklich. Sie jauchzte vor Vergnügen über dieses neuartige Spiel. Er keuchte vor Anstrengung und fürchtete, mitsamt dem Kind zu stürzen.

„Ich heb dich herunter, Sadako. Komm, lass los", redete er ihr zu. Sie bewegte eigensinnig den Kopf, lachte ihn an und schrie, als er sie umfasste. Ihr Widerstand ärgerte ihn. „Sadako, du musst mir folgen. Ich bin ein Mann. Ein Mädchen muss immer folgen, wenn ein Mann etwas befiehlt. Lass dich herunterheben."

Die Kleine verzog schmollend das Mäulchen. Sie hatte schon gelernt, dass man dem älteren Bruder gehorchen musste. Er hatte ein Recht, ihr zu befehlen. Die Mutter hatte es ihr oft genug gesagt. Sie widerstrebte nicht länger und ließ sich in Shigeos Arme fallen. Aus Trotz verlangte sie nun: „Nach Hause will ich – nach Hause."

Shigeo bückte sich nach den auf dem Boden liegenden Stelzen. „Nach Hause – nach Hause", äffte er den Tonfall des Mädchens nach. „Was willst du dort? Zu Hause ist niemand. Die Mutter arbeitet in der Werft."

„Hab Hunger", klagte Sadako. „Will essen."

Shigeo dachte an die zwei fingerdünnen Reiskuchen und die beiden Schälchen bitteren Tees, die heute Morgen die Mutter ihm und Sadako als Frühstück vorgesetzt hatte.

„Tsch, ich hab auch Hunger", sagte er, wobei er die Blicke durch die Gegend streifen ließ, als suchte er etwas Essbares zu entdecken. „Zu Hause gibt es nichts zu essen. Wir müssen warten bis zum Abend. Dann macht uns die Mutter gute Sushi." Bei dem Gedanken an seine Lieblingsspeise, Schnitten aus gekochtem und mit Essig gesäuertem Reis, leckte er in gierigem Verlangen mit der Zunge über die Lippen. Sadako bemerkte dieses Zungenlecken und ahmte es unbewusst nach. Sie streckte eine Hand vor und bettelte: „Gib mir Sushi – hab Hunger."

Ergrimmt über diesen Unverstand riss er seine schwarze Schülermütze vom kahl geschorenen Kopf und drohte damit der Kleinen. „Ich schlag dich, wenn du mich ärgerst!", schrie er sie an. „Ich hab dir gesagt, erst am Abend bekommen wir Sushi. Ich habe keine."

Die erschrockenen Augen des Kindes besänftigten Shigeos Zorn. Durch die Stelzen behindert, kehrte er umständlich seine Rocktaschen nach außen. „Da schau – nichts hab ich. Alles leer. Ich kann dir nichts zu essen geben."

Ein Gedanke kam ihm. Er dämpfte seine Stimme: „Aber ich weiß etwas. Wir gehen zur Kaserne, dorthin, wo die vielen Soldaten sind. Vielleicht kennen sie unseren Vater. Dann geben sie uns Essen. Komm mit."

Nach wenigen Schritten hörte sich Shigeo angerufen. Vom Flussufer her winkte ihm der alte Bootsbauer Kenji Nishioka zu. Er wohnte in derselben Straße, schräg gegenüber dem Elternhaus Shigeos. Anscheinend wünschte er, mit ihm zu sprechen. Man musste dem alten Mann gehorchen.

In Eile stieg der Junge, die kleine Schwester an der Hand, die Uferböschung hinab. Respektvoll und genau, wie es die Sitte gebot, verbeugte er sich tief vor dem Rücken des Alten, wobei er die Hände über die Schenkel abwärtsgleiten ließ. Auch Sadako verbeugte sich. Unbeholfen, weil ihr Rückgrat noch nicht so biegsam war wie das ihres Bruders. Und nicht so tief, weil die schüsselförmige Kopfbedeckung des Herrn Nishioka derart ihre Neugier erregte, dass sie nicht den Blick davon lassen wollte.

Der alte Mann hatte sich vorhin, nachdem er Shigeo gerufen hatte, wieder dem Fluss zugewandt. Als er annahm, die Kinder stünden hinter ihm, drehte er sich ruckweise um, indem er ächzend einen Fuß nach dem andern aus dem Wasser zog. Gemächlich setzte er sich zurecht, dann musterte er stirnrunzelnd Shigeo. Der begriff sofort und verbeugte sich zum zweiten Mal. Herr Nishioka konnte die erste Verbeugung nicht gesehen haben, weil er mit dem Gesicht zum Fluss gesessen war.

„Und was ist mit ihr?", fragte Nishioka streng und zeigte auf Sadako. „Lehrt man heutzutage ein kleines Mädchen nicht mehr, wie man das Alter ehren muss?"

„Schnell, Sadako, verbeuge dich vor Nishioka-san", flüsterte Shigeo der Kleinen zu und drückte ihren Kopf nieder. Er hätte dem alten Herrn sagen können, dass er und Sadako sich bereits einmal verneigt hatten, aber das wäre respektlos gewesen.

Der Alte blickte freundlicher. „Weißt du, warum ich dich gerufen habe, Junge? Natürlich nicht. Du kannst es nicht wissen, darum muss ich es dir sagen ..."

Er wartete, bis Shigeo sich abermals verneigt hatte, dann setzte er noch freundlicher fort: „Mir ist langweilig geworden. Seit Stunden sitze ich hier und hab keinen Fisch gefangen. Ich habe mich gefragt: Was ist los mit den Fischen? Sind sie schlauer geworden oder sind sie alle krepiert, weil diese vielen Fabriken giftiges Wasser in den Fluss rinnen lassen? Ich bin hungrig, Junge. Ich hätte gern ein paar gebratene Fischchen gegessen. Uns Alten weist man von einer Woche zur andern kleinere Lebensmittelrationen zu."

Er betrachtete, den Kopf schief geneigt, mit lauerndem Ausdruck die kleine Sadako. Er wandte auch den Blick nicht von ihr, als er sagte: „Ihr bekommt sicher viel, viel mehr zugewiesen, das merkt man am dicken Gesicht deiner Schwester. Deine Mutter ist Soldatenfrau und arbeitet – so viel ich weiß – in der Mitsubishi-Werft an einer Stanzmaschine. Die Werft ist ein Kriegsbetrieb – da gibt es Extrarationen an Reis und Trockenfisch für die Arbeiter."

Shigeo hatte einen flüchtigen Blick auf das angeblich dicke Gesicht seiner kleinen Schwester geworfen. Es schien ihm um nichts dicker als das Gesicht irgendeines anderen Mädchens ihres Alters. Er deutete durch ein schnelles Verbeugen des Oberkörpers eine Verneigung an und erlaubte sich zu sagen:

„Nackt ist Sadako sehr mager. Das sehe ich, wenn wir mitsammen baden im Trog zu Hause. Sie hat auch immer Hunger. So wie ich."

Nishioka stieß unwillig mit einem Finger nach dem Jungen. „Schlechte Sitten sind das. Badest zusammen mit einer viel jüngeren Schwester. Ein Mann badet zuerst, dann dürfen seine Söhne in den Trog steigen und nach ihnen die Mutter und danach erst die Mädchen. So ist es seit vielen hundert Jahren gewesen. Das kannst du Yasuko-san, deiner Mutter, sagen. Was meinst du, wie böse dein Vater sein wird, wenn er aus dem Krieg heimkommt und merken wird, dass sein Sohn auf sein Recht im Haus verzichtet hat? Er wird sagen: Ist das ein Unglück, mein Sohn lässt sich wie ein Mädchen behandeln. Ja, das wird er sagen. Bestimmt. Und jetzt geh! Ich merke, mit dir kann ich mich nicht unterhalten."

Shigeo verbeugte sich höflich und fasste nach der Hand der Schwester. Als er sie fortziehen wollte, rief ihn Nishioka an. „Warte – ich wollte dich doch etwas fragen ..."

Diesmal galt sein lauernder Blick nur dem Jungen. „Sag – habt ihr zu Hause gar nichts Überflüssiges? – Ich meine, etwas zu essen – ein bisschen Reis oder Bohnen – ein winziges Stückchen Kuchen vielleicht?"

Der Junge verneigte sich abermals und zeigte danach die leeren Handflächen. „Nichts haben wir, verehrungswürdiger Nishioka-san."

Er hatte gehofft, durch die besonders respektvolle Anrede den alten Herrn versöhnlich zu stimmen. Aber der schrie wütend: „Also, dann verschwinde! Ja, ja, geh – geh! Mit dir reden heißt Zeit verschwenden." Dann drehte er sich um.

Das Gesicht dem Alten zugekehrt, entfernte sich Shigeo, indem er rückwärts schritt. Erst als er stolperte und fast die kleine Schwester umgerissen hätte, wandte er sich und stieg die Böschung hinauf. Er begriff nicht, warum Herr Nishioka so zornig geredet hatte. Bis heute war der alte Mann stets ein freundlicher Nachbar gewesen.

Kenji Nishioka rutschte unruhig auf seinem Stein hin und her, als wollte er die beste Sitzmöglichkeit finden. Er brummte: „Schämen muss ich mich – bin ein Bettler geworden – hab den Jungen gekränkt –, ist er schuld, dass ich Hunger habe?"

Der Soldat Kunyoshi Komatsu stand in der Sonnenhitze als Wachtposten vor dem Kasernentor. Eine Fliege ließ sich auf seiner Kinnspitze nieder. Er gestattete sich bloß ein Mundwinkelzucken, um das lästige Insekt zu verscheuchen. Selbst wenn aus dem Flugzeug, das vorhin über der Stadt kreiste, eine Bombe direkt auf die Kaserne heruntergesaust wäre, hätte sich der vierundzwanzigjährige Kunyoshi nicht von der Stelle gerührt. Er hatte in Malaysia und auf Luzon gekämpft und war zweimal verwundet worden. Zwei seiner Brüder waren bei Kämpfen auf Inseln im Pazifik gefallen. Sein jüngster Bruder, Tetsuro, half dem Vater, einem landwirtschaftlichen Pächter, bei der Feldarbeit. Das Gut lag an der Bahnlinie zwischen Osaka und Kioto. Alle Komatsus waren strenggläubige Buddhisten. Nach seiner zweiten Verwundung, als er in einem Feldlazarett lag, hatte Kunyoshi von seinem Vater einen Brief erhalten. Den verwahrte Kunyoshi wie ein heiliges Andenken in einem Säckchen auf der Brust. In diesem Brief hatte der Vater geschrieben: „Mein Sohn Kunyoshi, tapferer Held! Du hast mich erfahren lassen, dass zum zweiten Mal dein Blut geflossen ist für die Ehre deiner Heimat. Ich und dein Bruder, deine Mutter und deine zwei Schwestern sind gestern zum Tempel nach Nishoya gepilgert. Ich habe vom Priester viele Bitten um Gesundung für dich zu Buddha, unserem Welterleuchter, sprechen lassen. Auch wir haben auf den Knien für dich gebetet. Es verneigt sich vor dir dein Vater, der stolz ist auf seinen Sohn Kunyoshi."

Niemals hätte dem Soldaten Komatsu eine größere Auszeichnung widerfahren können als diese Ehrung, die sein Vater ihm erwies. Er hatte sich vor seinem Sohne Kunyoshi verneigt. Seither betete Kunyoshi zu seinem Gott, er möge ihm gestatten, im Kampf mit dem Feind sein Leben opfern zu können. Dann erst wird er im Jenseits den Titel „Tapferer Held" in allen Ehren tragen dürfen. Und seine Familie wird von allen Freunden nicht nur um seine beiden gefallenen Brüder, sondern auch um ihn, Kunyoshi, beneidet werden. Vorläufig schien es jedoch, als wollte das Schicksal seine Willensstärke prüfen, bevor es ihm das größte Opfer gestattete. Er stand schon die dritte Stunde als Wachtposten hier. Sich reglos zu verhalten war niemals seine Stärke gewesen. Er liebte Bewegung. Schon als Kind hatte er nur bei Androhung von Schlägen still sitzen oder knien können. Noch dazu spürte er arge Schmerzen im rechten Hüftgelenk als Folge seiner ersten Verwundung. Hatte man vergessen, ihn abzulösen? Es schwindelte ihm bereits. Seit Minuten unterschied er nur noch undeutlich, was sich vor ihm befand. Zum Beispiel schien ihm der Telegrafenmast auf der gegenüberliegenden Seite eine hin und her schwingende Säule zu sein. Jetzt sah er sie sogar dreifach. Es musste ihm gelingen, das Schwindelgefühl zu überwinden. Hatte ihn nicht sein Vater „tapferer Held" genannt? Wenn er sich nicht bezwang, verdiente er, von diesen Kindern verlacht zu werden, die soeben vor ihm stehen blieben. Der Junge hielt Stelzen unter einem Arm festgeklemmt. Das kleine Mädchen neben ihm schien seine Schwester zu sein. Warum gaffte der Junge so unverschämt? Merkte er, dass sich der Soldat Komatsu nur mehr mit Mühe aufrecht hielt? Das

Mädchen saugte an einem Daumen. Eine niedliche Kleine. Sie sollte ihn aber nicht so anstarren. Es fiel ihm schwer, den Blick von diesem lieblichen Kindergesicht loszureißen. Es ähnelte dem seiner jüngsten Schwester, Shikao. Oder war es Shikao, die da vor ihm stand? Sie lächelte ihn an. Oh, wie schrecklich schmerzte jetzt wieder die verletzte Hüfte! Das wühlte im Körper, als würden Pfeilspitzen hineingebohrt.

Die kleine Sadako wollte nicht länger warten. Shigeo hatte gesagt, die Soldaten in der Kaserne würden ihr zu essen geben. Dieser Soldat da gab ihr nichts. Wusste er nicht, wie hungrig Sadako war?

Die Kleine streckte das linke Händchen vor. Der Soldat rührte sich nicht. Sie wies ihm beide Handteller und sagte: „Gib mir Essen!"

Shigeo puffte die Schwester und flüsterte ihr zu: „Dieser Soldat kann uns nichts geben. Er ist nur ein Wächter. In der Kaserne gibt's Essen. Der Wächter wird uns aber erst einlassen, wenn ich ihm gezeigt habe, wie gut ich auf Stelzen gehen kann."

Shigeo stelzte vor dem Wachtposten auf und ab. Er drehte sich kunstvoll auf der Stelle. Er stelzte, rückwärts schreitend. Der Soldat verzog nicht einmal die Lippen, obwohl ihm Shigeo freundlich zulächelte. Also führte er sein bestes Kunststück vor. Er balancierte auf einer Stelze und streckte die andere von sich.

Zwei Offiziere durchschritten das Kasernentor. Als sie den Stelzenläufer bemerkten, blieben sie stehen. Der kleinere der beiden, dem sich der Uniformrock über dem Schmerbauch wölbte, herrschte Shigeo an: „Verschwinde von da! Marsch! Weg mit dir!"

Sein Begleiter, schnauzbärtig, größer als der Dicke und mit vielen Medaillen auf der Kriegerbrust, wandte sich dem

Wachtposten zu. Er musterte ihn eine Weile scharf, dann schnarrte er: „Der Bursche schwankt wie ein Besoffener." Gleich darauf brüllte er in den Kasernenhof: „Wachtkommando! Heraus!" Im selben Augenblick fiel der Wachtposten Komatsu um. In der starren Haltung einer Holzfigur. Ein strammer Soldat, auch in ohnmächtigem Zustand.

Verstört schaute Shigeo nach dem Gestürzten, dann hörte er Getrappel und sah ein Rudel Soldaten über den Kasernenhof in Richtung zum Tor laufen. Weil er glaubte, die Soldaten wären gerufen worden, um ihn zu verjagen, griff er schnell nach Sadakos Hand und zerrte die Kleine fort. Als er sich nach kurzer Flucht umdrehte, trugen die vermeintlichen Verfolger ihren bewusstlosen Kameraden in die Kaserne. Die beiden Offiziere hatten sich entfernt. Vor dem Tor stand ein anderer Wachtposten.

Grübelnd ging Shigeo weiter. Nie zuvor hatte er Ähnliches gesehen: ein Soldat, der gerade steht und plötzlich umfällt. Hatte er das tun müssen, weil der Offizier vor ihm stand? Ein solches Kunststück verlangte bestimmt viel Mut.

Shigeo wollte es erproben. Er ließ Sadakos Hand los, legte die Stelzen ab, straffte den Körper und ließ sich, die Augen geschlossen, nach vorn fallen. Schon bei geringer Neigung streckte er Halt suchend die Arme aus und taumelte einen Schritt vorwärts. Er versuchte es ein zweites und drittes Mal, in so gerader Haltung wie der Wachtposten zu stürzen. Es gelang ihm nicht. Der Soldat schien lange geübt zu haben, bevor er das Kunststück zuwege brachte.

Sadako jammerte wieder: „Nach Hause gehen. Hunger!"

Noch einmal schaute Shigeo nach dem Posten, der jetzt den Eingang zur Kaserne bewachte. Der Mann stand so reglos wie sein Vorgänger. Er fiel aber nicht um.

Ungeduldig rüttelte Sadako die Hand des Bruders und verlangte weinerlich: „Nach Hause, nach Hause! Essen!"

Shigeo stampfte ärgerlich mit dem Fuß auf. „Es gibt nichts zu essen zu Hause. Das hab ich dir schon einmal gesagt."

Nun weinte Sadako wirklich. Sie legte die Handrücken an die Augen und heulte erbarmungswürdig. Um sie zu trösten, versprach Shigeo: „Wir gehen ins Viertel der Händler. Dort werden alle Häuser niedergerissen. Wenn du das siehst, wirst du vergessen, dass du Hunger hast."

Die Kleine verstummte, schluchzte mehrmals auf und verlangte schließlich: „Trag mich, bin müde."

„Gut, ich trag dich, aber du darfst nicht mehr weinen", sagte Shigeo und packte sich das Mädchen auf den Rücken, indem er ihm auf den Stelzen, die er quer übers Rückenende legte, einen Sitz bot. Eine Weile ging er die Straße am Flussarm entlang, dann schwenkte er nach links ab zu dem Stadtteil, in dem früher unzählige Händler in winzigen Läden ihre Waren feilgeboten hatten.

Die kleinen Häuser in den engen Gassen waren allesamt aus Holz gebaut. Sie wurden jetzt auf Befehl des Feldmarschalls Hata abgerissen. Man befürchtete, dass sie bei dieser trockenen Sommerhitze nach einem Bombenangriff in Flammen aufgehen könnten. Eine Feuersbrunst in diesem Stadtteil wäre nicht einzudämmen gewesen und hätte eine Bedrohung für mehrere Bezirke Hiroshimas gebildet. Den Händlern und ihren Familien hatte man befohlen, sich andere Quartiere zu suchen. Die arbeitsfähigen Männer, Frauen und Halbwüchsigen wurden in Rüstungsbetrieben beschäftigt.

Shigeo ging keuchend und tief gebückt durch die Gassen des Händlerviertels. Sadako hatte ihren Spaß an seiner Plage. Sie hopste lustig auf seinem Rücken und wollte ihn durch Händeklatschen zu schnellerer Gangart antreiben. „Sitz still!“, forderte er wiederholt. Dann spürte er mit einem Mal, dass sie sich an ihn presste. Fast gleichzeitig zerschmetterte ein Balken knapp vor seinen Füßen auf dem Boden. Aus der Höhe rief ihm jemand zu: „Aufgepasst, Kleiner! Geh nicht weiter, sonst wirst du mitsamt dem Kind erschlagen!“

Shigeo richtete sich auf. Er sah den Weg vor sich mit Trümmern bedeckt. Von den Dächern umliegender Häuser warfen Mädchen und Burschen in schwarzen Studentenuniformen alles in die Gasse, was sie mit Äxten und Hämmern zertrümmert hatten. Weiter vorn häufte sich der Schutt bereits meterhoch. An der linksseitigen Häuserfront zerrten Burschen unter anfeuerndem Geschrei ruckweise an einem Seil. Es war um die Vorderwand eines Häuschens geschlungen. Es krachte und splitterte. Die Wand zerbarst in mehrere Teile und fiel in sich zusammen. Die Burschen jubelten. Eine Staubwolke wälzte sich durch die Gasse und hüllte die Burschen ein.

Shigeo hatte die kleine Schwester vom Rücken gehoben. Beide gafften wortlos. Staub senkte sich wie Nebel auf sie nieder. Ein Student kletterte über die Trümmerhaufen. Er schwang spielerisch ein Beil. Lustig pfeifend schlug er wahllos nach links und rechts auf geborstene Balken, Pfeiler, Reste von Holzrahmen und Dachtraufen ein. Es machte ihm anscheinend Vergnügen, alles Zerstörte noch gründlicher zu zerstören. Nun bückte er sich, zog aus einem wirren Haufen von Trümmern ein mit Papier bespanntes Holzgitter und betrachtete es, indem er es mit ausgestrecktem Arm vor sich hielt. Shigeo wusste sofort, was dieses Holzgitter vorstellte: den oberen Teil einer Schiebetür. Das Papier auf dem Gitter war mit bunten Figuren bemalt. Eine große Fläche des Papiers war merkwürdigerweise nicht zerrissen. Dieses Stück ließe sich zum Bau eines Drachens verwenden. Man musste es nur zurechtschneiden.

„Ehrbarer, bitte gib mir dieses Gitter!“, rief Shigeo den Studenten an und unterstützte sein Verlangen durch eine Verneigung.

Der Bursche musterte den kleinen Bittsteller mit einem Gesichtsausdruck, der ebenso gut Überraschung wie Verachtung bedeuten konnte. Nun ließ er das Gitter fallen und zerschlug es mit mehreren Beilhieben.

Shigeo schaute enttäuscht. „Warum hast du das getan? Ich hätte das Papier gut brauchen können“, sagte er kläglich zu dem Mutwilligen. Der maß den Jungen mit eindeutig grimmigem Blick, stemmte die linke Faust in die Hüfte und ließ das Beil am Griff zwischen zwei Fingern der rechten Hand pendeln. „Du Dreckspatz willst etwas haben, was dem Militär gehört? Weißt du nicht, dass alles, was hier liegt, im Winter zum Heizen gebraucht wird? Unsere Soldaten frieren, wenn sie kein Holz zum Feuermachen haben.“

Er stieg von den Trümmern herab und pflanzte sich vor Shigeo auf. Streng fragte er: „Was suchst du hier überhaupt? Willst stehlen, was? Wer hat dich hergeschickt? Deine Mutter?“

Eingeschüchtert verbeugte sich Shigeo so tief, als stünde er vor einem alten Mann. „Meine Mutter weiß nicht, dass ich hier bin. Sie arbeitet in der Werft an einer Maschine.“

Der Student verschränkte wichtigtuerisch die Arme: „So, deine Mutter arbeitet und du treibst dich herum. Ist dein Vater Soldat?“

„Jaja“, deutete Shigeo durch hastige Kopfbewegungen an.

Der Bursche stützte wie ein weiser alter Richter das Kinn auf eine Daumenspitze. „So, so, also ein Soldat ist er“, sagte er gedehnt. „Und du bist der unwürdige Sohn dieses Soldaten, weil du nicht mithilfst, den Krieg zu gewinnen.“

Unversehens packte er Shigeo an der Schulter und zwang ihn kehrtzumachen. „Komm mit!“, befahl er.

Shigeo wurde so eilig vorwärtsgedrängt, dass ihm knapp Zeit blieb, Sadakos Hand zu fassen. Der Student führte ihn den Weg zurück, den er gekommen war. An der ersten Gassenkreuzung hielt der Bursche an und wies nach einem gelben Plakat, das an einer Hauswand klebte. „Kannst du das lesen?

Shigeo konnte es. Er wusste sogar den Plakattext auswendig. Solche Plakate klebten zu Tausenden in der Stadt an Fabrikmauern, Schulen, Wohnhäusern, Amtsgebäuden. Innen und außen.

„Alle – sind – Soldaten. Alle – kämpfen – bis – zum – Sieg", stammelte Shigeo.

Der Student drückte ihm den Zeigefinger auf die Nase. „Und warum kämpfst du nicht?"

„Weil ich erst zehn Jahre alt bin", erwiderte Shigeo. Sein Respekt vor dem Älteren hatte sich vermindert. Der schien nicht zu wissen, dass Kinder unter zwölf Jahren nicht in Fabriken arbeiten mussten.

Der Finger des Studenten rutschte ab und hakte sich in Shigeos Rocksaum. „Zehn Jahre alt bist du erst? Du schaust älter aus. Ist die Kleine da deine Schwester?"

Shigeos Mut wuchs. Er war nun gewiss – der Student durfte ihn nicht strafen. Darum erklärte er in entschiedenem Ton: „Unsere Schule ist schon lange geschlossen. Die Lehrer sind Soldaten geworden. Die Lehrerinnen arbeiten für den Krieg. Ich muss auf meine Schwester Acht geben. Unsere Nachbarinnen sind alle in Fabriken. Nur Frau Kumakichi nicht. Weil sie sehr alt ist."

Die kleine Sadako verstand nichts von dem Gespräch. Anfangs hatte sie den fremden Burschen in der staubbedeckten Uniform für einen bösen Onkel gehalten. Das Beil, das er trug, hatte sie geängstigt. Weil sie aber nun an Shigeos verändertem Tonfall und seiner lässigen Haltung merkte, dass er sich vor dem Onkel mit dem Beil nicht fürchtete, wagte sie es, Shigeo am Ärmel zu zupfen. „Hab Hunger. Will nach Hause."

Der Student hatte nach Shigeos letzter Erklärung nicht mehr gewusst, was er dem Jungen noch sagen sollte. Das Geplapper des kleinen Mädchens hielt er für eine günstige Gelegenheit, sein Gesicht zu wahren. Nun konnte er beweisen, dass außer seinem strengen Pflichtbewusstsein auch seine anderen Eigenschaften beispielgebend waren. Er griff in die Tasche und holte zwei Stück beinharten Zwiebacks hervor. Acht Stück waren ihm heute Morgen als Tagesration im Arbeitsdienstlager zugeteilt worden. „Das schenke ich dir", sagte er zu Sadako und drückte ihr die Zwiebackstückchen in die Hand.

Der Student hieß Kanjiro Yonekura. Sein Vater war Direktor eines Bauunternehmens. Die Firma hatte während des Krieges zahlreiche Kasernen und Munitionsdepots gebaut. In letzter Zeit befasste sie sich mit der Errichtung von Luftschutzbunkern. Es war Direktor Yonekura gewesen, der dem Kommandanten der Befehlsstelle für die Verteidigung Südjapans das Niederreißen aller Holzhäuser im Händlerviertel empfohlen hatte.

Bei dieser Gelegenheit hatte Direktor Yonekura voll Überzeugung gerufen: „Wir werden diesen Stadtteil nach dem Krieg neu aufbauen! Wir werden jene Mitbürger, die heute um ihre zerstörten Wohnstätten trauern, morgen davon überzeugen, dass ihr scheinbarer Verlust ein Gewinn für sie war." Er selbst war davon überzeugt, dass sein Unternehmen nach dem Krieg durch die Neubauten sehr viel gewinnen werde.

Kanjiro Yonekura wusste nichts von den Plänen seines

Vaters. Trotzdem erfüllte Kanjiro mit lobenswertem Fleiß, ja sogar mit Begeisterung seine Pflichten als Untergruppenführer einer Schar zum Arbeitsdienst eingezogener Studenten. Die technische Schule, an der Kanjiro studiert hatte, war, wie alle anderen Schulen, im letzten Kriegsjahr geschlossen worden. Das hatte Kanjiro wenig betrübt. Sein Lerneifer überstieg nicht das Mittelmaß. Dagegen fiel er im Arbeitslager und beim Einsatz gleich in den ersten Tagen durch seinen Unternehmungsgeist auf und durch seine Art, die Befehle seiner Vorgesetzten mit möglichster Eile auszuführen. Er sprang wie ein Hirsch, wenn es galt, auf dem Hof des Lagers in Reih und Glied Aufstellung zu nehmen. Er schrie Säumige an, stieß Verirrte vorwärts, half die Reihen ordnen. In den Schlafräumen hielt er auf strengste Einhaltung aller Vorschriften und zögerte nicht, Nachlässige dem Wachhabenden zu melden. Er machte sich bemerkbar, wann er konnte. Nach vier Wochen Ausbildung wurde er zum Untergruppenführer ernannt. Anlässlich einer Ansprache des Kommandanten an die jungen Arbeitsdienstler wurde Kanjiros Name erwähnt als der eines beispielgebenden jungen Kämpfers.

Nach seinem Gespräch mit Shigeo kehrte Kanjiro übel gelaunt zu seiner Gruppe zurück. Wenn er es richtig überdachte, hatte dieser zehnjährige Junge ihm, dem um fünf Jahre Älteren, eine Niederlage bereitet. Fast hätte er diesen Jungen wegen Verdachts des Diebstahls zum Obergruppenführer geschleppt. Der Übereifer hätte sich schlecht gelohnt. Ein Verweis wäre die Folge gewesen. Einen noch nicht einsatzfähigen Jungen – der seine kleine Schwester betreuen muss, dessen Vater Soldat ist, dessen Mutter in einem kriegswichtigen Betrieb arbeitet – des vorsätzlichen Diebstahls anzuklagen! Welch eine Dummheit. Der Junge hätte gesagt: Ich habe den Studenten nur um ein Stück bemaltes Papier gebeten, zum Spielen für meine kleine Schwester. Und das wäre die Wahrheit gewesen. Er, Kanjiro, hätte zwar sagen können: Der Junge lügt, ich habe ihn dabei ertappt, wie er das Holzgitter wegtragen wollte. Aber ein Yonekura lügt nicht. Das ist er seiner Ehre schuldig. Wenn er seine Kameraden antreibt, fleißiger zu arbeiten, ist das seine Pflicht als Untergruppenführer. Wenn er einen meldet, der sich vom Dienst drückt, ist das ebenfalls seine Pflicht. Aber jemanden fälschlich einer Lüge zu bezichtigen, um seinem Vorgesetzten den Eifer zu beweisen, das wird er niemals tun. Er hat schon genug erreicht und darf auf weitere Beförderung hoffen – falls der Krieg noch lange genug dauert. Sonst wird er wieder studieren müssen. Und das mag er nicht. Er hasst das Studium. Er ist kein guter Schüler. Die Lehrer haben ihn nie belobt. Der Vater hat ihm Vorwürfe gemacht. Aber jetzt ist der Vater stolz auf seinen Sohn Kanjiro. Jedem erzählt der Vater: „Mein Junge ist Untergruppenführer beim Arbeitsdienst – er will später Offizier werden, will es zum General bringen – ja, mein Junge ist tüchtig."

Kanjiro stieg über die Trümmer abgerissener Häuser hinweg. Er sah einige Burschen seiner Gruppe vor einer Hausruine stehen. Sie hielten ein Seil und begafften unschlüssig eine nach rechts überhängende zersplitterte Zimmerdecke, die von einem einsamen Stützpfeiler getragen wurde. Es war der Rest des abgerissenen Hauses. Links steckten die Deckenbalken in einer Wand, die am Nachbarhaus Halt fand.

Kanjiro erblickte jetzt auch den Obergruppenführer. Er stand in etwa dreißig Schritt Entfernung jenseits der Schar der Gaffer und spähte soeben nach ihnen.

„Warum steht ihr da herum?", rief Kanjiro seinen Untergebenen zu. „Von selbst wird der Stützpfeiler nicht nachgeben. Vorwärts! Legt ein Seil um ihn und dann zieht an."

Einer der Gruppe wies nach dem Pfeiler. „Wir wollten es schon versuchen, aber in der Decke kracht es. Sie kann jeden Moment abstürzen."

Auf dem Dach eines Hauses, hinter Kanjiro, kicherten einige Studentinnen. Sie waren neugierig geworden und hatten aufgehört, das Dach abzutragen. Es interessierte sie, wie die Burschen unten ihre Aufgabe lösen würden. Kanjiro warf den Mädchen einen gehässigen Blick zu, dann schielte er aus den Augenwinkeln nach dem Obergruppenführer. Der beobachtete ihn. Das war eine einmalige Gelegenheit, dem Vorgesetzten zu beweisen, welcher Tatkraft Kanjiro fähig war. Er überlegte nicht lange, entriss einem Studenten das Seilende und kletterte über ein Gewirr von Balken zu dem Stützpfeiler hinüber. Noch bevor er das Seil um den Pfeiler schlingen konnte, kam von oben ein leises Knirschen und Splittern. Der Pfeiler erzitterte und knickte unversehens wie ein Streichholz. Die Decke barst und fiel. Kanjiro schaute erschrocken aufwärts und sprang, um eine Sekunde zu spät, zurück. Er verspürte einen Schlag gegen seinen Rücken, dann rissen ihn fallende Trümmer nieder und begruben ihn. Einige der Mädchen auf dem Hausdach gegenüber schrien angstvoll auf. Die Studenten sprangen Kanjiro zu Hilfe. Der Obergruppenführer fluchte. Sein bester Mann war erschlagen worden oder zumindest schwer verletzt.

Kanjiro glaubte, alle seine Knochen wären gebrochen. Er vermochte sich nicht zu bewegen. Sein Körper war wie von Zangen umklammert. Noch spürte er, infolge des Schocks, keinen Schmerz. Trotzdem stöhnte er Mitleid erregend. Die Studenten rissen in fieberhafter Eile die Trümmer weg, die ihren Kameraden bedeckten. Ein Balken klemmte. Er steckte quer über Kanjiros Rücken mit beiden Enden im Schutt. Gemeinsam stemmten sie den Balken weg. Und da lag Kanjiro, die Uniform zerfetzt, aus mehreren unbedeutenden Wunden blutend, aber sonst nicht ernstlich verletzt, vor ihnen. Sie hoben ihn auf. Er stand unsicher und konnte nicht glauben, dass er keinen schweren Schaden erlitten hatte. Als er sich jedoch durch einige zaghafte Bewegungen davon überzeugte, schrie er, nach einem Blick auf den Obergruppenführer: „Los, los, macht weiter! Es ist nichts geschehen, was uns aufhalten kann."

Der Vorgesetzte machte kehrt und ging. Er dachte: „Dieser Kanjiro ist ein Vorbild für alle. Ich werde dem Lagerkommandanten melden, was ich gesehen habe."

Die zum Arbeitsdienst eingezogene Studentin Setsuko Nakamura war an diesem Tag siebzehn Jahre alt geworden. Sie war so feingliedrig und schmal gewachsen, dass man sie mit einer zarten Blume hätte vergleichen können. Die viel zu weite Arbeitshose, die um ihren Körper schlotterte, wirkte wie ein hässlicher schwarzer Sack, in den man diese Blume gesteckt hatte. Setsuko fühlte sich zur Dichterin berufen. Alles Schöne begeisterte sie: eine ziehende Wolke am Himmel, im Wind sich wiegende Bambusspitzen, fallende Baumblätter, das Meer im Sonnenglanz. Jedes eindrucksvolle Bild der Natur beglückte sie, ließ sie Worte finden, die sie in einem Zustand des Verzücktseins in ein Schulheft malte, auf ein Stück Papier schrieb, das sie vom Boden auflas, oder – falls nichts anderes zur Hand war – mit einer Nadel auf einen Stein kritzelte. Setsuko lebte in einer anderen Welt als ihre Kameradinnen. Alles war schön für sie, alles war gut, alles war rein und erhaben. Jedes Ding, jedes Geschöpf galten ihr als ein Wunder, als ein Beweis göttlicher Schöpfungskraft. Sie bestaunte einen Wurm ebenso wie ein grünes Blatt. Ob sie mit einer ihrer Lehrerinnen sprach oder mit einer Gleichaltrigen – stets klang ihre Stimme leise und die Worte kamen stockend aus ihrem Mund, als müsste sie erst jeden Satz in ihre eigene, besondere Sprache übersetzen.

Nachdem sie mit ihrer Gruppe zum Abtragen der Holzhäuser bestimmt worden war, hatte sie ein Gedicht geschrieben. Sie betitelte es: „Auf den Ruinen." Sie beschrieb in diesem Gedicht, wie ihre Seele litt, wenn ihre Hände zerstören mussten, was einst fleißige Menschen aufgebaut hatten im Glauben an einen dauernden Frieden. Das Gedicht sandte sie, was sie vorher niemals getan hatte, der Zeitung „Chugoku Shimbun" zu. Die Folge war ein strafweiser Entzug des Essens für zwei Tage. Ein kriegsbegeisterter Redakteur hatte dem Lagerkommandanten von dem Gedicht der Setsuko Nakamura Mitteilung gemacht.

Als Setsuko sah, wie der Student Yonekura von der herabstürzenden Zimmerdecke verschüttet wurde, schlug sie vor Entsetzen die Hände vors Gesicht. Zum ersten Mal in ihrem Leben wurde sie Zeugin eines schrecklichen Unglücks. Sie hatte einiges von Zerstörungen gehört und gelesen, die durch feindliche Flieger in anderen japanischen Städten verursacht worden waren. Aber weil sie es nicht selbst gesehen hatte, konnte sie sich keine Vorstellungen machen von den Leiden der Bewohner jener Städte. Der Rundfunk und die Zeitungen brachten immer nur äußerst knappe Berichte von Bombenangriffen. Jetzt aber hallte in Setsukos Ohren das Krachen der berstenden Decke nach, sie hörte das Ächzen des verschütteten Burschen, und mit einem Mal wurde ihr bewusst, dass alles, was sie umgab, dem Bild einer von Bomben zerstörten Stadt ähnlich war. Der Student, den sie gesehen hatte, war nur eines der ungezählten Opfer. Es bedurfte nur geringer Fantasie, um sich auszumalen, wie nun viele Verwundete und Sterbende unter den Resten zerfetzter Häuser lagen, schmerzverkrümmt und hilflos.

Durch Setsukos Vorstellungskraft wurde dieses Bild für sie zur Wirklichkeit. Sie vermeinte das Angstgeschrei fliehender Menschen zu vernehmen und das Stöhnen der Verletzten. Dieses scheinbare Erlebnis erschütterte sie so sehr, dass sie vor Entsetzen die Augen schloss. Ein Jammerlaut entrang sich ihrer Brust. Sie stand da, die Arme von sich gestreckt, die Finger gespreizt, als käme die leibhaftige Kriegsfurie auf sie zu.

Eine von den zunächst stehenden Kameradinnen schaute zufällig nach Setsuko. Das Mädchen dachte, die zarte, überempfindliche Setsuko wäre durch das Unglück so erschreckt worden, dass sie gleich ohnmächtig umsinken werde. Sie umfing Setsuko, stützte sie und sah nun die Burschen den Schutt wegräumen, Balken hochstemmen und den verunglückten Studenten Yonekura fast unversehrt aufstehen.

„Beruhige dich, Setsuko“, sagte das Mädchen, „dem Jungen ist nichts geschehen. Höre – er kommandiert schon wieder.“

Setsuko hatte die Arme sinken lassen. Ihr Kopf hing vornüber. Ihre Schultern zuckten. In leidenschaftlichem Tonfall stieß sie hervor: „Ich will weg von hier! Ich mag nicht mehr mithelfen, Häuser niederzureißen! Was wir tun, ist genauso böse, wie eine Stadt mit Bomben zerstören. Ich hasse den Krieg und alle Menschen, die ihn wollen!“

Die Kameradin drückte Setsuko fester an sich und blickte in die Runde. „Sei still, sei still“, raunte sie. „Alle denken nicht so wie du. In unserer Gruppe gibt es einige Kriegsbegeisterte, sie werden dich dem Lagerführer melden, wenn sie hören, was du redest.“

Setsuko versuchte sich der Umschlingung zu entziehen.

„Sie sollen es hören! Alle sollen es hören", sagte sie lauter als zuvor. „Wenn man mich bestraft, ist mir das lieber, als mitschuldig zu sein."

Aus der Gruppe der Zuschauerinnen rief ein plump gebautes Mädchen: „Was ist los mit Setsuko? Was regt sie auf?"

Setsuko wollte Antwort geben, aber ihre Kameradin presste sie rechtzeitig an sich, so dass Setsukos Gesicht in den Stoff der Arbeitskleidung gedrückt wurde. Statt Setsuko erwiderte die tapfere Freundin: „Sie wollte vorhin unbedingt dem Burschen helfen, der verschüttet wurde. Ich habe sie aber festgehalten und darum ist sie jetzt so zornig."

Die Plumpe lachte spöttisch: „Das sieht Setsuko ähnlich. Anderen will sie helfen und dabei ist sie zu schwach, um eine Schaufel richtig zu halten."

„Man hat nur Ärger mit ihr", sagte eine Nachbarin des plumpen Mädchens. „Unsere Gruppe hätte schon längst eine Auszeichnung bekommen, wenn Setsuko nicht das Gedicht ‚Auf den Ruinen' geschrieben hätte."

Die alte Frau Kumakichi stocherte mit einem Span in der Erde des winzigen Gartens vor ihrem Haus. Sie bohrte den Span in zwei Finger breitem Abstand immer aufs Neue in den Boden und murmelte dabei: „Ich kann's nicht glauben – der Topf muss da sein – er hat es gesagt – nie hat er gelogen – nie – so ein guter Mann war er – und so fleißig – ich kann mich auch genau erinnern, wie er einmal abends den Topf genommen hat und fortgegangen ist – ich hab ihn nicht gefragt, was er mit dem Topf tun will – er ist mein Mann, hab ich gedacht – darf eine Frau ihren Mann fragen, was er vorhat? – nein, sie darf nicht – sie muss warten, bis er von selber davon redet – aber gesehen hab ich den Topf nicht mehr – er muss also … Halt! Was ist denn das – ah, nur ein Stein … er muss also den Topf vergraben haben – jawohl, er steckt bestimmt noch …"

Frau Kumakichi unterbrach ihr Selbstgespräch und spähte in gebückter Haltung durch die Ritzen des Zaunes aus Bambusstäbchen, der das Gärtchen umschloss. Falls sie sich nicht täuschte, hatte sie soeben die Stimmen der Kinder ihrer Nachbarin Yasuko Sasaki vernommen. Tatsächlich! Sie kehrten zurück. Die kleine Sadako plärrte. Hatte Shigeo sie geschlagen?

Frau Kumakichi richtete sich ächzend auf. Vom langen Bücken war ihr Rückgrat steif geworden. Oh, wie das schmerzte!

„Was fehlt der Kleinen? Warum weint sie?", rief Frau Kumakichi dem Jungen zu.

Im Gehen machte Shigeo die übliche Verbeugung. „Sie hat Hunger, Kumakichi-san. Sie will nach Hause, aber es ist kein Essen zu Hause."

Um der Kleinen ihr Mitleid zu beweisen, schlug die alte Frau in übertriebener, spaßig gemeinter Art die Hände zusammen. Sie wiegte den Oberkörper und sagte in dem singenden Tonfall einer Großmutter, die ein plärrendes Enkelkind beruhigen will: „Olalalalei, das kleine Fräulein Sadako ist hungrig! Gleich wird Sadako sterben vor Hunger. Gleich fällt sie um! Ich muss sie festhalten!"

Angesichts der lustigen Grimassen, die Frau Kumakichi schnitt, während sie redete, beruhigte sich Sadako und verzog das Mäulchen. Jetzt zuckte es um ihre Mundwinkel und schon lächelte sie.

„Ah, siehst du, so gefällst du mir gleich viel besser", lobte Frau Kumakichi. Sie wackelte nun mit dem erhobenen Zeigefinger. „Wenn du wieder weinst, kommt der böse Drache Chikamatsu geflogen und frisst dich. Das macht er mit allen Kindern, die viel weinen. Jaaa, das tut er."

Sadako bestaunte den wackelnden Zeigefinger der Alten. Der interessierte sie viel mehr als der Drache Chikamatsu, von dem immer bloß geredet wurde, der sich aber nie sehen ließ.

„Chikamatsu hat keinen Hunger", belehrte Sadako den drohenden Zeigefinger. Sie entwand sich dem Griff des Bruders und deutete mit beiden Händen einen mächtig gewölbten Bauch an. „Chikamatsu ist sooo dick – alles hat er gefressen – nichts hat er übrig gelassen. Wenn er kommt, schlag ich ihn tot – so mache ich es ..." Sie strampelte mit den Beinen und hämmerte mit den Fäusten auf etwas Unsichtbares. Sie war sehr zornig auf den Drachen Chikamatsu.

Frau Kumakichi hatte sich lauschend über den Bambuszaun gebeugt. Sie verstand nicht sofort, was Sadakos Reden und Gebärden bedeuten sollten. Als aber die alte Frau begriff, sagte sie gerührt: „Ah, wie traurig ist das! Die Kleine meint, der Drache frisst uns alles weg, weil es so wenig für uns zu essen gibt ..."

Sie stockte, spähte nach links und rechts, und als sie keine unerwünschten Zuhörer bemerkte, setzte sie eifrig fort: „Aber ich sage – der Krieg ist dieser Drache. Er wird uns noch alle fressen. Du wirst sehen, Shigeo – bald wird man Jungen in deinem Alter zu Soldaten machen. Jawohl, das wird man tun. Mein guter Mann war schon mehr als sechzig Jahre alt, als die von der Marine ihn geholt haben, weil er früher einmal als Lotse Dienst gemacht hat. Er war krank; aber er würde heute noch leben, hätte er zu Hause bleiben dürfen. Der schwere Seedienst hat ihn umgebracht. Alles Üble kommt vom Krieg – sag ich."

Eine kurze Weile schaute sie böse und mit starrem Blick auf den Bambuszaun, dann veränderte sich ihre Miene. Unter lebhaften Gebärden, wie nach einem guten Einfall, öffnete sie das wackelige Türchen im Zaun und zog die Kinder in den Vorgarten. Zu Shigeo sagte sie, listig zwinkernd: „Heute Nacht hab ich von meinem Mann geträumt. Er hat zu mir gesagt: Geh in den Garten und grabe, ich habe dort einen Topf voll Reis versteckt. Grabe, du wirst ihn finden."

Shigeo gaffte verständnislos. Frau Kumakichi stieß ihn aufmunternd vor die Brust. „Begreifst du nicht? Ein großer Topf mit Reis ist hier irgendwo vergraben! Hilf mir, ihn zu suchen. Er muss da sein. Ich habe schon mit dem Holz da ein Stück aufgegraben. Jetzt versuch du es. Ich kann meinen Rücken nicht so lang krumm machen."

Shigeo verneigte sich höflich. „Aber Sie haben das nur geträumt, Kumakichi-san. Wahr ist es nicht", erwiderte er respektvoll.

Sie zeterte: „Natürlich ist es wahr! Mein Mann hat zu Lebzeiten nie eine Lüge erzählt, er wird mich auch im Traum nicht belügen. Da, nimm das Holz und grabe. Wenn du den Topf findest, gehört die Hälfte Reis dir."

Zögernd nahm Shigeo den Span entgegen und stach ihn lustlos in den Boden. Der Vorgarten maß immerhin fünf Schritt in der Länge und drei in der Breite. Das gab viel unnütze Arbeit. Die Sonnenhitze hatte das dürftig wachsende Gras gedörrt. Die Erde war hart und rissig geworden. Der Span drang selbst bei wuchtigen Stößen kaum fingerbreit ein. Es schien Shigeo zwecklos nach einem Topf zu suchen, den es gar nicht gab.

„Grabe auch in den Winkeln", befahl ihm nun Frau Kumakichi. Er gehorchte und bohrte den Span in diesen und jenen Winkel. Nirgendwo stieß er an einen Topf. Er begnügte sich, nur mehr oberflächlich die Erde aufzukratzen, und legte einen Porzellanscherben frei. Gleich grub er tiefer. Nichts!

Sadako hockte sich neben ihn. „Hast du schon Reis für

mich?", fragte sie und schaute von unten her zu seinem Gesicht auf. Das machte ihn noch mutloser. Er richtete sich auf und verneigte sich vor der alten Frau. „Kumakichi-san, ich habe einmal geträumt, meine Mutter hat mir eine Mundharmonika geschenkt, aber wie ich dann aufgewacht bin, ist es nicht wahr gewesen."

Die Greisin starrte ihn lange an, dann drehte sie langsam den Kopf zur Seite. Während sie mit beiden Händen einen dickbäuchigen Topf in der Luft formte, sagte sie mit kläglicher Stimme: „So groß hab ich ihn im Traum gesehen! Bis zum Rand war er mit Reis gefüllt. Und so schöne Körner waren es. Nur eine Hand voll möcht ich haben …"

Im Alten Schloss von Hiroshima befand sich das Hauptquartier des Oberbefehlshabers über alle Streitkräfte in Südwestjapan. Das Schloss galt als eine Sehenswürdigkeit der Stadt. Es stand auf einer Anhöhe in einem Park mit Bambushainen, uralten Zypressen und Zwergkiefern. Durch seine weit ausladenden Ziegeldächer mit den emporschwingenden Dachtraufen und den kunstvoll gearbeiteten Drachenfiguren an den Ecken glich es einem buddhistischen Tempel aus alter Zeit. Der Karpfenteich vor dem Schloss widerspiegelte in seinem moosgrünen Wasser die Vorderfront des Gebäudes mit allem Zierrat, den mächtigen Pfeilern und den Fenstern. Seerosen schwammen wie Gebilde aus weißem, gelbem und rosafarbenem Wachs auf dem Wasserspiegel. Ein Mückenschwarm tanzte lautlos in wechselndem Auf und Ab über der glasblanken Oberfläche des Teiches. Alles bot ein Bild tiefsten Friedens.

Die Gedanken des Oberbefehlshabers Feldmarschall Shunroku Hata galten dem Krieg. Er stand in einem prunkvoll eingerichteten Saal vor einem Fenster und schaute mit leerem Blick auf den Teich hinab. Vor einigen Minuten hatten die Offiziere seines Stabes nach Entgegennahme des Tagesbefehls den Saal verlassen. Nur der Erste Adjutant, Oberstleutnant Mishina, war nach einem Wink des Feldmarschalls zurückgeblieben. Dem Oberstleutnant war im Krieg der linke Unterarm zerschmettert worden. Er trug eine Prothese, die er, während er nun darauf wartete, angesprochen zu werden, mit der Rechten umfasste. Weil er den Vorgesetzten nicht durch dauerndes Anstarren beim Nachdenken stören wollte, drehte sich Mishina um und betrachtete eine Generalstabskarte des gesamten ostasiatischen Raumes. Sie bedeckte ein Drittel der Wand gegenüber der Fensterfront. Auf dieser Karte steckten Hunderte bunter Fähnchen. Sie bezeichneten die jetzt vom Feind beherrschten Gebiete. Seine Fähnchen umklammerten Japan. Das war aber nicht immer so gewesen.

Im Jahre 1937 drangen japanische Armeen in China ein. Der Kaiser brauchte neuen Siedlungsraum für sein Volk. Seine Soldaten eroberten ihn. Sie siegten an allen Fronten. Damals zeigten alle Fähnchen auf der Generalstabskarte das Flaggenzeichen des Kaiserreiches Japan: eine rot strahlende Sonne auf weißem Grund. Ein Jahr später endete das Schlachten. Die japanischen Sonnensymbole umgrenzten einen Großteil Chinas. Die ordengeschmückten Generäle Japans berieten aufs Neue vor der Generalstabskarte. Diesmal sollte das Kriegsschwert auf einen ungleich stärkeren Rivalen niedersausen. Der Schlag sollte ihn unvorbereitet treffen. Durch nichts gewarnt, ohne vorherige Kriegserklärung, würde dieser Rivale, die United States of America, durch diesen Hieb kampfunfähig gemacht sein.

Am 7. Dezember 1941 wurde Pearl Harbor, Flottenstützpunkt der USA auf der Hawaii-Insel Oahu im Pazifik, ohne vorherige Kriegserklärung überraschend von japanischen

Fliegern und Unterseebooten angegriffen. Lufttorpedos und Bomben hagelten auf Schlachtschiffe, Kreuzer und Flugzeugträger nieder. Unterwassertorpedos zerfetzten die Stahlwände der Schiffe. Tausende amerikanischer Marinesoldaten fanden den Tod. Zwei Drittel der Pazifik-Kriegsflotte der USA wurden vernichtet. Auf der Generalstabskarte steckte ein neues Siegeszeichen.

Von diesem Tag ab bewegten sich die Fähnchen mit den roten Sonnenzeichen unaufhaltsam vorwärts. Sie stürmten durchs Südchinesische Meer bis Malaysia. Sie steckten, neue Siege verkündend, auf Singapur, wo die Engländer geschlagen wurden. Sie setzten sich auf den Molukken und den Philippinen fest. Sie hakten sich in die Karolinen- und Marshall-Inseln im Stillen Ozean und bedrohten schon die Nordküste Australiens.

Immer neue Truppen wurden im Hafen von Hiroshima in Transportschiffe verladen. Immer neue Riesenmengen an Waffen und Munition wurden von Hiroshima aus nach den Kriegsgebieten verschifft. Jeder Sieg musste mit tausendfachen Opfern erkämpft werden. Der Jubel über jeden neuen Sieg übertönte die Klagen um die Gefallenen.

Ab 1943 wurden die Fähnchen mit den roten Sonnen umgesteckt. Auf demselben Weg, den sie gekommen waren, wichen sie zurück. Ihr Siegeslauf war zu Ende. Sie wurden verdrängt von Fähnchen mit den Flaggenzeichen der USA und Englands. Das Sternenbanner und der Union Jack nahmen die Stellen ein, auf denen früher die roten Strahlensonnen Nippons geprangt hatten. Die Fähnchen des Gegners umschnürten bald wie eine Kette das Inselreich.

Oberstleutnant Mishina vernahm einen Laut vom Fenster her. Er drehte sich blitzschnell um und stand stramm. Der Feldmarschall hatte gehüstelt. Sein Blick heftete sich vorübergehend auf die Generalstabskarte, glitt ab und streifte, ohne ein Ziel zu finden, über den lang gestreckten Beratungstisch in der Mitte des Raumes. Kartenrollen bedeckten den Tisch, Pläne, Dienstvorschriften und militärische Fachbücher.

Feldmarschall Hata hüstelte zum zweiten Mal. Der Adjutant stand wie zu Stein erstarrt. Sein Vorgesetzter winkte ihm mit müder Bewegung. „Nicht so, Mishina, nehmen Sie Platz. Ich muss mit Ihnen sprechen …"

Der Adjutant sprang zu einem Sessel, stellte ihn für den Feldmarschall zurecht und wartete, bis dieser sich gesetzt hatte. Auch dann noch zögerte der Adjutant, Platz zu nehmen, bis ihn ein neuer Wink zusammenknicken ließ: soldatisch knapp – eins, zwei! Jetzt saß er neben dem Oberkommandierenden. Aufrecht, und wieder wie erstarrt.

Feldmarschall Hata ließ den Kopf von einer Seite zur anderen pendeln. Er seufzte.

Tat er das, weil ihn Sorgen quälten oder weil er wünschte, sein Adjutant möge sich wenigstens einmal menschlich ungezwungen benehmen?

Der Adjutant wusste das Kopfpendeln und Seufzen nicht zu deuten, also blieb er stramm sitzen.

Der Feldmarschall strich mit einer Hand über das eisengraue kurz geschorene Haar. Den Kopf hielt er dabei gesenkt. Sein Blick war auf die Stiefelspitzen des Adjutanten gerichtet, als er sagte:

„Mishina, Sie haben gehört, was ich heute als Tagesbefehl den Offizieren vorgelesen habe … bitte, bleiben Sie sitzen! Also – Sie haben es gehört. Und nun will ich wissen, was Sie über die letzten Sätze denken."

Der Adjutant verfügte über ein ausgezeichnetes Gedächtnis. Er wiederholte im Geist die letzten Sätze des Tagesbefehls. Sie lauteten: „Wir haben alle von uns eroberten Gebiete dem Feind überlassen müssen. Wir haben uns nach schweren und verlustreichen Kämpfen auf unsere Inseln zurückgezogen. Aber jetzt sind wir stärker als je. Japan ist zu einer unüberwindlichen Festung geworden. Wir werden sie verteidigen bis zum letzten Blutstropfen."

Was gab es darüber zu denken? Es war alles klar: Verteidigung bis zum letzten Blutstropfen war befohlen.

„Sie wollen mir nicht sagen, was Sie wirklich denken?", fragte der Feldmarschall. Seine Stimme klang herrisch. „Sie fürchten, ich könnte Sie für einen Feigling halten? Ist es so? Nun, dann verrate ich Ihnen, was ich seit gestern weiß: Der Kaiser hat ein Kapitulationsangebot vorbereiten lassen."

Der Adjutant schnellte unbeherrscht von seinem Sitz hoch. Er starrte den Feldmarschall mit unnatürlich geweiteten Augen an, als wäre dieser von einer Sekunde zur anderen wahnsinnig geworden. Niemals vorher hätte der Adjutant Mishina es gewagt, sich derart respektlos zu benehmen. Aber was er soeben gehört hatte, war allerschlimmster Frevel. Das war so ungeheuerlich, so unwürdig eines Offiziers des Kaisers, dass er jeden anderen, Geringeren auf der Stelle getötet hätte.

„Setzen Sie sich, Mishina. Setzen Sie sich", sagte der Feldmarschall wieder mit klangloser Stimme. „Ich kann Ihre Erregung verstehen. Mich selbst hat diese Nachricht wie ein Blitz getroffen. Aber es ist so – wir haben den Krieg verloren. Das lässt sich nicht mehr leugnen."

Der Adjutant keuchte wie ein gehetzter Panter, der sich endlich dem Jäger stellt. Er ballte die Rechte zur Faust, öffnete sie und ballte sie abermals. Jetzt erschlaffte die Hand. Nur die Finger zuckten noch. Der Mann sackte nach einem letzten gurgelnden Laut in sich zusammen, sank auf den Sessel nieder und stierte vor sich hin. Er war bis zu dieser Stunde ein vorbildlich disziplinierter, tapferer, den Tod verachtender

Soldat gewesen. Jetzt flüsterte er: „Wir müssen kämpfen – bis zum Sieg."

Der Feldmarschall hob müde den Arm und ließ ihn gleich wieder auf die Sessellehne fallen. „Keine Phrasen mehr, Mishina! Wir haben gekämpft und sind geschlagen worden. Unsere Niederlage ist eine Strafe der Götter. Bekennen wir rechtzeitig unsere Schuld, dann wird die Strafe weniger hart sein."

Der Adjutant nahm wieder Haltung an. Er saß aufrecht und nur seine wilden Blicke zeigten noch, wie der Zorn in ihm wütete. „Herr Feldmarschall, worin besteht unsere Schuld? Wir alle haben unserem Vaterland und dem Kaiser treu gedient. Was kann man uns vorwerfen?"

Der Feldmarschall stand auf, umging mit schweren Schritten den Beratungstisch und blieb vor der Generalstabskarte stehen. Er drückte die Zeigefingerspitze auf die Hawaii-Insel Oahu. „Haben Sie Pearl Harbor vergessen, Mishina? Dort haben sich im Frieden unsere Kamikaze-Flieger mitsamt den Torpedos in den Flugzeugspitzen auf die amerikanischen Kriegsschiffe gestürzt und sich und die Schiffe vernichtet. Das ist im Frieden geschehen, Mishina!"

„Unsere Selbstmordflieger waren Helden, Herr Feldmarschall."

„Für uns waren sie Helden, Mishina! Aber für den Gegner sind sie Wahnsinnige gewesen, ausgeschickt von Wahnsinnigen."

„Wir werden weiterkämpfen", murmelte der Adjutant, aber der Feldmarschall schien nicht gehört zu haben. Er stützte sich, den Kopf gesenkt, auf den Tisch. „Wir haben in China tausende Zivilisten ohne Verhör erschießen lassen – wir haben kriegsgefangene amerikanische Flieger gegen jedes Kriegsrecht hingerichtet – wir haben in Städten geplündert

– wir haben Unzählige in Lagern hinter Stacheldraht langsam verhungern lassen. Man wird uns anklagen! Wir sind schuldig!"

Der Adjutant stieß den Kopf vor. „In jedem Krieg geschieht Unrecht, Herr Feldmarschall. Gestatten Sie mir, Sie daran zu erinnern, dass der Feind durch seine Flieger Napalmbomben auf unsere Städte werfen lässt. Auch das ist unmenschlich."

Der Feldmarschall wies auf die Orden an der Brust des Adjutanten. „Wir wollten den Krieg. Wir haben als Erste Bomben geworfen. Wir sind als Eroberer in fremde Gebiete eingedrungen. Wir sind die Schuldigen."

Oberstleutnant Mishina erhob sich unnatürlich langsam. Er sah aus, als habe ihn eine unsichtbare Faust im Genick gepackt und ziehe ihn hoch. Die Armprothese umklammerte er mit der Rechten wie einen Säbelgriff. Sein stierer Blick war auf die Stirn des Feldmarschalls geheftet. Schwer atmend stand er einige Sekunden lang mit vorgebeugtem Oberkörper, gleich einem Angreifer, der sich im nächsten Moment auf den Gegner stürzen will. Jetzt zischte er:

„Herr Feldmarschall! Sie sagen immer ‚wir'! Und Sie zeigen dabei immer nur auf mich! Ich fühle mich aber nicht schuldig! Wer hat uns denn befohlen, Schanghai, Kanton, Singapur um jeden Preis zu nehmen? Wer ist für den Überfall auf Pearl Harbor verantwortlich? Nur Sie und jene Herren Generäle, mit denen Sie im Oberkommando alle Überfälle und Raubzüge ausgeheckt haben. Jetzt möchten sich aber alle diese Verantwortlichen hinter uns verstecken."

Der Feldmarschall hatte anfangs mit etwas schief gelegtem Kopf und mit ungläubigem Gesichtsausdruck zugehört. Bei den letzten Worten Mishinas wurde jedoch sein Staunen über das disziplinlose Benehmen des Oberstleutnants zum Zorn. Die Faust hochgereckt, keuchte der Feldmarschall:

„Sie Nichtswürdiger! Bitten Sie mich augenblicklich um Verzeihung, sonst stelle ich Sie vor ein Kriegsgericht! Was Sie sagten, genügt für das Todesurteil!“

„Das würde auch Sie erwarten, Herr Feldmarschall“, erwiderte Mishina in ruhigerem Tonfall. „Sie selber haben von Gräueltaten der Armee gesprochen. Und sie sind in Ihrem Namen geschehen, Herr Feldmarschall! Auf Ihren Befehl! Wir – ich und Tausende – haben Ihre Befehle bloß ausgeführt. Genauso, wie Sie mir drohen, waren alle meine Kameraden vom Kriegsgericht bedroht, hätten sie den geringsten Befehl nicht durchgeführt. Sie sind einer der Schuldigen! Sie und Ihre Freunde wird man anklagen!“

Die erhobene Faust des Feldmarschalls war nach jedem Satz, den der Adjutant gesprochen hatte, um ein Stück tiefer gesunken. Nun lag sie reglos wie eine unnütz gewordene Waffe auf seinem Knie. Der Feldmarschall schaute mit irrem Blick nach der Generalstabskarte an der Wand. Unversehens richtete er sich auf, stieß den Adjutanten beiseite und stellte sich vor die Karte, die Hände auf dem Rücken verschränkt, die Beine gegrätscht. Minuten vergingen, der Adjutant rührte sich nicht. Das Feuer des Aufruhrs in ihm war erloschen. Er spürte nur mehr ein Brennen unter der Schädeldecke. Es war ihm dumpf bewusst, dass er ein ungeheuerliches militärisches Verbrechen begangen hatte. Dafür wird er büßen müssen. Aber es war ihm so gleichgültig wie alles andere, was nun geschehen würde. Er, ein japanischer Soldat, hatte sein Gesicht verloren. Außerdem hat er umsonst gekämpft. Seine Generäle haben die Ehre Japans verspielt. Aber zusammen mit ihnen wird man ihn zum gemeinen Plünderer, zum Kriegsverbrecher stempeln. Die Sieger werden ihn nicht entschuldigen, weil er seinen Kommandeuren blind gehorchen musste. Er hat im Krieg Bataillone angeführt. Er hätte manche Gräueltat verhindern können. Hat er es getan? Nein! Also ist er mitschuldig.

Die raue Stimme des Feldmarschalls riss den Oberstleutnant aus seinen Gedanken. Er hörte den Vorgesetzten sagen: „Noch hat der Kaiser die Kapitulation nicht bekannt machen lassen. Noch sind wir als Verteidiger unseres Vaterlands verpflichtet, als Soldaten weiterzukämpfen. Daher befehle ich Ihnen, Mishina – erzählen Sie niemandem von unserem Gespräch. Es gilt als Dienstgeheimnis. Haben Sie mich verstanden?"

Der Adjutant schaute überrascht, stand dann stramm und schnarrte: „Jawohl, Herr Feldmarschall!"

An der Tür erwies er die Ehrenbezeigung, diszipliniert wie sonst. Der Feldmarschall wartete, bis die Tür ins Schloss fiel, danach schritt er zum Fenster und blickte zur Stadt hinüber. Er sah Fabrikschlote rauchen, er sah Kräne im Hafen Lasten heben, er bemerkte, dass das Gerüst einer neuen Lagerhalle in der Mitsubishi-Werft seit gestern gewachsen war, und er sah auch auf einem Exerzierplatz Soldaten üben. In dieser Stadt wurde überall für den Krieg gearbeitet. Und trotzdem war sie bisher vom Krieg verschont geblieben. Merkwürdig: Hiroshima, ein Rüstungszentrum ersten Ranges und doch die einzige Stadt Japans, die der Feind bisher nicht bombardiert hatte.

Der Feldmarschall trommelte mit den Fingerspitzen in Gesichtshöhe an die Fensterscheibe. Er dachte unvermittelt: „Napalmbomben sind furchtbar – wo eine hinfällt, brennt alles – in Tokio sind ganze Stadtteile durch diese Bomben in Flammen aufgegangen –, sie werden auch noch auf Hiroshima fallen, wenn der Kaiser die Kapitulation zurückhält – "

Er hörte auf gegen die Scheibe zu trommeln und krümmte

die Finger. Die Faust zum Schlag bereit, stierte er mit wildem Blick ins Freie. Jetzt schrie er in jähem Wutanfall:

„Auch ich habe nur meine Pflicht getan! Nur meine Pflicht! Mich darf man nicht anklagen. Mich nicht! Ich war ein treuer Soldat meines Kaisers."

Die Faust schlug zu. Das Fensterglas zersplitterte. Von der Faust des Feldmarschalls tropfte Blut.

Am 30. Juli um vier Uhr fünfzehn näherte sich von Osten her eine zweimotorige Kuriermaschine der Flugbasis Tinian, einer Insel der Marianengruppe im Westpazifik. Das Flugzeug kurvte steil abwärts, beschrieb über dem Flughafen einen weiten Bogen und setzte, gegen den Wind gedreht, zur Landung an. Das Motorengedröhn verstärkte sich, als die verstellbaren Propellerflügel verdreht wurden und die Luft stauten. Durch diese Bremswirkung verringerte sich die Landegeschwindigkeit um ein Drittel. Und das war notwendig, denn die Rollbahn war kurz. Jetzt berührten die Räder den Boden und federten in schnellen Stößen über die vor Hitze flimmernde Betonpiste. Das Heck senkte sich. Die Hinterräder setzten auf. Die Maschine rollte aus.

Neben der Startbahn saßen auf leeren Benzinkanistern im Schatten einer Königspalme drei Kartenspieler: der kraushaarige William Sharp, Beobachter im Aufklärungsdienst, der Kopilot George Hawkins und der Heckschütze Frank Richardson. Hinter Sharp stand, an den Stamm der Palme gelehnt, der Bordschütze O'Hagerty. Als Einziger beobachtete er das Landungsmanöver der Kuriermaschine. Als diese nun langsam auf das mit einer Wellblechkuppel überdachte Kommandantengebäude zusteuerte, hob O'Hagerty die Konservendose mit Orangensaft zum Mund, die er vorher abwartend mit der Rechten gehalten hatte. Er setzte sie an die Lippen, schlürfte, wandte aber den Blick nicht von der gelandeten Maschine. Er sah drei Offiziere aus dem Passagierraum klettern und zwei Zivilisten. Jäh ließ O'Hagerty die Dose sinken. „Schaut euch das mal an!", rief er den Kartenspielern zu. „Schon wieder sind zwei Vergnügungsreisende zu uns auf Besuch gekommen. Gestern Nachmittag waren es drei, heute Morgen einer, und jetzt sind es die zwei dort. Was ist da los?"

„Stör uns nicht mit deinem Gequatsch", murrte Sharp. „Ich bin grad dabei, meine Partner tüchtig reinzulegen. Schau dir meine Karten an. Da!" Er hob sein Spiel über den Kopf, und zwar so, dass nur O'Hagerty die Kartenbilder sehen konnte, während den Partnern die Kartenrücken zugekehrt blieben.

Bordschütze O'Hagerty musterte ohne besonderes Interesse die Karten und schaute gleich wieder nach den fünf Passagieren der gelandeten Maschine.

Heckschütze Richardson grinste. Er hatte das Mienenspiel O'Hagertys beobachtet und rief ihm zu: „Na, sag es uns schon, wie viel schöne Trümpfe unser lieber kleiner Sharpie in der Hand hat!"

Mit einer Gebärde der Geringschätzung spuckte der Kopilot Hawkins ein Stück Kaugummi aus. „Ich wette – Sharpies Karten sind nicht mal einen Nickel wert. Seine Tricks kenne ich schon auswendig. Er will uns bloß bluffen."

„Hab ich gar nicht notwendig", knurrte Sharp und kraulte sich mit der Linken am Hinterkopf. „Wenn ich meine Karten auflege, schmeißt's euch um, das kann ich euch flüstern. Aber ich bin nicht so – ich hab ein gutes Herz. Da, ich leg noch zwei Dollar zu. Geht ihr mit? Oder wollt ihr aussteigen? Aber wenn ihr das tut, dann nur mit Fallschirm, sonst bumst es, weil ihr … He, Haggy! Bist du übergeschnappt? Lass los!"

O'Hagerty hatte plötzlich die Finger in Sharps Kraushaar

gekrallt und rüttelte den Kopf des Kameraden. Aufgeregt deutete O'Hagerty mit der Konservendose nach der Kuriermaschine. „Guck doch, Sharpie!", rief er. „Ein General der Luftstreitkräfte ist auch mitgekommen. Eben steigt er aus!"

Im Begriff, die Finger loszureißen, die ihn so unsanft festhielten, stutzte Sharp und schaute überrascht nach dem fremden General. Auch Richardson und Hawkins gafften verwundert. Der General trug zwei dicke Ledermappen, die er fest an die Brust drückte. Zwei Soldaten des Bodenpersonals, die schon die Abstiegstreppe wegrollen wollten, zuckten zusammen und rissen die Hände an die Kappen. Der Flugplatzkommandant schien gleichfalls den Besuch eines so hochgestellten Vorgesetzten nicht erwartet zu haben. Sekundenlang blinzelte der Kommandant, wie von der Sonne geblendet, dann ließ er kurzerhand die fünf Männer stehen, mit denen er soeben Händedrücke getauscht hatte, und eilte dem General entgegen. Militärisch knapp erstattete er die vorschriftsmäßige Meldung und ergriff die kameradschaftlich gebotene Hand des Vorgesetzten erst nach einem kaum merkbaren Zögern. Dienstbeflissen wollte er dem General die beiden Ledermappen abnehmen. Es wurde nicht gestattet.

„Habt ihr das gesehen?", sagte Sharp. „Der General hat unseren strengen Boss ganz schön abrutschen lassen. Nicht einmal die Taschen darf er tragen."

„Was in denen drinnen ist, möcht ich wissen", sagte O'Hagerty. Richardson schnippte mit zwei Fingern. „Ich weiß es – Fotografien von Hollywood-Filmstars. Zum Verteilen an uns. Damit wir nicht ganz vergessen, dass so viele hübsche Girls in den Staaten voll Sehnsucht auf uns warten."

Hawkins sprang auf. In theatralischer Pose breitete er die Arme aus und balancierte auf einem Bein. Im Singsang rezitierte er: „Ich eil, ich eil! Seht, wie ich eil – so fliegt vom Bogen des Tataren Pfeil."

„Mach keine blöden Witze", knurrte Sharp übel gelaunt. „Jetzt glaub ich selber, es ist was Besonderes im Gange."

Hawkins setzte sich beleidigt. „Blöde Witze sagt er – und ich spiel ihm klassisches Theater vor. Der Vers war aus ‚Sommernachtstraum' von Shakespeare."

O'Hagerty nahm keine Notiz von dem Gezänk. „Boys, ich wette mit euch, der General hat in den zwei Taschen Geheimbefehle, die extrasuperwichtig sind."

„Darum brauchst du gar nicht erst wetten", erklärte Richardson. „Das war mir schon klar, als ich gesehen hab, dass er sie an sein Herz drückte wie ein Verhungernder einen Schinken."

„Na und dass er mit seinem ganzen Gefolge in einer Kuriermaschine kommt, das hat nichts zu bedeuten?", fragte Sharp.

„Hat sich was mit dem Gefolge", spöttelte Hawkins. „Die fünf sind vor ihm ausgestiegen. Ist euch das nicht aufgefallen? Ich wette einen Dollar, dass der General mit den drei Offizieren und den zwei Zivilisten kein Wort geredet hat während des ganzen Flugs über den Pazifik. Er hat sie kalt geschnitten und das haben sie ihm vorhin heimgezahlt."

Sharp beugte sich vor und zupfte ungeduldig an Hawkins' Ärmel. „He, du Theaternarr! Erzähl gefälligst deine Fantasiegeschichten später. Mich interessiert jetzt nicht, wer wen kalt geschnitten hat, sondern wie ich euch beide heiß schneiden werde. Deck deine Karten auf! Oder hast du zu wenig im Spiel?"

Hawkins presste, verschämt tuend, seinen Kartenfächer an die Brust und deklamierte: „Reiz nicht zu sehr den Abscheu meiner Seele! Mir ist schon übel, blick ich nur auf dich."

Sharp griff wütend an die Stirn. „Ja, ja, mir wird auch übel, wenn du so dummes Zeug daherredest."

„Dummes Zeug? Ein Vers von Shakespeare?", rief Hawkins ehrlich empört. „Mann, hast du denn gar kein bisschen Gefühl für das Schöne? Hast du dein ganzes Leben lang immer nur Karten gespielt? Oder bist du erst durch diesen verdammten Krieg so abgestumpft worden, dass dich die Worte eines großen Dichters so gleichgültig lassen wie Froschgequake?"

Richardson legte kameradschaftlich den Arm um Hawkins. „Reg dich nicht so auf, Kleiner. Nimm Sharpie, wie er ist. Er kann nicht aus seiner Haut."

Hawkins schüttelte unwillig den Arm ab und redete unbeirrt weiter: „Was bleibt uns denn noch anderes als die Poesie von Übermenschen, nachdem wir es erlebt haben, wie alles Übrige, was wertvoll war, in diesem Krieg in den Dreck gestampft worden ist? Ich werde, wenn ich heimkomme, erst dann wieder glauben, dass ich keine wilde Bestie, sondern ein Mensch bin, wenn ich in einem Theater sitze und durch Schauspieler ein Dichter zu mir spricht. Versteht mich recht – einer von diesen wenigen Auserwählten, der imstande ist, mich zu überzeugen, dass der Mensch ein Geschöpf Gottes ist und nicht des Teufels." Er schleuderte die Karten auf den Blechkanister und rang die Hände, wobei er den Blick himmelwärts richtete. „Lass mich diese Stunde erleben, lieber Gott – lass sie mich, bitte, erleben! Als Soldat muss ich stur gehorchen – wenn man mir befiehlt: Schlag deinen Bruder nieder, er ist der Feind – muss ich es tun. Und ich will nicht! Ich will nicht!"

Er trommelte mit beiden Fäusten auf seine Knie, auf die Brust. Er benahm sich wie ein Tobsüchtiger. O'Hagerty und Richardson packten ihn und hielten ihn fest. Sie redeten ihm zu:

„Hawky! Was ist los mit dir?" – „Hawky, sei gut!" – „Bist ja unser lieber Kamerad." – „Ich schenk dir mein schönes Jagdmesser, Hawky – hörst du? Das Messer mit dem geschnitzten Griff, das ich aus Burma mitgebracht hab …"

Sharp bemühte sich nicht um Hawkins. Er hatte, als der Kamerad seine Karten zu Boden schleuderte, keinen Blick davon gelassen. Jetzt bückte er sich und hob eine Karte nach der andern auf, wobei er murmelte: „Mich nennt er einen Bluffer. Diese Wanze! Nichts hat er gehabt – keinen einzigen Trumpf –, da! Wieder nichts! – Jetzt versteh ich, warum er so ein Theater macht – reinlegen wollt er mich – da hat er sich aber heiß geschnitten – mich blufft keiner so leicht – na warte, mein Junge, das wird dich bald einen Zehner kosten."

Nun schaute Sharp zu den Kameraden auf, die Hawkins beruhigen wollten. „Lasst ihn los! Merkt ihr nicht, dass er uns wieder nur ein Theater vormacht? Da! Guckt euch seine Karten an! Keine ist eine zerrissene Schuhsohle wert. Aber groß angeben möchte er damit. Er soll weiterspielen, dann werde ich ihm zeigen …"

„Geh zum Teufel mit deinen Karten!", fuhr O'Hagerty den Spielwütigen an. „Immer nur Karten, Karten. Hast du nichts anderes in deinem Schädel als Karten?"

Er wandte sich an Richardson: „Hawky hat ganz Recht mit dem, was er vom Theater gesagt hat. Mich selber hat dieser Krieg zu einer Maschine gemacht. Wenn ich im Flugzeug hinter meiner Bordkanone steh, denke ich nichts mehr. Ich suche den Luftraum um mich ab … und warte. Zeigt sich ein Japs, nehm ich Ziel wie auf einem Schießstand. Hab ich ihn gut im Fadenkreuz, bums ich los und denk mir wieder nichts dabei, wenn es ihn erwischt hat."

Er stieß einen Seufzer aus, blickte sinnend über Palmkronen hinweg nach einer Dreierstaffel vom Feindflug zurückkehrender Bomber vom Typ B-29 und fügte mit leiser Stimme hinzu: „Wenn dann so ein armer Teufel mit seiner brennenden Maschine abgestürzt ist, hab ich manchmal ein Gebet gesprochen, das ich als Kind gelernt hab. Aber ehrlich leidgetan hat mir der andere nicht …"

„Hawky hätte an deiner Stelle bestimmt einen Vers aus einem Trauerspiel aufgesagt", witzelte Sharp. „Er ist ja so feinfühlend, unser Dichterverehrer, dass er am liebsten jedem Japs, der uns abknallen möchte, mit einem Blumenstrauß zuwinken würde. Tatsächlich – jedes Mal, wenn er als Kopilot fliegt, fürchte ich, er wird den Japsen funken: Liebe Freunde! Hier spricht George Hawkins aus Boston in den USA. Ich bin gekommen, um euch zu braven Christenmenschen zu machen."

Richardson lachte glucksend. Zu O'Hagerty sagte er: „Jetzt spinnt er wieder. Aber das mit dem Blumenstrauß wäre keine schlechte Idee. Stell dir das richtig vor – da erklären ein paar hohe Tiere in diesem Land einigen anderen hohen Tieren in jenem Land den Krieg. Aus irgendeinem Grund. Vielleicht nur deshalb, weil sich die andern mehr Butter aufs Brot streichen können. Aber die beiden Völker wollen einander nicht abschlachten. Sie nehmen den Soldaten die Waffen weg und geben ihnen statt dessen Blumensträuße zum Kriegführen. Das wäre doch eine Sache, was?"

„Das ist das Blödeste, was ich je gehört habe", brummte O'Hagerty. „Jedes Volk muss das tun, was seine Politiker wollen und seine Generäle befehlen."

„Ja, das weiß ich", rief Richardson ungeduldig. „Aber warum ist das so? Eine Million oder meinetwegen hunderttausend Menschen oder nur zehntausend in einem Land müssen doch gehört werden, wenn sie schreien: Wir wollen keinen Krieg! Wir haben keine Feinde in dem andern

Land. Es sind Menschen wie wir! Sie haben uns nichts zuleid getan ..."

Sharp blickte sichernd in die Runde, dann winkte er Richardson. „Red nicht so laut, du Eierkopf! Oder hast du noch nicht bemerkt, dass Käptn Miller um uns herumschleicht?"

Sofort bückte sich O'Hagerty und tat, als müsste er die Schnürbänder seines Stiefels binden. Dabei flüsterte er von unten herauf Richardson zu: „Jetzt hat dir Hawky, ohne es zu wollen, die Antwort auf deine Frage gegeben – warum ist das so? Einer traut dem andern nicht – darum ist das so. Und wenn du meine Meinung auch noch hören willst, sag ich sie dir gerne – zuerst reden die großen Tiere mächtig viel davon, welche Gefahr dem Lande vom Gegner droht, dann wird Propaganda für den Krieg gemacht, dann heißt es: Verteidigt eure Freiheit, euer Land, eure Ehre und was weiß ich noch alles – und schließlich wird jeder, der noch anderer Meinung ist, als Volksverräter behandelt. Und jetzt sag mir: Wirst du dann, falls du nicht deinen Verstand völlig verloren hast, als Einziger brüllen: Verjagt die Kriegshetzer?"

Richardson nickte stumm. Sharp mischte die Karten. Hawkins, der unterdessen, vorgebeugt und das Kinn auf die Hände gestützt, vor sich hingestarrt hatte, setzte sich gerade. Mit gedämpfter Stimme äußerte er sich: „Man hat nicht seinen Verstand verloren, wenn man schreit: Verjagt die Kriegshetzer! Ich habe gelesen, dass es in Hitler-Deutschland hunderttausende Kriegsgegner gegeben hat. Sie waren in Konzentrationslagern gefangen, weil sie so mutig gewesen sind, ihre Meinung zu sagen. Sie sind als Märtyrer für die ganze Menschheit gestorben."

Sharp zog den Kopf zwischen die Schultern und schüttelte sich in komischem Entsetzen: „Mir ist es lieber, ich bin ein lebendiger Krieger als ein toter Märtyrer. Ich hoffe nämlich, den Krieg zu überleben."

„Ja, diesen Krieg überlebst du vielleicht, aber im nächsten wirst du von Bomben zerrissen", zischelte Richardson grimmig.

Hawkins schlug zornig mit flacher Hand auf das Knie. „Also, du bist wirklich schon reif fürs Irrenhaus. Denn das getrau ich mich bei meinem Augenlicht zu beschwören: Nach diesem zweiten Weltbrand wird es keinen dritten mehr geben. Man kann nämlich weder die zerbombten Städte in Europa übersehen noch die Millionen Soldatengräber. Wenn in den nächsten dreißig Jahren ein Politiker es wagt, vom Krieg zu reden, wird man ihn in Stücke reißen. Das ist ..."

O'Hagerty unterbrach ihn. „Achtung, Burschen! Käptn Miller kommt auf uns zu."

Der Offizier hatte vorher, augenscheinlich mit großem Interesse, den Start eines Fernaufklärers beobachtet. Dabei hatte er sich der Gruppe der vier genähert, indem er sich bald mit kurzen, langsamen Schritten vorwärtsbewegte, bald stehen blieb. Man hätte nicht mit Sicherheit sagen können, dass er das tat, weil er das Gespräch der vier belauschen wollte, aber die Haltung seines seitwärts gedrehten Oberkörpers ließ es vermuten. Als er nun vor der Gruppe Halt machte, tat er es auf eine Art, als wäre er auf seinem Weg an ein unerwartetes Hindernis gestoßen. Wie erstaunt schob er die rotblonden, buschigen Augenbrauen hoch, dankte lässig für die erwiesene Ehrenbezeigung und wippte dann, die Hände über dem Rückenende verschränkt, auf den Fußspitzen. Lächelnd und in einem Ton, der kameradschaftlich klingen sollte, fragte er: „Na, Leute, worüber streitet ihr? Dauert euch der Krieg zu lange?"

„Ach wo, Sir", antwortete Sharp grinsend. „Ist doch was Schönes, wenn man Länder begucken kann, von denen unsereiner früher bloß reden gehört hat. Hätte ich mir jemals träumen lassen, dass ich einmal Japan überfliegen werde? Bestimmt nicht, Sir."

Kapitän Miller wiegte den Kopf in einer Weise, die man ebenso gut als Zustimmung wie auch als Verneinung deuten konnte. „Hm, überfliegen ist nicht so interessant als dort spazieren zu gehen."

O'Hagerty rief verwundert: „Wollen Sie vielleicht sagen, Sir, dass wir bald auf japanischem Boden spazieren gehen werden?"

Der Kapitän musterte schmunzelnd einen nach dem andern. „Stellt euch doch nicht so, als hättet ihr nichts Ungewöhnliches bemerkt in den letzten Tagen. Ihr habt doch Augen im Kopf. Seid doch aufrichtig zu mir – was denkt ihr euch so, wenn Kuriermaschinen mit Zivilisten und Generalstäblern auf unserer Flugbasis landen? Na, schießt los! Sprecht mit mir, als wär' ich Bordschütze X oder Y."

„Ja, was sollen wir uns schon dabei denken?", erwiderte O'Hagerty schwerfällig. „Wir meinen halt, es soll vielleicht – etwas gebaut werden. Neue Hangars und so."

„Ach nein!", rief der Offizier scheinbar belustigt. „Mir wollen Sie einreden, dass ihr alten Füchse glaubt, man holt Zivilisten hierher zum Bauen? Seit wann ist es üblich, dass Militärfachleute die Uniform ausziehen, he?"

Sharp zwinkerte, von Miller ungesehen, O'Hagerty warnend zu. Aber der spielte ohnehin seine Rolle als Dummer gut. Er lächelte einfältig. „Ja, das ist wahr. Daran hab ich gar nicht gedacht, Sir. Und meine Kameraden wohl auch nicht, stimmt's? Hawky? Richardson? Sharpie?"

Zwei nickten, Sharp drehte sich auf seinem Sitz und schaute zu dem Offizier auf. „Wissen Sie, Sir – wenn man so wie wir jeden Tag im Einsatz fliegen muss, dann macht man sich keine Gedanken über das, was rundum vorgeht. Wir haben uns vorhin gestritten, weil mein Kamerad Hawky mich reinlegen wollte. Stellen Sie sich vor, Sir – Hawky hat kein einziges gutes Blatt in seinem Spiel, aber er gibt an, als könnte er uns zudecken mit Trümpfen. So ist er, mein Freund Hawky …"

Sharp wollte sein Lamento fortsetzen, aber Kapitän Miller zerhackte mit einer ungeduldigen Handbewegung den Ansatz zur Rede. In verändertem Ton fragte er: „Und was halten eure übrigen Kameraden davon? Ich meine – was machen die sich für Gedanken über den Besuch von Zivilisten und Generalstäblern? Das Bodenpersonal zum Beispiel sieht doch Verschiedenes mehr als ihr."

Zum ersten Mal gab Hawkins Antwort: „Das mag schon stimmen, Sir. Aber wir vier hier sind ein Kleeblatt. In unserer knappen Freizeit stecken wir immer zusammen und kümmern uns nicht viel darum, was die andern quatschen."

Die Augen halb zugekniffen, blickte Kapitän Miller den Kopiloten Hawkins lange und forschend an. Jetzt nickte Miller, als bestätige er, was er soeben gedacht hatte. „Ihr vier seid wirklich ein Kleeblatt – aber eines, das man in eine Presse geben sollte, um die Wahrheit herauszuquetschen." Jäh drehte er sich weg und ging mit langen Schritten davon.

Sharp rieb sich freudig die Hände aneinander. „Dem haben wir's fein gegeben! Der wird sich nicht mehr so bald mit uns unterhalten wollen."

„Aushorchen wollte er uns, der Schnüffler", brummte Richardson.

„Na klar, das wollte er", bestätigte O'Hagerty. „Er ist mir schon aufgefallen, als wir noch auf der Insel Luzon stationiert waren. Damals hat er auch alle Streifenträger bis zum Unterleutnant um ihre Meinung über dies und jenes gefragt.

Dann ist er mit einem Mal versetzt worden und vor vierzehn Tagen ungefähr ist er bei uns wieder aufgetaucht."

„Ja, jetzt erinnere ich mich!", rief Hawkins. „Er ist nach Luzon gekommen, bevor unser Geschwader bei den ersten Großangriffen gegen die Stützpunkte der Japaner auf Formosa eingesetzt wurde. Damals hat man auch alles Mögliche geredet und vermutet, weil vorher allerhand Merkwürdiges geschehen ist."

„So wie in den letzten zwei Wochen bei uns", ergänzte O'Hagerty nachdenklich. „Nur sind auf Luzon keine Zivilisten zu uns gekommen wie diesmal. Meiner Meinung nach sind es Sonderbeauftragte. Ich sage euch, es wird ein ganz spezieller Coup geplant. Ich spür's an der dicken Luft. Für so was hab ich einen Riecher – ich bin lang genug im Einsatz gewesen."

In der Befehlsstelle des Flugplatzes saßen, im Kreis um einen niedrigen Tisch gruppiert, der Geschwaderkommandant Ralph Scott, sein Adjutant und vier Ortsfremde: ein Luftwaffengeneral vom technischen Stab und drei Fliegeroffiziere. In zwangloser Haltung studierten diese Männer Luftaufnahmen bombardierter japanischer Städte und tauschten ihre Meinungen darüber aus. Abseit dieser Offiziere standen, über einen andern Tisch gebeugt, sechs Zivilisten. Im Gegensatz zu den Offizieren sprachen sie im Flüsterton miteinander. Einer von ihnen, ein Mann mit einem Gelehrtenkopf, bekritzelte ein Blatt Papier mit mathematischen Formeln und Schlüsselzahlen. Als das Blatt fast bis zum unteren Ende mit Berechnungen bedeckt war, strich er erschöpft übers Gesicht und sagte leise: „Sehen Sie – das wäre, grob skizziert, der vorletzte Stand unserer Forschungen in Los Alamos. Die Mengenberechnung des Urans, die Darstellung der Streuwinkel und die Weglänge der Neutronen, welche die Kettenreaktionen auszulösen haben, sind ein überwundenes Problem. Die Uranbombe ist bereits von der Plutoniumbombe überholt. Ich sage Ihnen voraus, dass wir …" Er unterbrach seinen Vortrag.

Der General hatte sich umgedreht und zeigte den Zivilisten ein Bild. „Das ist Hiroshima, meine Herren! Die einzige größere Stadt Japans, die bisher noch nicht bombardiert worden ist. Die Aufnahme wurde, wie mir Commander Scott soeben erzählte, von einem Aufklärungsflieger in einer Höhe von sechstausend Metern geschossen."

Keiner der sechs Zivilisten widmete dem Luftpanorama der Stadt Hiroshima mehr als drei Sekunden Aufmerksamkeit. Einer nach dem andern beugte sich wieder über die Berechnungen des Mannes mit dem Gelehrtenkopf. Verlegen und schon zu den Rücken der sechs sagte der General:

„Entschuldigen Sie, meine Herren, ich hätte mir denken können, dass eine solche Aufnahme für Sie uninteressant ist, weil sie wahrscheinlich nicht Ihr Sachgebiet betrifft. Ich dachte bloß, es würde einer oder der andere von Ihnen wissen wollen, was unsere Fernaufklärer über Feindgebiet wagen …"

Er stockte unvermittelt, als hätte er die Sinnlosigkeit seines Redens eingesehen, und wandte sich an Scott. Während er mit der Hand einen Halbkreis beschrieb, der die Zivilisten umfasste, sagte er:

„Ich wiederhole – diese Herren sind weder mir noch Ihnen unterstellt. Ihre Aufträge erhalten sie vom Oberkommando. Ich bin ihnen bloß als militärischer Helfer zur Verfügung gestellt, um eventuelle Hindernisse, die sich durch unsere strengen Dienstvorschriften ergeben könnten, aus dem Weg zu räumen. Es ist ausnahmslos jedem verboten, diese Herren mit irgendwelchen Fragen zu belästigen. Auch nicht mit Fragen privaten Charakters."

Er holte Atem und leierte in der Folge seine Rede ab, als hätte er sie auswendig gelernt:

„Weiters haben sich ab morgen Früh alle Luftwaffensoldaten bis zum Kapitänsrang in ihrer dienstfreien Zeit in den Unterkünften aufzuhalten. Wer ohne Erlaubnis oder ohne ausdrücklichen Befehl seine Unterkunft verlässt, wird bestraft."

Er schaute, sich besinnend, zur Decke auf und wiederholte: „Wird bestraft. Jawohl." Dann redete er fließend weiter: „Voraussichtlich übermorgen wird hier, auf Tinian, eine Transportmaschine landen. Diese sechs Herren werden das Ausladen der Last überwachen und sie an einem geeigneten Ort unterbringen lassen. Während dieser Zeit darf kein Flugzeug landen oder starten. Weitere Details werden wir besprechen, wenn meine Aufträge einlangen."

Er presste die Hand gegen die Stirn und starrte eine Weile nachdenklich zu Boden. Dann sagte er, wobei er sich erhob: „Ja, das wäre vorläufig alles. Ich danke Ihnen, meine Herren."

Die drei fremden Offiziere verließen den Raum. Kommandant Scott wurde vom General durch eine Handbewegung aufgefordert, zu bleiben. Von dem Adjutanten verlangte er: „Bitte, holen Sie jetzt den Abwehroffizier. Ich habe mit ihm ein paar Worte zu reden. Wie war sein Name? – Ach ja, Miller. Er ist Kapitän, nicht wahr?"

Kapitän Miller ging wartend vor dem Gebäude auf und ab. Er war äußerst schlecht gelaunt. Die Meinung von Untergebenen erkunden zu müssen, war ihm der widerlichste Auftrag, den man ihm erteilen konnte. Bevor man ihn zum Kriegsdienst eingezogen hatte, war er immer bestrebt gewesen, sich die Zuneigung aller Menschen zu sichern, die er kennen lernte. Selbst flüchtige Bekannte versuchte er durch freundschaftliches Schulterklopfen und herzliches Reden für sich einzunehmen. Vor dem Krieg war sein Freundeskreis im gleichen Ausmaß ständig gewachsen, wie er während des Krieges abnahm. Er fluchte dem Tag, an dem er auf Grund seiner Studien auf dem Gebiet der Psychologie von seiner ersten militärischen Dienststelle abkommandiert wurde, um in einem Sonderkurs zum Abwehroffizier geschult zu werden. Seither fühlte er sich nicht mehr wohl in seiner Haut. Die Geheimberichte, die er verfasste, enthielten in den seltensten Fällen das, was man von ihm verlangte: unnachsichtiges Angeben aller Soldaten, die sich durch abfällige Äußerungen bemerkbar machten oder durch schlimme Gerüchte die Disziplin untergruben.

Heute Morgen hatte ihn Oberst Scott beauftragt, Mannschaftspersonen auszuhorchen und nach Möglichkeit ihre Gespräche zu belauschen. Es war ihm dabei schlecht ergangen. Die vier Aufklärungsflieger zuletzt hatten ihm eine Lektion erteilt, die er nicht so bald vergessen wird. Sie hatten ihn geradezu zum Besten gehalten. Denn dass die nicht gemerkt haben sollten, was sich auf dem Flugplatz begab, das konnten sie einem Fidschiinsulaner weismachen, aber nicht ihm. Und selbst wenn sie zugegeben hätten: Jawohl, uns sind die Zivilisten aufgefallen und der General und die fremden Offiziere, und wir haben uns gefragt, was die hier zu tun haben – selbst dann wären irgendwelche geheime Pläne nicht daran gescheitert. Was machte es ihm aus, ob die Mannschaft so oder so dachte? Sie musste letzten Endes Befehle ausführen. Hatte er jemals einen verkleideten Spion unter Mannschaftspersonen entdeckt? Nein. Soldaten schimpften, wenn man ihnen Strapazen zumutete, die ihre Kräfte überstiegen. Das war begreiflich. Und dass es Fälle von Fahnenflucht und Kameradschaftsdiebstahl oder Plünderung gab – nun, das lag am Mangel von Moral und Charakter einiger weniger. Zum Spitzel war er jedenfalls nicht geeignet. Und insbesondere diese ganze Geheimniskrämerei hier auf dem Flugplatz hing ihm beim Hals heraus.

Die Tür zum Befehlsraum wurde aufgestoßen. Sechs Zivilisten und drei fremde Offiziere traten ins Freie. Ihnen folgte der Adjutant des Kommandanten. Er rief unnötig laut und grinste dabei verstohlen: „Käptn Miller. Sie sollen hereinkommen."

Der Gerufene zupfte eiligst den Hemdkragen zurecht und rückte das Käppi gerade. Er dachte: „Wenn die mich fragen, was die Mannschaft redet, werde ich ihnen sagen: Die meisten hoffen, dass sie bald in Japan spazieren gehen können. Im Allgemeinen ist die Stimmung ausgezeichnet."

Als Kapitän Miller nach einer Viertelstunde den Kommandoraum verließ, dachte er voll Grimm: „Was soll das heißen? Mich machen sie verantwortlich, wenn in den nächsten Tagen ein Soldat ohne Erlaubnis seine Unterkunft verlässt! Bin ich ein Kindermädchen? Und alles, was ich sonst sehen werde, soll ich sofort vergessen! Nicht einmal mit meinen besten und verlässlichsten Kameraden darf ich davon sprechen. Die werden mich natürlich für einen eingebildeten Affen halten und mich in Zukunft schneiden – das seh ich voraus."

Commander Scott, sein Adjutant und der General waren als Letzte in der Befehlsstation zurückgeblieben. Nachdem Kapitän Miller gegangen war, hatte sich der General, wie von langem Reden erschöpft, auf einen Sessel fallen lassen und dann wortlos vor sich hingestarrt. Scott und sein Adjutant standen abwartend vor dem Tisch, auf dem die Aufnahmen japanischer Städte lagen. Eine Minute verging und eine zweite. Der General rührte sich nicht und sprach nichts. Auf einem Ablagekästchen an der Wand summte ein Ventilator. Unter seinem Luftwirbel bewegten sich leise die Stadtbilder auf dem Tisch. Scott drückte sie mit einer Hand nieder und lüftete mit der andern den Hemdkragen. Die tropische Hitze war unerträglich.

Der General stieß unerwartet den Zeigefinger vor. Die Fingerspitze wies nach den Luftaufnahmen. Mit heiserer Stimme sagte er zu Scott:

„Eine Kopie des Bildes von Hiroshima habe ich vor meinem Abflug nach Tinian auf dem Tisch des Oberkommandierenden liegen sehen. Wurde es von Ihnen verlangt?"

Scott streifte mit einem flüchtigen Blick die Bilder. „Ja, Sir. Aber nicht nur die Aufnahme von Hiroshima allein, sondern auch alle anderen Aufnahmen."

Der General ließ sich aufstöhnend in den Sessel zurückfallen. Den Blick zur Decke gerichtet, sagte er:

„Seit fast dreißig Jahren bin ich aktiver Soldat, aber das habe ich noch nicht erlebt, dass ich einen Auftrag ausführen muss, ohne zu wissen, was dahintersteckt. Ich komme mir vor wie ein Blinder, den man auf Reisen geschickt hat. Sie werden es nicht glauben, meine Herren, ich habe keine Ahnung, wer die Zivilisten sind, wie sie heißen und was sie hier tun sollen. Ja ich habe vor dem Flug hierher nicht einmal einen der drei Offiziere jemals gesehen."

Kommandant Scott griff vor Überraschung ans Kinn und massierte es. „Das ist erstaunlich, Sir. Ich dachte, die drei gehören zu Ihrem Stab?"

Der General beugte sich vor. „Sie werden es wieder nicht glauben. Die drei Offiziere haben einander vorher nicht gekannt. Jeder von ihnen hat einen Sonderauftrag zu erwarten. Den ersten Teil meines Auftrages habe ich erfüllt – den sechs Zivilisten steht dieser Flugplatz hier zur Verfügung."

„Ich wage nicht zu fragen nach Ihren weiteren Aufträgen, Sir“, sagte Scott. „Aber wenn es gestattet ist, darf ich wissen, welche Aufträge mir noch vorbehalten sind?“

Der General hob beide Hände und ließ sie auf die Knie fallen. „Ich weiß so wenig wie Sie. Ich muss warten, was mir gefunkt wird.“

Der Adjutant räusperte sich. „Ich bitte um Verzeihung, wenn ich mir erlaube mitzuteilen, was ich weiß – ich bin nämlich einem der Offiziere knapp nach Kriegsausbruch auf einem Flugzeugträger begegnet. Er hat damals als einer der fähigsten Flieger der Armee gegolten. Sein Name ist Tibbets. Damals war er noch Leutnant. Jetzt ist er schon Colonel.“

„Was Sie nicht sagen! Der Colonel ist Tibbets?“, rief der General erstaunt. „Von dem hab ich schon viel gehört. Er wurde mehrmals lobend im Heeresbericht erwähnt. Aber warum, zum Teufel, hat man ihn hiehergeschickt? Er ist Kampfflieger. Sollen etwa er und die beiden andern über Japan abspringen? Das wäre widersinnig. Dazu braucht man doch nicht ein solches Aufgebot von geheimen Befehlsträgern? Aber ich merke, wir sind schon, ohne es zu wollen, mitten drin im Fragen und Denken. Und beides ist verboten.“

Er stand auf. „Herr Oberst, vergessen Sie den Namen Tibbets und dass Sie wissen, wer er ist. Und Sie –“, er wandte sich an den Adjutanten, „erinnern sich gefälligst an den Befehl, den ich vorhin dem Kapitän Miller gegeben habe: auch nicht mit dem besten und verlässlichsten Kameraden über gewisse Vorgänge zu sprechen.“

Am 3. August 1945 landete auf Tinian eine schwere Transportmaschine.

In allen Mannschaftsunterkünften waren laut Befehl des Geschwaderkommandanten die schwarzen Verdunklungsvorhänge an den Fenstern zugezogen worden. Überdies hatten alle Stubenältesten strengsten Auftrag erhalten, jeden zu melden, der versuchen wollte, ins Freie zu spähen. Wegen der Hitze in den Unterkünften und um frische Luft eindringen zu lassen, durften die Türen offen bleiben, aber jeder Ausgang war von einer Wache besetzt. Diese Wachen standen auf den Türschwellen, die Gesichter den Innenräumen zugekehrt.

In einem der Mannschaftsräume saß William Sharp auf einer Tischecke und rebellierte: „Muss ich mir das gefallen lassen? In welcher Dienstvorschrift gibt es einen Paragrafen, der es einem Vorgesetzten erlaubt, einen Soldaten ohne Grund einzusperren?"

O'Hagerty, Ranghöchster der Gruppe und Stubenältester, riet dem Aufgeregten: „Ich an deiner Stelle würde nicht so groß angeben, das könnte nämlich unangenehm für dich werden. Die Wände unserer Bude sind dünn und Käptn Miller hat lange Ohren. Mir gefällt das Eingesperrtsein natürlich auch nicht, aber wenn es einen zwingenden Grund dafür gibt, muss ich mich eben fügen."

„Wenn es einen Grund gibt –", ereiferte sich Sharp. „Aber ich glaube nicht, dass es einen gibt. Das ganze Tamtam ist eine bloße Schikane – sag ich."

George Hawkins legte gutmütig seinen Arm um Sharps Schulter. „Du musst nicht solchen Radau machen, Kleiner. Bist ja nicht der Einzige, den es trifft. Und ich glaube so wie Haggy, dass es einen zwingenden Grund gibt, uns etwas nicht sehen zu lassen, weil sonst wilde Gerüchte entstehen könnten. Du musst doch zugeben, das ist schon oft genug geschehen."

„Hawky hat Recht", brummte Richardson. „Ein dummes Gerücht kann viel im Krieg verderben. Ich will aber, dass der Krieg bald zu Ende ist, und drum reg ich mich nicht auf, wenn ich eine Stunde hier sitzen muss."

Sharp schüttelte Hawkins' Arm ab. „Schau mal an, was für brave Soldaten ihr alle mit einem Mal geworden seid. Vor ein paar Tagen habt ihr ganz anders geredet. Aber ich weiß schon, was mit euch los ist – ihr handelt nicht so, wie ihr denkt. Ihr seid bloß beim Maulaufreißen groß, aber wenn es darauf ankommt, sich nichts gefallen zu lassen, duckt ihr euch wie Lämmer. Da bin ich ein ganz anderer Kerl –"

Er schwang sich von der Tischecke, auf der er gesessen war, und ging zum Fenster. Bevor ihn einer seiner Kameraden zurückreißen konnte, hatte er den schwarzen Verdunklungsstoff um halbe Handbreite beiseitegeschoben.

O'Hagerty befahl ihm: „Geh augenblicklich vom Fenster weg, Sharpie!"

Hawkins rief: „Hörst du nicht? Sharpie! Geh weg!"

„Fort von da, du Idiot", zischelte Richardson und sprang schneller als O'Hagerty von seinem Sitz auf, um Sharp vom Fenster wegzureißen. Der ließ sich nicht beirren, wehrte den stämmigen Richardson mit der Linken ab und spähte so lange ins Freie, bis der hagere O'Hagerty ihn packte und wegzerrte. Nun stand er still und schaute, den Mund offen, von einem zum andern. Die drei hatten erwartet, der jähzornige Sharp würde ihnen einen Boxkampf liefern, und hatten darum Abwehrstellung eingenommen. Aber sein seltsames Gehaben verblüffte sie. Er zwinkerte komisch, rieb die Nase am lang gestreckten Zeigefinger, statt umgekehrt, und benahm sich wie einer, der nicht weiß, ob er träumt oder wach ist.

„Was ist los mit dir? Bist du übergeschnappt?", fragte O'Hagerty.

Endlich besann sich Sharp. Er wies nach dem Fenster. „Die da draußen sind übergeschnappt, nicht ich. Sie haben aus dem Transporter ein Ding herausgeholt – das sieht aus wie ein mächtiger schwarzer Sarg."

Überraschend bückte er sich, klatschte wiederholt auf die Knie und lachte schallend. „Die haben uns reingelegt! Das große Geheimnis ist ein später Aprilscherz. Ich wette mit euch um eine ganze Löhnung, dass sie sich krummlachen über uns gehorsame Strohköpfe. Sie haben befohlen: Alle weggeschaut! – und wir haben es getan und warten, bis sie uns auf die Rücken malen: Esel."

„Ach, hör auf, du spinnst ja", sagte O'Hagerty brummig. Aber gleich darauf blickte er unschlüssig zum Fenster. Auch Hawkins und Richardson taten das Gleiche. Jetzt flüsterte O'Hagerty: „Und wenn es mich meine Sergeantenstreifen kostet – ich muss sehen, was draußen los ist."

Er schlich zum Fenster wie ein Dieb und schob den Vorhang fingerbreit zur Seite. Einige Sekunden lang spähte er hinaus, dann drehte er sich um. Ähnlich wie vorher Sharp, blickte auch er die Kameraden an.

Sharp grinste. „Na, bin ich ein Spinner? Oder hab ich Recht?"

„Also, das verstehe ich nicht", murmelte O'Hagerty. „Die haben tatsächlich etwas ausgeladen, was wie ein riesiger schwarzer Sarg ausschaut. Aber es ist bestimmt keiner."

Hawkins ging zum Fenster. Er musterte genauer als Sharp und O'Hagerty die seltsame Fracht des Transportflugzeuges. Und er bemerkte auch, dass mehrere Zivilisten diese Fracht mit einer Behutsamkeit, die übertrieben schien, auf einem Rollgestell fortschafften.

Nun hatte Hawkins genug gesehen. Er drehte sich um und sagte: „Was habt ihr von einem Sarg geredet? Das Ding schaut eher aus wie ein mächtiger Bassgeigenkasten. Es stimmt bloß, dass es schwarz ist."

„Trotzdem hab ich Recht“, beharrte Sharp. „Sie haben uns zum Besten gehalten. Oder sie wollen uns überraschen. Vielleicht wissen sie, dass bald Frieden sein wird, und das soll gefeiert werden.“ Er schlug gegen die Stirn. „Jetzt weiß ich auch, was in dem Kasten steckt! Feuerwerkskörper! Versteht ihr? Raketen und solches Zeug – Nun? Was sagt ihr zu meinem schlauen Köpfchen?“

Hawkins blickte sinnend zu Boden und sagte leise: „Eine Friedensfeier – mit Feuerwerk – das wär schön –, aber ich glaub nicht daran. Ich habe kein gutes Gefühl – dieser schwarze Kasten hat so unheimlich ausgesehen, als wäre der leibhaftige Tod darin – mir hat geschauert.“

Sharp verzog das Gesicht, als hätte er eine Hand voll Chinin schlucken müssen. „Hör auf mit deinem Unken. Mir wird richtig kalt, wenn ich dich so reden hör.“

Er griff in die Tasche und zog ein Paket Karten heraus. Während er sie mit staunenswerter Fingerfertigkeit mischte, rief er heiter und im Ton eines Schaubudenbesitzers:

„Burschen, lasst euch von dem Trauerspielverfasser Hawkins nicht die gute Laune verderben. Wir wollen jetzt ein nettes kleines Spielchen machen. Ich lege zwei Dollar in den Pott. Zwei schöne, neue Dollar in Gutscheinen unserer lieben alten US-Army. Wer tut mit, Burschen? Zwei Dollar sind in der Bank. Zwei Dollar!“

Am 3. August 1945, gegen zehn Uhr vormittags, entschloss sich Shigeo Sasaki mit seiner Schwester Sadako zum Bahnhof Hiroshima zu gehen. Er wollte der Kleinen wieder einmal Dampflokomotiven zeigen, die so aufregend qualmten und fauchten wie zornige Drachen. Von neun bis zehn Uhr war Shigeo mit Sadako im Hijiyama-Park umhergestrolcht. Er war es aber bald überdrüssig geworden, in dem fast menschenleeren Park um Teiche herumzugehen, von kleinen Bogenbrücken aus ins Wasser zu spucken oder den einzigen altersschwachen Hirsch anzustarren, der als Letzter eines Rudels zahmer Rehe und Hirsche im Schatten eines alten Baumes döste. Den Einfall, wieder einmal den Bahnhof zu besuchen, verdankte Shigeo seiner Schwester. Sie hatte durch Fauchen und Zischen den Hirsch aufschrecken wollen; und diese Laute hatten ihn an die Geräusche anfahrender Lokomotiven erinnert. Er war sehr froh, ein Ziel gefunden zu haben, das mehr Sehenswertes, als dieser langweilige Park zu bieten vermochte, versprach. Seine Laune besserte sich von einer Minute zur anderen. Mit einem Mal konnte er es nicht verstehen, wieso ihm dieser gute Einfall nicht früher gekommen war. Seit er denken konnte, hatten ihn die beiden Bahnhöfe Koi und Hiroshima angezogen wie Magnete. Es gab dort vieles zu bestaunen: die ankommenden und abfahrenden Züge, die geschäftig hin und her eilenden Reisenden, die Schaffner, die rußschwarzen Heizer und Lokomotivführer, die bunten Signallichter, die Händler und Lastträger.

Nun, da er dem Bahnhof Hiroshima zustrebte, der dem Hijiyama-Park am nächsten lag, wuchs seine Ungeduld, so bald wie möglich ans Ziel zu kommen. In solcher Eile zog er die kleine Sadako hinter sich her, dass sie mehrmals strauchelte. Sie wurde durch ihre viel kürzeren Beine benachteiligt und auch durch die Getas behindert, die landesüblichen Holzsandalen mit den zwei hohen Stöckeln in Fußmitte. Obwohl sie nur mit Mühe Schritt halten konnte, ließ sie sich gefügig von Shigeo ziehen. Sie wäre ihm sicher nicht so willig gefolgt, hätte er nicht eine Lokomotive nachgeahmt. Das Spiel gefiel ihr und lenkte sie gleichzeitig ab. Es belustigte sie, wenn Shigeo zerhackt fauchte, dabei mit den Füßen taktmäßig stampfte und den linken Arm wie eine Schubstange bewegte. Wurde ihm die Atemluft zu knapp, erzählte er ihr von den Wundern, die sie im Bahnhof sehen würde. Sie staunte dann Shigeo so lange an, bis sie wieder stolperte, und sie lachte, wenn er sie hochriss. Erst als sie über eine Brücke schritten, die einen Arm des Otha-Flusses überspannte, und der Bahnhof vor ihnen lag, sträubte sie sich, noch schneller trippeln zu müssen. Shigeo hatte nämlich angesichts des Ziels das Tempo beschleunigen wollen. Sadako war aber bereits erschöpft. Die letzten hundert Meter wollte sie getragen werden. Shigeo musste sich die Kleine auf den Rücken packen. Er hätte jedoch, ohne es zu merken, eine doppelt schwere Last geschleppt, denn er sah etwas Ungewöhnliches. Hunderte Kinder standen, in Gruppen gereiht, vor dem Bahnhofsgebäude. Alle schwenkten unter fröhlichem Geschrei bunte Papierfähnchen. Es waren Kinder, die von der Stadtverwaltung nach Dörfern in den Provinzen verschickt wurden. Man befürchtete Fliegerangriffe auf Hiroshima und wollte die Kinder in Sicherheit bringen. Fast alle anderen großen Städte Japans waren bereits mit Bomben belegt worden. Auch Shigeo und Sadako hätten verschickt werden sollen, aber die Mutter, Frau Yasuko, hatte ihre Zustimmung mit der Begründung verweigert: „Mein Mann ist Soldat. Ich darf nicht ohne seinen Willen etwas tun, was ihm vielleicht nicht recht ist. Nur wenn er es wünscht, kann ich die Kinder fortfahren lassen. Kann man meinen Mann nicht fragen?"

Man hatte den Soldaten Sasaki nicht fragen können. Er befand sich irgendwo in Japan, in einem Militärlager vielleicht, oder er war zur Küstenverteidigung eingesetzt. Wo – das war strengstes Geheimnis wie alles, was dem Krieg diente. Einige Monate früher hätte Frau Yasuko ihrem Mann schreiben können. Seine Anschrift war damals ein bestimmtes Zahlenzeichen gewesen. Seit einiger Zeit jedoch wurden Feldpostbriefe an Soldaten von niederem Rang nicht mehr zugestellt. Die Heerespostdienststellen hatten wichtigere Aufgaben zu erfüllen.

Shigeo beneidete diese abreisenden Kinder um ihre bunten Fähnchen. Er blieb vor einer Gruppe stehen und sprach einen größeren Jungen an, der eine Brille trug: „Von wem bekommt man eine solche Fahne?“

Der Junge musterte Shigeo hochmütig von oben herab. „Die bekommt nicht jeder. Man muss ausgesucht sein – so wie ich. Ich fahre zu einem Gutsbesitzer aufs Land. Dort wird es mir gut gehen. Ich werde den ganzen Tag essen können.“

„Dann brauchst du die Fahne nicht mehr. Schenk sie mir“, bat Shigeo.

Der Junge verzog spöttisch den Mund. „Ich brauche sie, damit ich dir zuwinken kann, wenn du auf dem Bahnsteig stehst und ich mit dem Zug fortfahre.“

Er kehrte Shigeo den Rücken und sagte zu seinen Nachbarn: „Diesem Bettler darf keiner seine Fahne schenken. Er möchte vor seinen Freunden prahlen, dass er auch aufs Land geschickt wird.“

Ein dickbackiges Bürschchen, kleiner als Shigeo, hänselte: „Du kannst dem Zug nachlaufen mitsamt deiner kleinen Schwester. Wenn du es eine Stunde lang aushältst, bekommst du meine Fahne.“

Die Umstehenden lachten. Shigeo drehte beschämt den Kopf zur Seite. Er getraute sich nicht fortzugehen, weil er befürchtete, die Spötter würden auch die andern Kinder auf ihn aufmerksam machen, und dann wäre des Lachens kein Ende. Er beneidete diese Bevorzugten nicht nur allein um ihre Fähnchen, sondern auch um die Fahrt mit der Eisenbahn. Er war noch nie mit der Eisenbahn gefahren. Bloß geträumt hatte er manchmal davon. Jedes dieser Kinder durfte bald seinen Traum erleben: dieser Junge mit den dicken Backen, jenes Mädchen, das sich, vor Ungeduld hüpfend, im Kreis drehte, der Kleine vor ihr, der sein Fähnchen so heftig schwenkte, oder der magere Große daneben mit der Brille, der soeben erwartungsvoll über die Köpfe anderer hinweg nach dem Haupteingang blickte. Dort machte sich die vorderste Gruppe Kinder zum Einmarsch in das Bahnhofsgelände bereit. Ihr Freudengeschrei bewirkte, dass die weiter hinten Wartenden jubelnd und ungestüm vorwärtsdrängten. Die Reihenordnung löste sich auf. Eine Woge von Leibern staute sich vor dem Eingang. Junge Erzieherinnen, als Transportbegleiterinnen bestimmt, versuchten Ordnung zu schaffen. Sie schrien die schlimmsten Unruhestifter an, stießen sie zurück, zwangen sie zur Aufstellung in Reih und Glied. Eine dieser Erzieherinnen lief die Kolonne entlang. Sie sah Shigeo mit der kleinen Sadako auf dem Rücken abseits einer Gruppe stehen und hielt ihn für einen Verdrängten. Ohne ihn zu befragen, schubste sie ihn in die Reihe und befahl den Kindern: „Macht ihm Platz! Er muss seine kleine Schwester tragen. Stoßt ihn nicht wieder aus der Reihe." Und schon lief sie weiter.

Da stand nun Shigeo zwischen Feinden und hörte sie rufen: „Der gehört gar nicht zu uns! – Er ist ein Schwindler! – Er hat keine Tafel am Hals hängen! – Er soll fortgehen!"

Der magere Junge mit der Brille sprang aus der Reihe und rief der Erzieherin nach: „Große Schwester! Dieser Junge da ist keiner von uns. Er hat keine Tafel um den Hals!"

Jetzt erst bemerkte Shigeo die Täfelchen mit den Erkennungszeichen, die jedes Kind an einer Schnur auf der Brust trug. Als ihn die Erzieherin vorhin so unerwartet in die Reihe gezwängt hatte, wollte er freiwillig zurücktreten. Nun aber erweckte das gehässige Rufen seinen Trotz. Er wollte nicht mehr ein Ausgestoßener sein. Gut, er hatte keine Erkennungstafel auf der Brust hängen, aber was kümmerte das die andern? Er wünschte genauso sehnlich wie sie mit der Eisenbahn zu fahren und sich endlich wieder einmal satt essen zu dürfen. Sie hatten kein Recht, ihn wegzustoßen. Er rief den Umstehenden zu: „Warum wollt ihr mich nicht mitfahren lassen? Im Zug ist bestimmt für uns alle Platz genug."

Der mit der Brille packte Shigeo und versuchte ihn aus der Reihe zu stoßen. Gleichzeitig schrie er wieder: „Große Schwester! Der da muss weg. Er will schwindeln!"

Voll Zorn trat Shigeo mit den Füßen nach dem Angreifer. Er traf ihn zweimal und das wurde ihm durch Schläge auf den Kopf vergolten. Auch andere pufften ihn nun. Sadako brüllte vor Angst. Die Erzieherin kam atemlos im Laufschritt zurück. Sie riss den Bebrillten von Shigeo weg und schalt wütend: „Du widerlicher Raufbold, wenn du nicht gleich Frieden gibst, werde ich dich zur Transportführerin bringen. Dann wirst du nicht mitfahren dürfen."

Der Junge sagte kläglich: „Ich hab nichts getan. Der da ist …"

Die Erzieherin schrie ihn an: „Sei still! Du hast angefangen zu raufen. Wenn du den Jungen da nicht in Ruhe lässt, wirst du nach Hause geschickt." Ein Kommandoruf vom Haupteingang her lenkte sie ab. Sie verstand, dass man von ihr verlangte, die Gruppen in Marsch zu setzen, und darum klatschte sie in die Hände und befahl: „Vorwärts alle! Aber nicht drängen – was hab ich gesagt? Ihr sollt nicht drängen!" Sie lief voran und versetzte einem Ungehorsamen ein Kopfstück.

Shigeo marschierte brav in der Gruppe, als gehöre er dazu. Keiner wagte ihn wieder zu belästigen. Bloß der mit der Brille drohte ihm verstohlen mit der Faust. Shigeo schnitt ihm eine Grimasse und dachte gleich danach an Wichtigeres:

Was wird geschehen, wenn er mit Sadako fortfährt? Darf er das tun? Die Mutter wird sich ängstigen. Sie weiß nicht, wo er ist. Sie wird glauben, ihm und Sadako wäre ein Unglück zugestoßen. Was ist ihm eingefallen, mit diesen Kindern zu gehen? Dumm ist er gewesen. Gleich muss er aus der Reihe treten und zurückbleiben.

Er marschierte weiter. Von einem Schritt zum andern wollte er seine Absicht ausführen. Seine Füße wollten nicht. Er blickte auf sie hinab und wunderte sich. „Bleibt stehen", dachte er, „ihr dürft nicht weitergehen, ich muss vorerst die Mutter fragen, ob ich und Sadako mitfahren dürfen. Oh, es wäre schön, wenn sie es uns erlaubte. Ich werde sie bitten, dann erlaubt sie es uns. Aber jetzt bleibt stehen, Füße! Heute Abend frage ich die Mutter."

Er dachte weiter: „Dann ist der Zug längst fortgefahren. Er wird nicht auf uns warten."

Die Füße gingen immer noch. Sie betraten bereits den Steinboden im Bahnhofsgelände. Sie trabten durch die Halle und ließen sich von den Gedanken im Kopf nicht aufhalten: „Füße, wenn ihr nicht stehen bleibt, muss ich mit Sadako in den Zug einsteigen. Warum redet Sadako nichts? Sie hockt auf meinem Rücken und ist ganz still. Es gefällt ihr, wenn ich mit ihr fortfahre, sonst würde sie weinen. Die Mutter wird bestimmt weinen. Füße! Bleibt stehen!"

Jetzt standen sie wirklich still. Weil sie von den Fersen des Vordermannes aufgehalten wurden. Der stand auch. So wie alle anderen Kinder, schaute auch er nach der Transportleiterin in der schwarzen Uniform. Sie stand vor einer offenen Waggontür. Neben ihr saß an einem Tischchen eine Erzieherin. Die hakte auf einem Verzeichnis den Namen jedes Kindes an, den die Vorgesetzte ihr zurief. Die Namen las diese von den Täfelchen ab, die jedes Kind als Erkennungszeichen trug.

Shigeo schaute nicht mehr auf seine Füße. Sein Interesse galt nur mehr der Frau in der schwarzen Uniform. Ihre strenge Miene und die Gründlichkeit, mit der sie jedes Täfelchen kontrollierte, ließen ihn Schlimmes befürchten. Er hatte begriffen, dass er sehr bald als Schwindler entlarvt und fortgejagt werden würde. Möglicherweise wird man ihn vorher verprügeln. Er musste trachten, rechtzeitig und unbemerkt zu verschwinden. Aus den Augenwinkeln schielte er nach rechts. In dieser Richtung war die Flucht möglich. Reisende standen neben Gepäckstücken. Angehörige der landverschickten Kinder warteten, bis ihnen gestattet würde, Abschied zu nehmen. Bäuerinnen hockten auf Körben und Bündeln. Offiziere gingen auf und ab. Shigeo schielte nach links. Seine Nachbarn reckten die Hälse. Alle wollten sehen, was vorn geschah. Shigeo wagte einen kleinen Schritt zur Seite. Niemand beachtete ihn. Er machte zwei Schritte und tat, als wäre er gleichfalls neugierig geworden. Schon im Begriff, sich noch weiter von der Gruppe zu entfernen, wurde er unversehens von dem Jungen mit der Brille am Arm gepackt. Der zischelte: „Du hast Angst, was? Willst jetzt fortlaufen, weil man gleich draufkommen wird, dass du nicht zu uns gehörst. Aber ich lass dich nicht weg."

Shigeo spielte den Erstaunten. „Was sagst du? Ich will weg? Ich bin froh, dass ich mitfahren kann."

„Was du nicht sagst – du bist froh", spöttelte der Gegner. „Warum trittst du so weit aus der Reihe, wenn du so gern bei uns bleiben willst?"

„Weil – ja, weil meine kleine Schwester muss noch hinaus, bevor wir einsteigen. Gelt, Sadako, du musst?"

Die Kleine gab keine Antwort. Shigeo schüttelte sich, um Sadako, die er noch immer auf dem Rücken trug, zum Reden zu bringen. Sie schlang bloß die Arme fester um seinen Hals.

„Sag's doch, Sadako, dass du musst", drängte er. Sie blieb stumm. Der Gegner grinste: „Wie du lügst! Deine Schwester muss gar nicht hinaus."

„Oh ja, sie muss", widersprach Shigeo. „Gleich wird sie weinen, gib Acht."

Er zwickte Sadako heimlich ins Fleisch der Sitzfläche, was ihm leicht möglich war, weil die Kleine auf seinen am Rücken verschränkten Händen hockte. Sie gab zuerst einen Schmerzenslaut von sich, dann fing sie an zu weinen.

„Oh, sie weint schon!", rief Shigeo in gut gespieltem Entsetzen. „Jetzt muss ich laufen, sonst ist es zu spät." Er riss sich los und trabte mit seiner Last den Weg zurück. Als er die Letzten der wartenden Kinder hinter sich gelassen hatte und glauben durfte, dass ihn keiner der Gruppe beobachtete, hielt er an und stellte Sadako auf die Füße. Sie weinte noch immer und presste merkwürdigerweise die Hände auf die Gesichtsbacken, statt dorthin, wo sie gekniffen worden war. Sie ließ sich auch nicht durch Shigeos Versprechen trösten: „Ich bring dir eine schöne Fahne, wenn du still bist. Eine schöne, schöne Fahne."

Eine gut genährte Bäuerin blieb stehen und schaute teilnahmsvoll. Sie hatte einen Säugling an ihren Rücken gebunden, hielt mit der Linken ein gleich großes Mädchen wie Sadako fest und trug mit der Rechten einen Korb.

„Warum weint die Kleine?", fragte die Frau. „Hat sie Zahnweh?"

„Hunger hat sie", erwiderte Shigeo.

Die Frau stellte den Korb ab und bückte sich zu Sadako nieder. „So, so, Hunger hat das liebe kleine Bienchen. Und ist doch so dick im Gesicht. Ganz sicher hat sie den Mund voll Honigkuchen und will nicht schlucken. Lass sehen, Bienchen – was hast du im Mund? Mach auf! Zeig es mir." Sie griff, ohne hinzublicken, in den Korb und brach darin etwas in Stücke.

Das mütterlich freundliche Reden der Bauersfrau bewog Sadako den Mund weit aufzumachen. Gleich stopfte die Frau ein Stück Kuchen in diesen Mund. „Na Bienchen, wie ist's jetzt? Das schluckst du gern, was? Da – ich hab noch mehr für dich. Und dein Bruder bekommt auch was davon." Sie drückte zwei Kuchenschnitten in Sadakos Hand, und drei gab sie Shigeo. Da stand er reglos und begaffte das kostbare Geschenk auf seiner Handfläche so verwundert, als wäre es durch Zauber entstanden. Als er endlich aufblickte und sich bedanken wollte, sah er die großmütige Geberin den Bahnsteig entlanggehen. Zu ihrem Rücken hin verneigte sich Shigeo dreimal und sehr tief.

Dieser Tag war für ihn der glücklichste seit langem.

Zur selben Zeit kämpfte in einer Werkshalle der Mitsubishi-Schiffswerft die Arbeiterin Nummer 389 mit aller Willenskraft gegen einen Schwindelanfall. Ihre Aufgabe war, in meterlange Stahlbänder von etwa fünf Kilogramm Gewicht je zwanzig Nietlöcher in genau festgesetzten Abständen zu stanzen. Die Stahlteile wurden ihr von der Nachbarin, der Nummer 388, zugeschoben. Sie bediente eine Schneidemaschine und war außerdem mit der Heranschaffung von Material betraut.

Nummer 389 war in dem Augenblick von dem Schwindelgefühl überrascht worden, als sie wieder den Hebel niederdrückte, um das siebzehnte Nietloch in ein Stahlband zu stanzen. Sie hatte unversehens das Gefühl gehabt, der Boden beginne unter ihren Füßen zu schaukeln. Gleichzeitig war es um sie dunkel geworden. Nun hielt sie sich mit der Rechten krampfhaft an dem Hebel fest. Ihre Beine gaben nach. Sie schwankte. Es war ihr noch bewusst, dass sie in dem kaum zwei Schritt breiten Gang zwischen Reihen von Maschinen nicht umfallen durfte. Sie würde an kantige Maschinenteile schlagen, ob sie nach vorn oder nach hinten stürzte. Ihr Widerstand erlahmte. Noch immer die Hand am Hebel, sank sie nieder.

Nummer 388 wurde auf den leeren Arbeitsplatz neben sich erst aufmerksam, als sie ein neues Werkstück weitergeben wollte. Sie sah die Zusammengesunkene und spähte sogleich nach dem Werkmeister. Wenn dieser etwas bemerkte, gab es argen Verdruss. Wer eine Stockung am laufenden Band verschuldete – gleichgültig aus welchem Grund –, wurde durch Lohnabzug bestraft und durch Entzug der Zusatzrationen. In schweren Fällen drohte dem Schuldigen eine Anklage wegen Sabotage. Dieses Werk galt als ein sehr kriegswichtiger Rüstungsbetrieb. Der Werkmeister kontrollierte einen Arbeitsvorgang im letzten Drittel der Halle. Er konnte nicht bemerken, was an der Stanzmaschine geschah. Nummer 388 bückte sich schnell. Sie zerrte die Nachbarin ein Stück beiseite und stanzte selber die drei fehlenden Nietlöcher in das Stahlband. Dann schob sie den Teil zur Maschine von Nummer 390. Deren Aufgabe bestand im Streichen der Werkstücke mit roter Rostschutzfarbe. Entweder hatte diese Arbeiterin den Vorfall neben sich nicht bemerkt oder – was eher anzunehmen war – sie hatte ihn nicht bemerken wollen. Jedenfalls überließ sie es der Nummer 388, die Zusammengesunkene aufzurichten. Sie hatte sich erholt und dankte der Helferin mit einem Kopfnicken. Dieser wäre ohnehin keine Zeit geblieben, Dankreden anzuhören. Sie hatte fast eine halbe Minute versäumt und musste sie durch beschleunigtes Tempo wettmachen.

„Das darf mir nicht noch einmal geschehen“, dachte Nummer 389, „ich bin nicht krank, ich habe bloß nichts gegessen heute Morgen, weil ich gesehen habe, wie hungrig meine Kinder gewesen sind. Wenn ich aber alles ihnen gebe und, ohne selber etwas zu essen, zur Arbeit gehe, muss ich schwach werden. Am Abend koche ich die Nudeln, die ich als eisernen Vorrat aufgespart habe. Ich werde sie mit dem Rest Öl begießen, der mir von der letzten Zuteilung vor einem Monat geblieben ist. Einmal darf ich es mir schon vergönnen, leichtsinnig zu sein. Ich kann schließlich auch versuchen, noch einmal etwas gegen Lebensmittel einzutauschen. Mein schöner Hochzeitskimono ist aus schwerem Seidenbrokat. Wenn ich den bei Nacht auf dem Bahnhof Koi einer Bäuerin zeige, wird sie mir viel zu essen dafür geben."

Nummer 389 unterdrückte einen Seufzer. Der Kimono war ein Prachtstück und der letzte Gegenstand von Wert, der in einer Truhe zu Hause verwahrt lag. Alles andere war bereits eingetauscht worden: die handgeschnitzten Haarstäbchen aus Elfenbein, ein Armband aus Jadekugeln, reinwollene Winterkleider, zwei hübsch bemalte Lackkästchen und drei bunt gewebte Seidenschals. Hätte sie sich nicht innerhalb des vergangenen Jahres von diesen Schätzen getrennt, wären ihre beiden Kinder noch magerer, als sie ohnehin schon waren.

Was wird sie aber tun, wenn die für den Kimono eingetauschten Lebensmittel aufgegessen sein werden? Ist dann vielleicht der Krieg zu Ende? Und wenn es so ist, wird man gleich danach mehr Lebensmittel kaufen können? Kaum. Aber der Mann wird dann bestimmt vom Militär entlassen. Er kann sofort seinen Barbierladen wieder eröffnen. Kunden werden kommen und Geld wird im Haus sein. So wie früher, vor dem Krieg. Das wird ein schönes Leben. Man darf wieder Hausfrau sein, man kann sich um die Kinder kümmern. Man kann einkaufen. Nicht alles, was man gerne haben möchte, man wird nicht reich als Barbier. Aber man lebt auch nicht wie ein ganz Armer. Es scheint schon wie ein Traum, dass man wieder Obst wird kaufen können, Gemüse, Fisch, Reis – nach Belieben viel.

Von ihren Gedanken mitgerissen, sah sich Nummer 389 auf dem Markt vor Bergen guter Dinge. Sie vergaß einige Sekunden lang den Hebel zu betätigen, der das sechste Loch in ein Stahlband stanzen sollte. Als sie sich daran erinnerte, zuckte sie erschrocken zusammen. Voll Zorn drückte sie den Hebel nieder. Sie hasste diese Maschine, die sie zwang, selber wie eine Maschine zu sein. Mit aller Inbrunst sehnte sie den Tag herbei, an dem sie nicht mehr als Nummer 389 galt, sondern wieder Frau Yasuko Sasaki sein darf, die Mutter von Shigeo und Sadako.

Der ehemalige Bootsbauer Kenji Nishioka hatte zwei Fische gefangen. Stundenlang war er an dem gewohnten Platz am Flussufer gesessen. Erst als er bereits entschlossen gewesen war, nach Hause zu gehen, hatte er zweimal nacheinander Glück gehabt. Gut, es war kein reicher Fang. Die Fische waren nur um Geringes größer als Sardinen. Ihn freute es aber, dass er nicht ganz ohne Erfolg gefischt hatte. Stolz trug er nun an einer Schnur seine Beute durch die Gassen. Die neidischen Blicke aller, die ihm begegneten, ließen ihm die Fischchen noch größer und gewichtiger scheinen. Den schüsselförmigen Basthut, ohne den er nie ausging, hatte er weit ins Genick geschoben, um sich ein unternehmungslustiges Aussehen zu verleihen. Die lange Bambusrute mit der umgewickelten Angelschnur hielt er in der Mitte fest, so dass die Enden bei jedem seiner Schritte elegant wippten. Als er nun in das Gässchen einbog, in dem sein Haus stand, wünschte er, von möglichst vielen Nachbarn gesehen zu werden. Seine Blicke sprangen den Weg voraus, musterten jede Haustür, jedes Fenster. Nur eine Tür stand offen. Und zwar jene vom Haus seiner alten Nachbarin, der Witwe Kumakichi. Er hatte erwartet, auch andere Nachbarn mit seiner Jagdbeute beeindrucken zu können, aber er war zufrieden, wenigstens Frau Kumakichi anzutreffen. Sie wird bestimmt allen, die sie kennt, von seinem Fischerglück erzählen.

Vor dem Bambuszaun, der den winzigen Vorgarten beim Haus der alten Witwe umschloss, hielt Kenji an. Er hätte sofort durch die offene Haustür rufen können, aber er wollte das Vergnügen der Überraschung verlängern. Die offene Tür ließ ihn nämlich vermuten, dass die Witwe gleich erscheinen werde. Wie er wusste, verbrachte sie den größten Teil des Tages in ihrem Gärtchen. Von dort aus pflegte sie alles zu beobachten, was sich in dem Gässchen ereignete. Auch wenn bloß eine Katze von einem Hausdach zum andern sprang, vermerkte es Frau Kumakichi als ein bedeutsames Geschehnis. Denn falls es eine weiße Katze war, wechselte das Glück seinen Wohnsitz. Eine schwarze dagegen brachte Unheil. Schrie in einem Haus ein Kind, hielt die Alte es für besonders wichtig, wenn gleichzeitig ein Schwarm Kraniche dieses Haus überflog. Weil in diesem Fall das Kind in seinem ferneren Leben von guten Geistern beschützt sein wird.

Kenji hatte sich getäuscht. Er wartete nun schon einige Minuten, aber die Nachbarin zeigte sich nicht. Sie konnte unmöglich fortgegangen sein, sonst hätte sie nicht die Haustür offen gelassen. Er beugte sich über den Zaun und spähte ins Hausinnere. An einer verschiebbaren Papierwand sah er einen Schatten sich hin und her bewegen. Es war der Schatten einer knienden Frau. Die Bewegungen ließen darauf schließen, dass sich diese Frau mit der Zubereitung von Tee beschäftigte. Und zwar in jener in diesen schlimmen Zeiten nur noch selten geübten Weise, die einer feierlichen Handlung gleichkam: vor der Feuerstelle knien, die Glut anblasen, sich auf die Fersen setzen und warten, bis das Wasser im Teekessel heiß ist.

Der Beobachter überlegte: „Tee kocht sie – woher hat sie den kostbar gewordenen Tee? – ein Geschenk vielleicht? – Ich möchte mich gerne mit einer Schale Tee von ihr bewirten lassen – ich darf aber nicht eintreten, wenn ich nicht als Gast geladen bin – das wäre gegen die Sitte – warte ich aber, bis sie fertig ist mit dem Trinken, bleibt nichts übrig für mich – ich werde sie also rufen und mich höflich entschuldigen wegen der Störung.

Kumakichi-san! Sind Sie zu Hause, Verehrungswürdige?"

Der Schatten an der Papierwand stockte in einer neuen Verbeugung. Er schien unentschlossen, ob er sich erheben solle oder nicht.

„Kumakichi-san! Ich möchte Ihnen gern etwas zeigen", rief abermals Herr Kenji. Und nun grinste er, weil sein schlauer Einfall, die Neugierde der alten Nachbarin zu wecken, Erfolg gehabt hatte. Der Schatten richtete sich mühsam aus kniender Stellung auf. Die Papierwand wurde zurückgeschoben. Frau Kumakichi zeigte sich.

Der alte Schlaukopf verneigte sich mit der Höflichkeit eines Hofbeamten, der eine kaiserliche Prinzessin begrüßt. „Vergeben Sie mir Unwürdigem, wenn ich Sie bei einer Arbeit gestört haben sollte – aber ich habe mich gefragt: Wer wird die Erste sein, der ich von meinem Glück erzählen muss und die sich darüber freuen wird? Natürlich nur Kumakichi-san, meine einzige wahre Freundin. Hier! Zwei Fische habe ich heute gefangen! Weil ich stundenlang geduldig warten kann, bin ich belohnt worden."

Er betrachtete seinen Fang, den er mit einer Hand hochhielt, und lobte sich weiter: „Ja, ja, so bin ich – einen Tag lang sitze ich am Fluss und lasse mich von Fliegen quälen. Ein Fisch zupft mir den Köder von der Angel. Ein zweiter, ein dritter. Und was tue ich? Ich schimpfe nicht, sondern ziehe einen neuen Köder auf und warte. Ich habe Zeit und Geduld."

Frau Kumakichi hatte gleich beim Anblick des Nachbarn das Gesicht mit einem Tuch betupft. Dann hatte sie die beiden Fischchen abschätzend betrachtet und dabei die Zungenspitze zwischen den Lippen vorgeschoben. Jetzt verneigte auch sie sich tiefer als üblich. „Reden Sie nicht von Geduld, Nishioka-san. Mit Geduld allein kann man nicht einen von den wenigen Fischen im Fluss fangen. Die sind durch die vielen Angler gescheit geworden. Sie haben gelernt, wie man den Köder fressen kann, ohne den Haken zu schlucken. Heutzutage kann nur der Geschickteste unter den Geschickten einen Fisch angeln. Jawohl, nur der Allergeschickteste."

Herr Kenji verneigte sich zweimal nacheinander. „Sie beschämen mich, Verehrungswürdige. Ich verdiene Ihr Lob nicht. Wirklich – ich bin nicht mehr so geschickt wie früher, als ich noch mit meinem eigenen Boot auf das Meer hinausrudern konnte. Das Boot hat die Marine beschlagnahmt. Mich hat der Krieg alt und schwach gemacht. Meine Hände zittern, meine Füße schmerzen, es fehlen mir das gute Essen von früher und – der Tee."

Er blickte mit leidender Miene zum Himmel auf und klagte: „Ach, wie fehlt mir der Tee. Er war mein liebstes Getränk. Ich sage nicht das allerliebste, weil ich für ein Gläschen Reisschnaps ein Jahr meines Lebens geben würde. Aber Tee – den habe ich sehr gern getrunken. Tee macht mich jung. Oh, einmal möchte ich richtigen Tee trinken."

Die Nachbarin hatte mehrmals während seiner Rede das Tuch an die Augen gedrückt, so dass er bereits glaubte, sie wäre zu Tränen gerührt. Jetzt sagte sie aber, ohne dabei zu schluchzen: „Oh, ich bin eine verabscheuungswürdige Person. Ich lasse meinen besten Nachbarn vor dem Haus stehen und vergesse ganz, ihn zu bitten, er möge eintreten und mein Gast sein."

Die Aussicht, mit Tee bewirtet zu werden, ließ Kenji auf alle in einem solchen Fall üblichen Redensarten verzichten. Er folgte begeistert der Aufforderung. In dem Raum, den er betrat, roch es nicht nach Tee. Er sah wohl einen Teekessel über der Feuerstelle im Lehmboden und in dem Kessel brodelte Wasser, aber als er erneut schnupperte, vermeinte er eher einen Geruch von scharfen Kräutern zu verspüren.

„Ich merke, Sie haben eine feine Nase, Nishioka-san", sagte Frau Kumakichi. „Sie wissen schon, was in dem Kessel kocht. Hab ich Recht?"

Er schnupperte wieder. Man sah es an seinem dummen Gesichtsausdruck – er wusste es nicht.

Frau Kumakichi seufzte: „Ja, ja, mein altes Augenleiden. Jetzt spür ich es sogar im Sommer. Das brennt dann und lässt mich nicht schlafen. Aber dieser Kräutertee hilft. Ich koche eine Hand voll und beuge mich über den Kessel. Die Dämpfe machen meine Augen gesund. Tagelang hab ich dann keine Schmerzen."

Kenji schaute verachtungsvoll nach dem Kessel. Am liebsten hätte er ihn mit einem Tritt umgeworfen. Die Nachbarin griff aber nun nach der Schnur mit den Fischen. „Oh, sind die schön!", rief sie bewundernd. „Solche Prachtstücke soll man nicht auf gewöhnliche Art über einem Feuer braten. Die muss man nach meinem Rezept mit gehackten Zwiebeln rösten. Geben Sie her, Nishioka-san! Ich werde die Fische für Sie zubereiten. Und wenn Sie so gütig sind und mich dann zum Mitessen einladen, werde ich nicht Nein sagen. Nehmen Sie Platz, Verehrungswürdiger, machen Sie es sich bequem, gleich werde ich Sie bedienen."

Der Alte schaute verdattert. Er war betrogen worden. Die Nachbarin hatte keinen richtigen Tee gekocht, aber seine guten Fische wollte sie essen! Er hockte sich nieder und starrte erbittert in die Glut der Feuerstelle. Solange die Nachbarin die beiden Fische in einer Pfanne brutzeln ließ, redete er nichts. Aber dann schnupperte er plötzlich. Ein köstlicher Duft stieg ihm in die Nase. Nicht der Duft würzig gebratener Fische, sondern einer, der ihm vom Himmel herzukommen schien. Denn in diesen schlimmen Zeiten tranken vielleicht nur mehr die Götter echten, guten Reisschnaps.

Es war jedoch keine Göttin, die ihm soeben ein Schälchen voll herrlich duftendem Reisschnaps kredenzte, sondern Frau Kumakichi. Sie sagte, verschmitzt lächelnd: „Seit mein Mann gestorben ist, habe ich die Flasche mit dem Schnaps vor mir selber versteckt. Nur an hohen Feiertagen hab ich mir einen winzigen Schluck vergönnt. Heute ist ein Feiertag für mich. Ich bin Ihr Gast bei einem Fischessen. Trinken Sie, Nishioka-san. Ich werde Ihnen die Schale noch einmal vollfüllen."

„Das verdiene ich nicht", murmelte Kenji ergriffen. „Wirklich, Sie sind viel zu gütig, Kumakichi-san. Sie berauben sich um einen Schatz."

Die Augen geschlossen, führte er das Schälchen unter der Nase hin und her. Der Duft des selten gewordenen Getränks machte ihn schwindlig vor Wonne. Genießerisch langsam schlürfte er. Ihm, dem Alten, schien es, als sei dies die köstlichste Minute seines Lebens.

Am 5. August 1945 landeten um sieben Uhr morgens auf dem Flughafen Tinian eine zweimotorige Militärmaschine und eine Dreierstaffel Jagdflugzeuge. Sie hatten als Geleitschutz für die Zweimotorige gedient. Diesem Flugzeug entstiegen der Oberkommandierende der US-Luftstreitkräfte im Pazifik, General Spaatz, mit seinem Offiziersstab und ein General namens Groves, der als Sonderbeauftragter von Los Alamos, USA, nach Tinian beordert worden war.

Der Kommandant der Flugbasis, Ralph Scott, hatte erst gegen fünf Uhr früh eine Funkmeldung erhalten, die ihn von der bevorstehenden Ankunft des Oberkommandierenden unterrichtete. Die sonderbaren Ereignisse in den letzten Tagen hatten zwar Scott ahnen lassen, dass noch einige Überraschungen bevorstanden, den Besuch des ranghöchsten Generals der gesamten Luftstreitkräfte hatte er jedoch nicht erwartet. Es war ihm sofort klar gewesen, dass der Oberkommandierende nicht nach Tinian kam, um den Flughafen zu inspizieren. Sein Besuch stand zweifellos im Zusammenhang mit dem Auftrag der sechs Zivilisten und jener geheimnisvollen Fracht, die von diesen vor achtundvierzig Stunden in einen Hangar geschafft worden war. Sie hatten sich zusammen mit diesem Ding eingeschlossen. Niemand durfte den Hangar betreten, auch nicht der General vom technischen Dienst, der als Betreuer mit ihnen hierhergekommen war. Außerdem hatten sie eine Halbkompanie Soldaten zur Bewachung des Hangars angefordert.

Zum Empfang des Generals Spaatz hatte Commander Scott eine Ehrenkompanie Fallschirmjäger antreten lassen. Sie standen nun so wie er in militärisch strammer Haltung. Mit einem Unterschied: Ihre Blicke waren geradeaus gerichtet. Der Commander dagegen schaute, den Kopf rechts gedreht, nach den herankommenden beiden Generälen. Er konnte, von der Sonne geblendet, nicht sofort erkennen, wer von den zweien der Oberkommandierende war. Überdies trugen beide Herren dunkle Sonnenschutzbrillen. Und beide waren mit Auszeichnungen behängt. Als sie näher kamen, blieb einer von ihnen etwas zurück. Also musste der Voranschreitende der General Spaatz sein. Commander Scott riss die Rechte zur Mütze und schnarrte seine Meldung. Der Oberkommandierende musterte den Commander einige Sekunden lang so scharf, als wollte er dessen Gedanken erforschen. Nun dankte er lässig und schritt in auffallender Eile die Ehrenkompanie ab. Der andere General nickte Commander Scott im Vorbeigehen wie einem guten Bekannten zu. Seine leicht vorgebeugte Haltung mit den auf dem Rückenende verschränkten Händen und die Art, wie er auch den Soldaten zunickte, ließen glauben, er hätte erst knapp zuvor seine Zivilkleidung mit einer Generalsuniform vertauscht. Als er bis zur Mitte der Reihe Fallschirmjäger gegangen war, machte er unerwartet kehrt und marschierte zurück. Er stellte sich vor Scott auf und fragte, den Blick auf die Auszeichnungen des Commanders geheftet: „Sie haben einige schlaflose Nächte hinter sich, Commander, nicht wahr?" Ohne eine Antwort abzuwarten, redete er weiter: „Ich nämlich auch. Ich habe schon seit Wochen nur mehr stundenweise Schlaf gefunden. An unserem Manhattan-Projekt haben seit 1943 hundertfünfzigtausend Menschen gearbeitet. Wissen Sie das?"

„Nein, Sir."

Der General trat einen Schritt zurück. Die dunklen Gläser seiner Sonnenbrille glichen übergroßen, staunenden Augen. „Was? Sie haben noch nie von dem Manhattan-Projekt flüstern gehört? Wollen Sie vielleicht auch behaupten, dass Sie keine Ahnung haben, warum wir sechs unserer wissenschaftlichen Mitarbeiter hierhergeschickt haben und was die Ladung vorstellt, die hier vor zwei Tagen angekommen ist? Sagen Sie, dass Sie nichts wissen, und ich werde Ihnen dann sagen, dass Sie verdammt wenig intelligent sind."

Von dem ungebührlich rauen Ton überrascht und beleidigt, erwiderte Scott: „Verzeihung, Sir, dann bin ich tatsächlich so wenig intelligent. Ich weiß nichts von einem Projekt, das anscheinend so geheim gehalten wurde, dass ich trotz der enormen Zahl von Mitarbeitern nichts davon flüstern gehört habe. Mag sein, dass die Schuld bei mir liegt, weil ich seit Kriegsbeginn in dauerndem Einsatz stehe. Ich habe freiwillig auf Urlaub verzichtet."

Die letzten Sätze der Antwort des Commanders hatte auch General Spaatz vernommen. Er war zurückgekommen und neben dem Fragesteller stehen geblieben. Der schaute ihn jetzt an und sagte: „Ich bin sehr zufrieden. Der Commander weiß von nichts, und das lässt mich hoffen, dass auch sonst nichts durchgesickert ist. Unsere Spionageabwehr hat diesmal ausgezeichnet funktioniert."

Er wandte sich wieder an Scott: „Commander! Ich bitte Sie um Entschuldigung für mein hartes Fragen von vorhin. Es war notwendig. Glauben Sie mir."

Oberkommandierender General Spaatz zupfte ein Ordensband an der Brust Scotts zurecht. Dabei deutete er durch eine Kopfbewegung nach dem General an seiner Seite: „Falls Sie es nicht wissen sollten, wer General Groves ist, darf ich es Ihnen jetzt sagen – er ist der Alleinverantwortliche für die Durchführung des Manhattan-Projekts, das in mehrjähriger, streng geheimer Forschungsarbeit in Los Alamos entwickelt wurde. Und was den Zweck meiner Anwesenheit betrifft, Commander – nun, ich nehme an, den werden Sie seither schon erraten haben. Oder nicht?"

„Ich gestehe, ich habe darüber nachgedacht, Sir", erwiderte Scott. „Wenn Sie mir aber erlauben, werde ich meine Folgerungen weiterhin für mich behalten."

„Sehr gut, sehr gut", lobte General Groves. „Nachdenken dürfen Sie. Das ist erlaubt. Aber mehr nicht."

Durch ein Fenster ihrer Unterkunft beobachteten die Aufklärungsflieger Hawkins, O'Hagerty, Sharp und Richardson die Vorgänge auf dem Flugplatz.

„Das ist ein toller Zirkus, den die aufführen", rief Sharp. „Wenn jetzt noch der Präsident der USA aus einem Privatflugzeug steigt, wird's mich auch nicht mehr wundern."

Hawkins streckte in theatralischer Pose eine Hand vor und deklamierte mit Grabesstimme: „Sein oder Nichtsein, das ist hier die Frage –" Mit verändertem Ausdruck starrte er die leere Handfläche an. Seine Stimme klang ehrlich traurig. „Sagt mir, ihr Himmlischen – was soll der Spuk? Ich kann's nicht fassen, dass die Menschen voller Tücke hassen und, statt zu lieben, töten wollen."

Sharp drehte die Faust vor der Stirn im Kreis. „Hat's dich schon wieder erwischt, Hawky? Oder kannst du mir erklären, was dein blödsinniges Gerede bedeuten soll?"

Hawkins behielt den abwesenden Blick bei. „Wie soll ich dir Dichterworte erklären? Du lachst bloß, wenn sich mir vor Entsetzen die Haare sträuben."

„Dann erklär's halt mir, wenn du meinst, Sharpie versteht dich nicht", verlangte Richardson.

Die Augen geschlossen, ließ Hawkins den Kopf hin und her pendeln. „Ich hab heute Nacht lang nachgedacht. Auf einmal hab ich begriffen, was das alles bedeutet." Er stieß unvermittelt die Faust gegen Richardsons Brust und sagte leidenschaftlich: „Der unheimliche schwarze Kasten, den sie vor zwei Tagen aus dem Transporter geladen haben, kann nur eine Wunderwaffe enthalten haben – eine Superbombe, wenn ihr so sagen wollt. Man wird sie auf eine japanische Stadt fallen lassen. Sie wird vielleicht tausend Menschen mit einem Schlag vernichten.

„Ich hab's euch gesagt, er spielt wieder einmal seine verrückte Tour", sagte Sharp im Ton des Gekränkten. „Es ist sein Hobby, dass er aus jedem Quatsch, den er gehört oder gelesen hat, gleich ein Drama fabriziert."

„Gar so ein Quatsch ist das nicht, was er gesagt hat", erwiderte Richardson. „Ich bin sogar überzeugt, er hat Recht mit der Wunderwaffe."

„Sicher hat er Recht", brummte O'Hagerty. „Jetzt machen sie endgültig Schluss mit den Japsen. Ich hab auch nachgedacht und …"

„Und bist draufgekommen, dass ein Ding, das vielleicht nicht einmal eine Tonne schwer ist, eine ganze Stadt vernichten kann", rief Sharp ergrimmt dazwischen. „Du bist genauso blöde wie Hawky, das sag ich dir. Denk doch ein bisschen nach! Es ist unmöglich, mit einer Bombe dreißig oder auch nur zwanzig Häuser auf einmal zu zerstören. Selbst bei Volltreffern mit unseren schwersten Brocken sind Schlachtschiffe nicht auseinandergerissen worden."

„Ein Schlachtschiff ist aus Stahlplatten gebaut, aber Häuser sind aus Ziegeln, Steinen oder Holz", entgegnete Richardson. „Und ich habe gehört, die japanischen Häuser sollen sehr dünne Holzwände haben und im Innern sind die Wände aus Papier, in Holzrahmen gespannt. Das haben die Japsen erfunden, weil ihre Inseln ständig von Erdbeben erschüttert werden."

„Ja, ja, das kann schon stimmen", rief Sharp. „Aber sogar wenn alle Stadthäuser in Japan aus Holz gebaut wären, was ganz bestimmt nicht der Fall ist, kann man nicht mit einer

Bombe, so wie Hawky sagt, tausend Menschen auf einmal vernichten. Die Japsen haben sich nämlich auch rechtzeitig Luftschutzbunker gebaut. Die sind nicht auf den Kopf gefallen, wie ihr vielleicht glaubt. Denkt bloß an ihre Flugzeuge, an ihre U-Boote, an ihre Kriegsschiffe und die technischen Geräte, die wir erbeutet haben – alles erstklassige Konstruktionen. Sie haben prima Ingenieure und Erfinder, das ist bewiesen. Erinnert ihr euch noch an das japanische Militärspital auf Luzon? Das war mit allen Finessen eingerichtet – genauso gut wie ein amerikanisches. Die Japaner sind ein hochintelligentes Volk, sage ich."

„Wem sagst du das? Mir vielleicht?", spöttelte O'Hagerty. „Meinst du, ich weiß das nicht alles selber? Aber was nützt den Japanern ihre Intelligenz, wenn wir eine Superbombe haben, gegen die auch die beste Fliegerabwehr machtlos ist."

„Jetzt hör einmal gut zu", forderte Sharp. „Das mit der Superbombe halte ich für einen Unsinn. Wenn unsere Leute tatsächlich etwas Ähnliches erfunden hätten, dann würden sie nicht bloß eine Bombe hierherschicken, sondern hundert oder zweihundert Bomben. Ist das klar?"

„Sharpie ist eigentlich gar nicht so dumm", murmelte Richardson, den Blick zum Fenster gerichtet. „Eine Bombe ist gar nichts, auch wenn ihre Sprengwirkung hundertmal größer wäre als die eines Zehntonnenbrockens. Also wäre die Frage – was war in diesem komischen Kasten? Und warum dieser Aufmarsch von Generälen und anderen Leuten?"

„Ich habe euch die Antwort schon vorgestern gegeben", sagte Sharp und steckte gleichmütig ein Stück Kaugummi in den Mund. Bevor er es zerbiss, schob er es mit der Zunge unter die Backe und schaute abwartend die Kameraden an. Als sie ihn stumm anblickten und sich anscheinend nicht mehr erinnern konnten, welche Meinung er vor zwei Tagen gehabt hatte, schnalzte er mit zwei Fingern: „Na, ihr Schwachköpfe! Wisst ihr es wirklich nicht mehr? Ich habe gesagt, in dem Kasten sind Feuerwerkskörper für eine Friedensfeier. Darum sind auch die Generäle hierhergekommen."

Hawkins stierte wortlos eine kleine Weile vor sich hin, dann schüttelte er in leidenschaftlicher Verneinung den Kopf und vergrub das Gesicht in den Händen.

Richardson sagte bloß: „Schön wär's, aber ich glaub es nicht."

O'Hagerty ergriff eine halb volle Dose Orangensaft und trank bis zum letzten Tropfen. Danach schmatzte er zufrieden, wobei er in das leere Gefäß guckte. „Möcht wissen, wozu dieses Rätselraten gut sein soll. Ist es eine Wunderbombe, dann explodiert sie nicht hier. Ist es ein Friedensfeuerwerk, wird man uns sicher rechtzeitig zur Feier einladen. Ich geh jetzt in die Kantine – hab Appetit auf was Extrafeines. Eine Dose mit Hummer oder Seelachs vielleicht. Wer geht mit?"

Am selben Tag, um Punkt sieben Uhr abends, fand in der Befehlsstelle der Flugbasis Tinian eine Besprechung statt. Der Oberkommandierende der amerikanischen Luftstreitkräfte im Pazifik, General Spaatz, hatte zu dieser Besprechung eingeladen: General Groves, den Kommandanten der Flugbasis und drei vor einigen Tagen mit einer Kuriermaschine angekommene Fliegeroffiziere. General Spaatz hatte die Teilnehmer an der Besprechung aufgefordert, Platz zu nehmen. Während er selber in dem Raum langsam hin und her ging, mitunter zur Decke aufschaute, als suche er dort etwas, redete er stockend und ohne jemals einen der Anwesenden mit einem Blick zu streifen:

„– Meine Herren! Im Krieg gegen Japan wird am morgigen Tag eine neuartige Waffe eingesetzt. Um uns ungeheure

Opfer zu ersparen – die eine Invasion auf dem japanischen Festland fordern würde –, wird morgen Früh auf ein Rüstungszentrum des Feindes eine Bombe fallen. Es ist eine neu entwickelte Bombe von einer bisher nicht gekannten – Sprengwirkung. Sie wurde in Los Alamos – unter dem Titel ‚Manhattan-Projekt' – in mehr als zweijähriger, streng geheimer Forschungsarbeit entwickelt. Der morgige Tag wird in der Geschichte unserer Kriegführung – als der Tag der Vergeltung für Pearl Harbor vermerkt werden. Gleichzeitig wird die Anwendung dieser Bombe – alle Gegner unseres Vaterlandes – vor einem neuen Krieg zurückschrecken lassen."

Jetzt erst blieb General Spaatz stehen und sprach unmittelbar die drei Fliegeroffiziere an: „Wir haben drei der besten und erfahrensten Flieger unserer Luftstreitkräfte ausgewählt, um die Bombe ans Ziel zu bringen. Colonel Tibbets wird morgen der Kommandant der B-29 sein, die er auch steuern wird. Major Ferebee ist zum Bombenschützen bestimmt. Kapitän Parsons ist als Kopilot vorgesehen. Ich hoffe, dass Sie, meine Herren, die hohe Ehre dieses Auftrages zu würdigen wissen, und dass Sie sich auch bewusst sind, welche schwere Verantwortung Ihnen auferlegt wurde. Alles Weitere wird Ihnen morgen Früh vor dem Start durch General Groves mitgeteilt. Er wird Sie in seiner Eigenschaft als Leiter des Manhattan-Projekts mit einigen technischen Details vertraut machen. Den Namen der Stadt, die das Angriffsziel sein soll, werden Sie ebenfalls erst morgen Früh von mir erfahren."

6. August 1945!

Am Horizont brannte der Himmel. Der aufsteigende Feuerball der Sonne ließ das Meer einer ungeheuren Flut geschmolzenen Metalls gleichen. Gegen dieses blendende Flammenmeer gesehen, standen schwarz und wie verkohlt die Palmen auf der Insel Tinian. Auch die Menschen um die mächtige viermotorige B-29 wurden zu schwarzen Schatten aus der Unterwelt. Die Maschine stand da wie ein geflügeltes Ungeheuer der Vorzeit. Sie trug in ihrem Bauch eine neuartige Bombe. Die Nervenstränge der Maschine bildeten Leitungskabel. Ihr Lebenssaft hieß Benzin. Teile aus Metall ersetzten Knochen und Muskeln. Motoren verliehen ihr tausende Pferdekräfte. Statt eines Gehirns dachten für das Maschinenungeheuer dutzende Instrumente.

Die Besatzung des Flugzeugs war angetreten. In einer Reihe standen die Flieger vor den Generälen Spaatz und Groves. Die beiden musterten Mann um Mann und redeten jeden mit seinem Rang und Namen an. Dem Colonel Tibbets, dem Kommandanten der B-29, drückte Oberbefehlshaber Spaatz die Hand und hielt sie fest. „Colonel, ich erinnere Sie nochmals daran, dass Ihr Auftrag einer hohen Auszeichnung gleichkommt. Ihr Name wird später in den Geschichtsbüchern unseres Landes mit Ehren vermerkt sein. Ich habe die Vollmacht, Ihnen anlässlich dieses einmalig bedeutsamen Einsatzes zu gestatten, der von Ihnen gesteuerten Maschine einen Namen zu geben. Sagen Sie diesen Namen laut."

Von der ungewöhnlichen Ehrung überrascht, kniff Tibbets die Augen zusammen. Sein Blick glitt von dem Gesicht des Generals ab und verlor sich in Himmelsfernen. Sekunden vergingen. Im Gesicht des Fliegers rundeten sich die Kanten der Kinnbacken. Die vorher harten Züge wurden weich. Ein milder, fast kindlicher Ausdruck prägte nun dieses Antlitz. Der Blick des Fliegers galt wieder dem General. „Sir, wenn es mir erlaubt ist, soll dieses Flugzeug den Namen meiner Mutter tragen – Enola Gay."

Lauter als Tibbets wiederholte General Spaatz den Namen: „Enola Gay." Danach befahl er dem Colonel, ihm in die Führerkabine zu folgen. Und dort erst erfuhr Tibbets das Bombenziel. Der General wies ihm einen Punkt auf einer Flugkarte. Dieser Punkt bedeutete eine Stadt. Sie hieß Hiroshima.

An diesem 6. August 1945 beugte sich um sechs Uhr morgens die Rüstungsarbeiterin Yasuka Sasaki über ihren schlafenden Sohn Shigeo. Er lag zusammengekrümmt auf seiner Matte auf dem Boden. Mit der Linken bedeckte er das Gesicht, als hätte er, von einem bösen Traum geschreckt, den Kopf schützen wollen. Die Rechte war wie in Abwehr vorgestreckt. An seinen gekrümmten Rücken geschmiegt, schlummerte die kleine Sadako. Sie musste sich im Schlaf von ihrer Matte an Shigeos Seite gewälzt haben. Denn ihre dünne Decke lag, wie mit den Füßen fortgestrampelt, zu einem Knäuel geballt auf ihrer Schlafmatte.

Die Mutter betrachtete eine Weile die schlafenden Kinder, dann stupste sie mit einer Fingerspitze an Shigeos Nase. Er rümpfte die Nase, als wolle er eine Fliege verscheuchen. Ein zweiter Stups brachte den gleichen Erfolg. Ein dritter machte ihn blinzeln. Ein vierter ließ ihn völlig wach werden.

Die Mutter wispelte ihm zu: „Vergiss nicht – heute musst du dich wegen der Lebensmittelzuteilung anstellen. Wenn du vor acht Uhr beim Amt bist, wirst du weniger lang warten müssen. Am besten ist es, du stehst gleich auf, sonst verschläfst du. Hast du gehört? Steh auf, Shigeo!“

Der Junge streckte sich, gähnte und jammerte: „Lass mich noch eine Stunde liegen. Ich werde bestimmt nicht verschlafen.“

„Nein, nein, es ist mir lieber, du stehst gleich auf. Mach dich fertig und dann wecke Sadako. Wir haben keinen Bissen Essen im Haus. Das wäre ein Unglück, wenn du zu spät zum

Amt kämest. Nun, mach schon – ich hab es eilig. Um halb sieben muss ich im Werk sein. Also – auf!"

Sie bückte sich tiefer, rieb zärtlich ihre Nase an der seinen und zog ihn dann an einem Ohr hoch. Ein aufmunternder Klaps auf den Kopf machte ihn lächeln. Er fauchte lustig die Mutter an und sprang auf. Als sie gehen wollte, umschlang er sie überfallsartig. „Hast du wirklich gar nichts mehr zu essen?"

Sie streichelte sein kurz geschorenes Haar: „Nichts, mein Kind. Kein Krümelchen. Komm, lass mich los, ich muss zur Arbeit."

Shigeo lief der Enteilenden bis in die Gasse nach. Sie drehte sich einmal um und winkte. Gleich danach verschwand ihre schmale Gestalt hinter einer Hausecke. Bekümmert lehnte sich Shigeo an den Türpfosten. Die dunklen Ringe um die Augen der Mutter und ihr mageres Gesicht hatten ihn nachdenklich gemacht. Sie war sicher krank vor Hunger. Vorhin, als sie so eilig durch die Gasse trippelte, hatte er zum ersten Mal richtig gesehen, wie mager sie war. Gestern Abend hatte sie aus einem Topf die Reste von Bohnenbrei gekratzt und sie ihm und Sadako in die Münder gestopft. Sie selber hatte nichts gegessen.

In jähem Entschluss stieß sich Shigeo von dem Türpfosten ab und ging ins Haus. Heute wird er dem Herrn im Lebensmittelamt sagen, dass die Mutter krank vor Hunger ist. Sie wird nicht länger zur Arbeit gehen können, wenn sie nicht etwas mehr Essen bekommt – wird er dem Beamten sagen. Das muss er sagen! Er darf nicht aus lauter Respekt vor dem Herrn Beamten nehmen, was dieser ihm gibt, und vielmals für das wenige danken. Er muss für seine Mutter reden. Der Beamte kann nicht erraten, wie schlecht Yasuko Sasaki aussieht. Man muss es ihm sagen!

Voll Tatkraft rief Shigeo: „Steh auf, kleine Schwester! Heute ist ein schöner Tag. Wir gehen viel Essen holen. Du wirst mir tragen helfen müssen."

Sadako erwachte und schaute verschlafen zu Shigeo auf. Er schlug froh gelaunt mit den Armen um sich wie ein geflügeltes Tier und schrie abermals: „Auf, auf, kleine Schwester! Sonst kommt der Drache Chikamatsu und beißt dich."

Sie lachte über die lustigen Grimassen, die Shigeo schnitt. Mit einem Finger zeigte sie nach ihm. „Du bist Chikamatsu – du, du, du!" Dann wühlte sie sich schnell in eine Decke. Er stürzte sich auf Sadako und kitzelte sie. Das schrille Geschrei, das sie dabei ausstieß, konnte noch die Nachbarin Frau Kumakichi in der Gasse hören. Sie spitzte lauschend die Lippen und trippelte gleich zum Haus der Sasakis. Weil sie eine Rauferei befürchtete, stieß sie die Tür auf und trat ein. Als sie die im Spiel balgenden Kinder erblickte, schaute sie zuerst belustigt, aber gleich danach erschreckte sie die beiden, indem sie heftig pfauchte. „Euch geht es gut", sagte sie dann zu den Überraschten. „Ihr habt keine solchen Sorgen wie ich. Heute Nacht hab ich von einem Erdbeben geträumt. Häuser sind eingestürzt. Überall hat es gebrannt. Und das Allerschlimmste war: Die Sonne ist vom Himmel heruntergefallen. Ich bin vor Schreck aufgewacht und hab noch geschrien, als ich schon auf meiner Schlafmatte gesessen bin."

Sie machte den Rücken krumm und zog den Kopf zwischen die Schultern. Die Augen Furcht erregend geweitet, legte sie den gestreckten Zeigefinger an die Nase und flüsterte mit heiserer Stimme: „Wenn ich so etwas träume, geschieht es auch so."

Sie nahm den Finger von der Nase und nickte mehrmals, um die Wichtigkeit ihrer Behauptung zu unterstreichen. Weil die Kinder sie staunend anstarrten, fühlte sie sich ernst genommen und redete mit nachdrücklicher Betonung weiter:

„Alles, was ich träume, bedeutet etwas Bestimmtes. Wenn ich schlafe, lebe ich in der Geisterwelt. Dort kann man in die Zukunft sehen. Jaaa, das kann man dort. Nur sieht man alles anders und versteht es nicht gleich. Man muss es richtig deuten."

Shigeo, der, auf seiner Matte kniend, der Rede gelauscht hatte, verneigte sich flüchtig. Überstürzt sagte er: „Verehrungswürdige Kumakichi-san, Sie haben aber auch schon etwas geträumt, was nicht wahr gewesen ist."

Die alte Frau schaute zuerst überrascht auf den respektlosen Jungen nieder, dann bückte sie sich und stützte die Hände auf die Knie. „Was ist nicht wahr gewesen, he?"

„Ihr Traum von einem Topf voll Reis, Kumakichi-san. Sie haben zu mir gesagt, ich soll den Topf in Ihrem Garten ausgraben. Ich habe gegraben, aber es war keiner in der Erde versteckt."

Die Alte richtete sich auf. In ihrem Gesicht zuckte es. Sie blickte nach der Tür. „Ja, ja, der Topf voll Reis – ja, der war nicht im Garten. Das ist wahr. Diesen Traum habe ich falsch verstanden. Anders kann ich es mir nicht erklären … bis heute weiß ich nicht, was das bedeutet hat: Ein Topf voll Reis ist im Garten vergraben."

Der traurige Gesichtsausdruck der alten Frau erweckte Shigeos Mitleid. „Vielleicht steckt der Topf sehr tief in der Erde? Glauben Sie das nicht auch, Kumakichi-san?"

„Ja, das kann sein", murmelte sie. „Trotzdem werde ich nicht mehr suchen. Der Reis wäre längst verfault."

Sie ging langsam zur Tür und sagte, ohne sich umzudrehen: „Was ich aber heute Nacht geträumt habe, bedeutet ganz sicher ein Erdbeben. Ich werde tagsüber vor meinem Haus im Freien sitzen bleiben, dann kann mir nichts geschehen, wenn es zusammenstürzt. Ich rate euch, Kinder – bleibt nicht zu Hause."

„Was ist das, ein Erdbeben?", fragte Sadako, als die Nachbarin gegangen war.

Shigeo dachte nach. „Ein Erdbeben, das ist ..." Er vollendete den Satz nicht, weil er keine richtige Erklärung fand. Als er sechs Jahre alt gewesen war, hatten ihn einmal Erdstöße aus dem Schlaf gerissen. Damals war die Mutter mit ihm aus dem Haus geflüchtet. Später hatte er in der Schule von furchtbaren Katastrophen gehört, die in vielen Städten Japans gewaltige Zerstörungen anrichteten. Aber warum das so gewesen war? Vielleicht darum: „Ein Erdbeben wird von bösen Dämonen gemacht. Die sind tief, tief in der Erde drinnen. Sie wollen manchmal heraus – und weil sie nicht können, werden sie zornig und schütteln die ganze Welt. Dann wackelt bei uns auf der Erde alles. Die Häuser fallen zusammen und das Meer macht große, große Wellen. Die überschwemmen viel Land."

Für Sadako war das ein schaurig-schönes, aber viel zu kurzes Märchen. Sie wollte noch mehr hören. „Was macht die Sonne?", fragte sie und lutschte dabei an einem Finger.

„Die Sonne? Die – die macht nichts", erwiderte Shigeo. Dann erinnerte er sich, was Frau Kumakichi geträumt hatte, und fügte hinzu: „Vielleicht erschrickt sie, weil ihre Schwester, die Erde, wackelt, und fällt vor Schreck vom Himmel."

Er merkte, dass Sadako ihn wieder um etwas fragen wollte, und kam ihr zuvor: „Frag nichts mehr, ich weiß nichts. Komm, lass dich anziehen. Wir müssen fortgehen."

„Will nicht fortgehen. Will essen", sträubte sich Sadako.

„Du bekommst Essen. Das müssen wir aber erst holen."

„Will gleich Essen haben!", klagte die Kleine. Sie ließ sich auf die Schlafmatte fallen und als Shigeo sie hochziehen wollte, verkrallte sie sich in die Decke und strampelte. Das erboste Shigeo. Er versetzte der Widerspenstigen einige Klapse auf die Sitzfläche und riss dann mit einem Ruck die Matte unter ihrem Körper weg, so dass Sadako sich überkugelte. Sie brüllte. Er rollte die Decken und die Schlafmatten ein und schob alles in einen Winkel. Danach drohte er: „Wenn du dich nicht sofort anziehen lässt, sperr ich dich ein und geh ohne dich Essen holen. Den ganzen Tag wirst du allein sein und Hunger haben."

Sie verstummte, wischte mit den kleinen Fäusten die Tränen von den Wangen und schluchzte stoßweise. Sie sträubte sich nicht länger, als Shigeo ihr die weißen Wollstrümpfe überzog und den leichten Kimono aus billigstem bunt bedrucktem Stoff. Wie sie nun vor ihm stand, die Unterlippe gramvoll vorgeschoben, den Kopf gesenkt, mit Tränen an den Augenlidern, kam ihm ein glücklicher Einfall. Er packte aus der Kleidertruhe das Festtagskleid der Mutter, nahm davon die seidenglänzende Schärpe und schlang sie um Sadakos Hüfte. Sie schaute an sich hinunter und beobachtete misstrauisch, wie er die viel zu breite und lange Schärpe um sie wickelte, wieder abrollte, zusammenlegte und abermals anpasste. Als nun Shigeo zurücktrat, sein Werk begutachtete und, davon entzückt, sich selber Beifall klatschte, wusste Sadako, dass diese Schärpe sie verschönerte. Sie vergaß Ärger und Hunger, hob selbstgefällig die Arme in die Waagrechte und drehte sich vor dem Bruder im Kreis.

Er rief: „Wie hübsch du bist! Wie eine große Puppe siehst du aus! Ich werde dem Beamten im Lebensmittelamt sagen: Verehrungswürdiger Herr, das ist meine kleine Schwester Sadako. Sie hat die neue Schärpe Ihretwegen umgebunden, um Ihren Augen eine Freude zu machen. Bitte machen Sie ihr auch eine Freude und geben Sie ihr mehr zu essen."

Die Bewunderung des Bruders machte Sadako stolz. Jetzt war sie es, die drängte: „Fortgehen will ich, komm! Fort!"

In Eile legte er das Kleid der Mutter in die Truhe und riet dann der Kleinen: „Wenn wir draußen sind, musst du dich eng an mich drücken, damit die Nachbarn nicht viel von dir sehen. Sie erzählen sonst der Mutter, dass du die Schärpe von ihrem schönsten Kleid getragen hast."

Zur selben Zeit flog der viermotorige Bomber „Enola Gay" in achttausend Meter Höhe in Richtung zur japanischen Insel Sikok. Er befand sich über dem Schnittpunkt des 29. Grades nördlicher Breite mit dem 136. Längengrad. Seine Motoren und Instrumente funktionierten vorzüglich. Auch die Funkverbindung mit der Flugbasis Tinian ließ keinen Wunsch offen. Ein besseres Flugwetter hätte sich die Besatzung nicht wünschen können. Die Bodensicht war einmalig gut. Kein Wölkchen, kein leiser Dunstschleier trübte den Luftraum.

Der Kopilot, Kapitän Parsons, summte ein Kinderlied. Die Melodie war ihm plötzlich eingefallen. Er hatte sie nicht in seiner Erinnerung gesucht und war sich nicht einmal bewusst, dass er sie summte. Colonel Tibbets, der mit dem Kopiloten durch ein Kehlkopfmikrophon verbunden war, hörte das Summen. Flüchtig wandte er sich Parsons zu. „Das Lied kenne ich, Käptn. Meine Mutter hat es mir vorgesungen, als ich noch ein Junge war. Ich weiß sogar noch den Text: Mein Pony springt über die Hügel, mein Pony ist schnell wie der Wind, wenn ich es nicht festhielte am Zügel, wär's wie ein Sturm geschwind ..."

Parsons' Blicke glitten über Instrumente. Er gab keine

Antwort. Der Colonel fragte durchs Mikrophon: „Nun? Was sagen Sie zu meinem Gedächtnis?"

„Es ist erstaunlich."

„Das ist alles, was Sie zu sagen haben? Wussten denn Sie noch den Text?"

„Das kann ich jetzt nicht sagen."

„Warum nicht?"

Parsons' Linke zuckte hoch. Seine Stimme verriet nervöse Ungeduld. „Weil ich nicht darüber nachdenken will, Colonel. Ich habe das Lied gesummt, um mich abzulenken."

„Ich verstehe. Sie wollen nicht an unsere Bombe denken."

„Erraten, Colonel."

„Ich will aber davon reden, Käptn. Mir wird wohler dabei. Ich denke nämlich an die Bombe, seit wir aufgestiegen sind."

„Dann ist es höchste Zeit, dass Sie diese Art von Nachdenken abschalten, Colonel. Sonst wird es schlimm werden für Sie, weil ..." Er unterbrach sich und sagte nach kurzer Pause: „Entschuldigen Sie mein ungehöriges Reden, Colonel. Ich habe Ihnen keinen Rat zu geben."

„Doch, doch, Sie dürfen, Käptn! Reden Sie weiter!", forderte Tibbets überstürzt. „Ich will Ihre Stimme hören. Ich muss wissen, dass ein Mensch neben mir sitzt, der sich ähnliche Gedanken macht wie ich. Sie haben, so wie ich, viele Einsatzflüge hinter sich. Sie haben vieles erlebt – nicht wahr? Aber diesmal ist Ihnen unheimlich geworden. Sie wissen nicht, was geschehen wird, wenn diese Bombe aufs Ziel fällt ..."

Parsons riss an dem Haltegurt über der Brust. „Ich bitte Sie, Colonel, reden Sie von etwas anderem! Geben Sie mir Auftrag zu irgendeinem Funkspruch nach Tinian. Ich könnte zum Beispiel wieder melden, dass bei uns alles in Ordnung ist. Oder soll ich ..."

„Sie sollen mit mir reden, Käptn! – Nein. Sie haben Recht. Es ist sinnlos. Wir dürfen nicht davon reden. Summen Sie wieder, Käptn – das Kinderlied, ja? Ich werde den Text mitsingen. Los! – Mein Pony springt über die Hügel, mein Pony ist schnell wieder Wind …“

Die Horchgeräte einer japanischen Beobachtungsstation an der Küste der Insel Sikok registrierten Motorengeräusche eines aus südlicher Richtung kommenden Flugzeuges. Von der Beobachtungsstation wurde eine Vorwarnung an die Befehlsstelle Hiroshima durchgegeben.

Um diese Zeit standen Shigeo und Sadako angereiht am Ende einer mehrgliedrigen Menschenschlange vor dem Amt für Lebensmittelzuweisung. Die Vordersten in der Menge warteten seit Stunden auf ihre Abfertigung. Shigeo und Sadako hatten sich erst vor einer Stunde angereiht. Die Kleine trippelte in kindlicher Unrast auf der Stelle. Von so vielen unbekannten Menschen eingeengt, fühlte sie sich wie in einen Käfig gesperrt. Die Körper der Erwachsenen nahmen ihr die Sicht nach der Straße. Sie sah nur Kleider und Füße, und wenn sie aufschaute, die Köpfe der Großen. Es war ihr unerträglich heiß geworden, Hunger quälte sie und auch Durst; aber aus Scheu vor den Fremden getraute sie sich nicht zu klagen.

Schicksalsergeben stand Shigeo neben ihr. Vorhin hatte er sich, weil man ihn und Sadako so einzwängte, mit ihr aus der Reihe gedrängt. Daraufhin hatte man ihn und die Kleine völlig aus der Schlange gestoßen und ihm erst nach demütigen Bitten erlaubt, sich wieder einzureihen. Aus den Reden der Umstehenden konnte er entnehmen, dass sie nicht hofften, vor Mittag abgefertigt zu sein. Er wird also noch einige Stunden mit Sadako warten müssen.

Besorgt schaute er nach ihr: Ob sie so lange durchhalten wird? Es wunderte ihn, dass sie so geduldig, ohne Klage, diese schreckliche Enge ertrug. Sie hielt den Kopf zurückgebogen, das Gesicht dem Himmel zugewandt. Ihre wie von Fieber geröteten Wangen und ihr schweres Atmen machten ihm Kummer. Wenn er sie nach Hause bringt, wird er ihr viel Schweres ersparen. Sie kann unmöglich noch einige Stunden lang hier ausharren. Entfernt er sich aber, muss er sich, wenn er zurückkommt, als Letzter anstellen. Jetzt lehnte sie sich an ihn, umschlang ihn. Sie hing schwer an ihm. War sie schon so müde, dass sie nicht mehr stehen konnte?

Shigeo beugte sich nieder. Weil es sich nicht schickte, vor fremden Erwachsenen laut zu reden, wispelte er: „Willst du nach Hause, Sadako?"

Sie schaute mit müdem Blick aus verschleierten Augen zu ihm auf und gab keine Antwort. Sie war sichtlich schon so erschöpft, dass sie nicht mehr sprechen konnte. Er musste sie von hier wegbringen! Vielleicht erlaubten es die hinter ihm Stehenden, dass er seinen Platz einnehmen durfte, wenn er zurückkehrte?

So weit es die Enge gestattete, drehte er sich um. Zwei ältere Frauen blickten ihn verärgert an.

„Meine kleine Schwester kann nicht mehr stehen ...", begann Shigeo und wurde sogleich von einer der Frauen unterbrochen: „Trag sie, wenn sie nicht mehr stehen kann."

Die andere sagte streng: „Warum nimmst du das Kind mit, wenn du weißt, dass man hier stundenlang warten muss?"

„Ich will sie jetzt nach Hause tragen, aber darf ich mich wieder auf diesen Platz stellen, wenn ich zurückkomme?"

„Du willst immer etwas anderes", keifte die Nachbarin. „Einmal trittst du aus der Reihe, dann drängst du dich wieder herein, und jetzt willst du gar spazieren gehen. Meinetwegen geh, wohin du willst, aber vor mich darfst du dich nicht mehr stellen. Ich will mich nicht ständig ärgern. Ich hab genug andere Sorgen."

Gleich darauf kam Bewegung in die Menschenschlange. Ruckweise ging es vorwärts – um einen Schritt, dann um zwei und danach um einen halben. Weil jeder erwartete, es werde noch ein Ruck vorwärts folgen, standen alle so aneinander gepresst, dass sich minutenlang keiner zu regen vermochte.

In der Menge eingekeilt, hörte Shigeo die Schwester angstvoll stöhnen. Die Atemluft schien ihr knapp geworden zu sein. Er tastete nach ihrem Kopf und fand ihn oberhalb seines Knies. Sie war entweder niedergedrückt worden oder sie hatte sich sinken lassen; jedenfalls vermochte sie sich nicht mehr aus eigener Kraft aufzurichten. Wenn er ihr nicht schnell half, ins Freie zu gelangen, zerquetschte man sie wie einen Frosch.

Mit der Kraft, die ihm die Angst verlieh, verschaffte er sich Raum, indem er Nachdrängende mit gekrümmtem Rücken von sich stieß und den Kopf gegen den Vordermann stemmte. Man beschimpfte ihn und drohte ihn zu verprügeln; er kämpfte verbissen weiter, bis es ihm gelang, Sadakos Arm zu packen und sie aus der Reihe zu zerren. Sie japste erbarmungswürdig nach Luft. Ihr Gesicht war bläulich angelaufen. Und das Schlimmste – in der schönen Seidenschärpe vom Festtagskleid der Mutter klaffte ein handbreiter Riss. Anscheinend war irgendein rücksichtslos Drängender auf das eine Ende der Schärpe gestiegen und hatte den Fuß nicht gehoben, als Shigeo die Kleine hinter sich herzog. Ihr machte der böse Riss keinen Kummer. Sie streckte die Arme vor und jammerte: „Ich will fort von da. Trag mich fort!"

Noch immer schimpften Erboste in der Reihe und ein

Mann drohte Shigeo sogar mit der Faust. Er blickte furchtsam nach dem Zornigen und nachdem er sich Sadako auf den Rücken geladen hatte, entfernte er sich rückwärtsschreitend von dem Zornigen, der ihn vielleicht gar verprügeln wollte. Erst als er überzeugt war, dass der Mann nicht beabsichtigte ihn zu verfolgen, drehte er sich um und trabte davon.

So viel Böses innerhalb einer knappen Stunde hatte Shigeo noch nie erlebt. Sein Groll war groß gegen die Erwachsenen, die ihn seiner Ansicht nach grundlos beschimpft und bedroht hatten. Keine Entschuldigung, keine Bitte hatte bei diesen Menschen genützt. Sie waren so gierig nach Essen, dass sie nicht einmal auf ein kleines Mädchen Rücksicht nahmen. Genauso wie diese Leute, hatte auch Sadako großen Hunger. Nur diese Rücksichtslosen zwangen ihn, die Kleine den weiten Weg nach Hause zu tragen. Hu! Das wird eine Plage. Schon jetzt fühlte er seine Beine schwach werden, wenn er es sich bloß vorstellte: die lange Straße entlang des Flussarmes, dann über die Brücke bei der Hauptstraße und von dort am großen Warenhaus vorbei –

Nein! Dumm ist er. Nicht den Weg über die heißen Asphaltstraßen im Stadtzentrum wird er gehen, sondern an der Universität vorbei über die kleine Brücke durch den Hijiyama-Park. Es ist zwar ein noch längerer Weg, aber im Park wird er rasten und die Füße in einem Teich baden. Nach einer Stunde kann er, wenn er den Weg zurückläuft, wieder beim Lebensmittelamt sein. Auch wenn er der Letzte in der Reihe Wartender ist, kann man ihn nicht fortschicken. Heute ist der Zuteilungstag. Man muss ihm Lebensmittel anweisen.

Zuversichtlicher und viel besser gelaunt als zuvor, trabte Shigeo mit seiner Last in geänderter Wegrichtung weiter. Er ließ die Universität hinter sich, überschritt die Brücke, die einen der sechs Arme des Otha-Flusses überspannte, und sah eine Viertelstunde später die Bäume des Hijiyama-Parks vor sich. Als er ein leises Dröhnen vernahm, hielt er an und suchte im Himmelsblau nach einem Flugzeug. Weil er keines entdeckte, ging er weiter. Er betrat den Park und marschierte zu einem kleinen Teich. Shigeo spähte um sich. Auf keinem der viel gewundenen Parkpfade war ein Spaziergänger oder gar ein Polizist zu sehen. Die Gelegenheit, in dem Teich zu baden, war ungewöhnlich günstig. Als er Sadako absetzte, merkte er, dass sie eingeschlafen war. Er legte sie im Schatten einer Weide ins Gras und entledigte sich des vom Schweiß durchnässten Hemdes. Im Begriff, die Hose abzustreifen, schaute er zum zweiten Mal zum Himmel auf. Das Dröhnen von Flugzeugmotoren war stärker zu vernehmen. Wieder vermochte er die Maschine nicht zu erspähen. Sie schien sehr hoch zu fliegen.

Shigeo strampelte sich aus der Hose, lief zum Teich und sprang ins Wasser.

Die Befehlsstelle im Alten Schloss von Hiroshima war rechtzeitig durch die Küstenstation auf Sikok vom Anflug eines viermotorigen Feindbombers verständigt worden. Die Befehlsstelle ließ keinen Fliegeralarm geben. Die Arbeit in den Rüstungsbetrieben durfte nicht gestört werden.

Colonel Tibbets, der Kommandant der B-29 „Enola Gay", steuerte in achttausend Meter Flughöhe das Zentrum der Stadt Hiroshima an. Im Laderaum betätigte der Bombenschütze Major Ferebee den Mechanismus, der den Bombenschacht aufklappte.

Jetzt visierte Ferebee das Ziel an.

Die Bombe fiel.

Mit höllischem Jaulen stürzte das Ungetüm in die Tiefe.

Die Besatzung der „Enola Gay" riss, wie befohlen, schwarze Schutzbrillen vor die Gläser der Sauerstoffmasken. Keiner der Flieger wusste, welchem Zweck diese Schutzbrillen dienen sollten. Keiner wusste, was sich in den folgenden Minuten ereignen würde. Sie erfüllten nur einen strengen Befehl.

Und sie warteten alle mit fühllos gewordenen Körpern. Und sie lauschten und meinten, das Jaulen der stürzenden Bombe zu vernehmen. Aber es war nicht das Jaulen, sondern das Rauschen der Blutströme, die ihre aufgeregt pochenden Herzen durch die Adern jagten. Und sie starrten alle mit versteinerten Gesichtern blicklos ins Leere, gebannt und gelähmt von dem leisen Erahnen einer Katastrophe, wie die Welt sie noch nie erlebt hatte.

Die Uhr am Handgelenk des Colonel Tibbets störte der harte Pulsschlag nicht. In ihr drehten sich Rädchen. Und mit diesem Drehen wurde eine Sekunde nach der andern zur Vergangenheit. Die Zeiger standen auf acht Uhr vierzehn Minuten und fünfunddreißig Sekunden.

An der Bombe wurde durch einen sinnreich konstruierten Apparat ein Fallschirm entfaltet.

Die Bombe schwebte an dem Fallschirm zur Erde nieder.

Die Uhrzeiger wiesen acht Uhr vierzehn Minuten und fünfzig Sekunden.

Die Bombe befand sich in sechshundert Meter Höhe über dem Boden.

Und als sie sich um acht Uhr fünfzehn Minuten um weitere hundert Meter gesenkt hatte, leiteten Apparate, von Wissenschaftlern ersonnen, im Inneren der Bombe eine Zündung ein: Neutronen spalteten Atomkerne des Schwermetalls Uran 235. Und diese Spaltung wiederholte sich in unfassbar schneller Kettenreaktion.

Im millionsten Teil einer Sekunde entflammte eine neue Sonne in grellweißem Licht.

Hundertfach heller als die Himmelssonne.

Und dieser Feuerball strahlte Millionen Hitzegrade gegen die Stadt Hiroshima.

In dieser Sekunde verbrannten 86 100 Menschen.

In dieser Sekunde erlitten 72 000 Menschen schwere Verletzungen.

In dieser Sekunde wurden 6 820 Häuser pulverisiert und vom Sog eines luftleeren Raumes als Staubteilchen kilometerhoch zum Himmel emporgerissen.

In dieser Sekunde stürzten außerdem 3 750 Gebäude ein und die Trümmer begannen zu brennen.

In dieser Sekunde bombardierten tödliche Neutronen- und Gammastrahlen den Explosionsort im Umkreis von anderthalb Kilometern.

In dieser Sekunde hatte das Ebenbild Gottes den ersten Versuch unternommen, sich mit Hilfe der Wissenschaft selbst zu vernichten.

Der Versuch war gelungen.

Als die Atombombe über dem Stadtzentrum explodierte, tauchte Shigeo im Teich. Ein greller Lichtblitz blendete ihn. Unmittelbar danach vernahm er ein Getöse und Krachen wie von tausend Donnern. Ein unbeschreiblich gewaltiger Sturmwind folgte. Der peitschte das Wasser zu Staubkaskaden, riss Shigeo mit sich und schleuderte ihn ans Ufer. Uralte, entwurzelte Bäume stürzten, schenkeldicke Äste wirbelten durch die Luft. Bambusrohr bog sich zur Erde nieder. Nur das zähe Holz der Trauerweide, unter der Sadako schlief, widerstand der Druckwelle. Wohl bog sich auch ihr Stamm in dem Orkan und alle Blätter wurden von den gertendünnen Zweigen gerissen, aber sie stürzte nicht. Sadako dagegen wurde von dem Luftdruck gleich einem Papierknäuel fortgetragen.

Shigeo erhob sich mühsam. Er konnte nichts denken. Die Augen weit und schreckensstarr aufgerissen, taumelte er auf derselben Stelle hin und her, wo es ihm gelungen war, sich aufzurichten. Er glotzte benommen eine Baumkrone an, die unbegreiflicherweise vor ihm auf dem Boden lag. Auch begriff er nicht, wieso er knöcheltief in verrinnenden Wassermassen watete. Und die Unmenge Blätter um ihn, die Äste und Zweige – waren die vom Himmel gefallen?

Allmählich wurde er sich dessen bewusst, was geschehen war. Seine Muskeln strafften sich. Er stand gerade und versuchte zu begreifen: Zuerst hatte es hinter ihm geblitzt, dann war der Sturm gekommen und hatte ihn aus dem Wasser gerissen. Nachher hatte unter ihm der Boden geschwankt. Ein Erdbeben.

Zugleich mit dieser Erkenntnis kam ihm die Erinnerung an Sadako. Von Angst gehetzt, suchte er die nächste Umgebung ab. Er rannte ziellos und in blinder Hast umher, stolperte über Holztrümmer, stampfte behinderndes Astwerk nieder und schrie: „Sadako! Sadako!"

Er lief in den Park hinein, brüllte verzweifelt: „Sadako! Sadako!"

Er kehrte um, sprang über Baumstämme, riss Buschwerk beiseite, verletzte sich durch Holzsplitter. Und da lag die Schwester. Das Kleid in Fetzen gerissen. Blutig geschrammt der Körper. Sie wimmerte. Sie lebte!

Als menschlicher Erfindergeist eine Atombombe über dem Stadtzentrum von Hiroshima explodieren ließ, wollte sich der alte Bootsbauer Kenji Nishioka soeben auf demselben Stein am Flussufer niederlassen, der ihm täglich als Sitz diente. Er stand noch gekrümmt da, als ein weißer Lichtstrahl die Wasseroberfläche vor ihm überzuckte und das Ufer gegenüber und den Teil des Himmels, den er sah. Im selben Augenblick spürte der Alte am Rücken ein furchtbares Brennen, als würde flüssiges Blei darüber fließen. Er schrie auf und griff nach hinten. Ein gütiges Geschick raubte ihm das Bewusstsein. Er wankte, fiel vornüber ins Wasser und ertrank.

In der Nähe des Alten Schlosses von Hiroshima übten vor acht Uhr fünfzehn auf einem von Kasernengebäuden rechteckig umgebenen Exerzierplatz Soldaten in dutzenden Gruppen. Unter der Leitung von Ausbildnern probten sie: Marschtritte, Stockfechten, Vorwärtsstürmen und im Lauf mit aufgepflanzten Bajonetten nach Strohpuppen stechen, Ladeübungen an Maschinengewehren und Granatwerfern oder mit hölzernen Handgranatenattrappen nach Figuren aus Pappe werfen.

Kommandorufe schallten von allen Seiten. Staubschwaden hoben sich träge wie Frühnebel über taufeuchten Wiesen. Das taktmäßige Geräusch von Tritten mengte sich mit dem metallischen Klicken beim Handhaben der Waffen.

Der Soldat Kunyoshi Komatsu war jener Gruppe zugeteilt, die das Stechen nach Strohpuppen übte. Er lag mit neunzehn anderen Soldaten in einer Reihe im Staub und visierte jene Puppe an, die ihm als Ziel dienen sollte. Die Strohpuppen glichen in Form und Größe Menschen. An den linken Brustseiten markierten rot gemalte Kreise den Sitz des Herzens. Wer im vollen Lauf mit dem am Gewehr befestigten Bajonett in den roten Kreis stach, hätte im Ernstfall einen lebenden Gegner ins Herz getroffen.

Soeben war der Soldat neben Kunyoshi zum Angriff aufgerufen worden. Man merkte deutlich – der Mann rannte nach besten Kräften und hielt auch das Gewehr richtig schräg zum Stich bereit. Zu seinem Unglück lockerte sich an seinem rechten Bein die Bindung der Wickelgamasche. Das Band rollte sich auf, flatterte und schlang sich um das linke Bein. Der Angreifer strauchelte, fiel und überschlug sich. Zur Strafe für das nachlässige Binden seiner Wickelgamaschen wurde ihm vom Ausbildner befohlen, dreimal um den Exerzierplatz zu laufen.

Der Soldat Kunyoshi macht sich bereit. Die Beine abgewinkelt an den Leib gezogen, die gespreizten Finger der Linken auf den Boden gestützt, wird er im Augenblick des Kommandos sich blitzgeschwind abstoßen, aufspringen und vorwärtsstürmen können. Er war in Kämpfen auf Malaya und Luzon zweimal verwundet worden. In seiner Gruppe galt er als ein erfahrener Krieger. So mancher beneidete ihn um seine Erlebnisse. Nun musste er ein Beispiel geben, wie man im Ernstfall einen Feind tötet. Außerdem hatte er vor kurzem im Dienst versagt: Beim Postenstehen vor dem Kasernentor war er plötzlich ohnmächtig geworden. Diese Schande musste er durch vorbildliches Verhalten tilgen.

Kunyoshi wartete vergebens auf das Kommando. Der Ausbildner, ein stämmiger, kurzbeiniger Unterfeldwebel, glaubte den Motorenlärm eines Flugzeuges in der Höhe gehört zu haben. Er spähte mit zurückgebogenem Kopf in verschiedene Himmelsrichtungen, entdeckte aber nichts. Er suchte so lange, bis ihm einfiel, ein Vorgesetzter könnte ihn beobachten. Ein Blick in die Runde überzeugte ihn jedoch, dass außer seinen Untergebenen niemand nach ihm schaute. Und weil er nun abermals und diesmal deutlicher das Dröhnen vom Himmel vernahm, bog er wieder den Kopf zurück und starrte in die Luft. Den Offizier, der hinter seinem Rücken mit raschen Schritten herankam, bemerkte er nicht. Dagegen erblickte er jetzt in ziemlicher Höhe ein Ding, das an einem Fallschirm hing. Zuerst meinte er, dieses schwarze Etwas an dem Fallschirm wäre ein Mensch; aber nach Sekunden erkannte er, dass er sich geirrt hatte. Was dort herabschwebte, hatte nicht die Form eines Menschenkörpers.

Der Unterfeldwebel überlegte bereits, ob er irgendeinen Vorgesetzten auf dieses Ding an dem Fallschirm aufmerksam machen sollte. Ein Geschrei hinter ihm ließ ihn zusammenschrecken. Ein Offizier hatte ihn beim In-die-Luft-Gucken ertappt. Das Geschimpfe des Offiziers widerhallte von den Kasernenmauern. Ausbildner und Soldaten wurden Zeugen der Szene. Endlich verstummte der Schreier. Er blieb aber als Beobachter stehen. Der Unterfeldwebel, bleich vor Scham, gab dem Soldaten Kunyoshi das Kommando zum Angriff. Voll Ehrgeiz, den Zorn des Offiziers durch einen vorbildlichen Bajonettstich wenigstens teilweise zu besänftigen, schnellte sich Kunyoshi hoch und stürmte los. Sein Ziel, die Puppe, war jetzt in seiner Einbildung ein lebender Feind. Den musste er tödlich treffen, sonst tötete dieser Feind ihn!

Das Gesicht von Hass verzerrt, die Zähne gefletscht, rannte Kunyoshi, als gelte es tatsächlich sein Leben, als wäre er wieder auf einem Schlachtfeld, umzischt von Gewehrkugeln und Granatsplittern. Das Jaulen heransausender Geschosse klang wieder in seinen Ohren und das schmetternde Krachen explodierender Handgranaten. Und dort vor ihm stand sein Feind!

„Banzai!", gellte der Schlachtruf des todesmutigen Kriegers Kunyoshi Komatsu über einen Kasernenhof. Dann stieß er dem Gegner, einer Puppe aus Stroh, das Bajonett mitten ins Herz.

In derselben Sekunde verdampfte der Körper des Kriegers Komatsu in der Sonnenglut einer explodierten Atombombe.

Unter anfeuernden Zurufen bemühten sich zum Arbeitseinsatz kommandierte Studenten, eines der zum Abbruch bestimmten Häuschen im Händlerviertel zum Einsturz zu bringen. Ein Telegrafenmast aus Holz diente ihnen als Ramme. Fünfzehn Mann trugen den Mast. Sie nahmen Anlauf und trabten gegen das Ziel. Die Mastspitze krachte gegen die Hauswand. Sie riss nur ein kopfgroßes Loch in morsche Balken.

Studentinnen, die einen Lastwagen mit Trümmern abgerissener Häuser beladen sollten, verließen, neugierig geworden, ihren Arbeitsplatz und scharten sich als Zuschauerinnen um die Gruppe der Burschen. Wieder schmetterte der schwere Stamm gegen die Wand und wieder stieß er nur ein Loch. Der neuerliche Misserfolg machte einigen Zuschauerinnen Spaß. Sie kicherten belustigt. Andere klatschten Beifall, weil ihnen das abenteuerliche Beginnen der Burschen als ein interessantes Schauspiel erschien, das ihnen willkommene Zerstreuung verschaffte.

Den Studenten Kanjiro Yonekura ärgerten die zwei vergeblichen Versuche. Er war als Untergruppenführer für den schnellen Fortschritt der Demolierungsarbeiten in dem ihm zugewiesenen Teil des Häuserviertels verantwortlich. Es war sein Einfall gewesen, durch Rammstöße mit einem Mast die Abbrucharbeiten zu erleichtern. Durch die verschiedenartigen Teilnahmekundgebungen der Mädchen fühlte er sich persönlich herausgefordert. Nun wollte er beweisen, dass sein Plan gut war, wenn man verstand, ihn richtig auszuführen.

„Versucht es noch einmal!“, befahl der ehrgeizige Kanjiro den Burschen seiner Gruppe. „Ihr dürft aber nicht mehr so dumm sein und gegen die Seitenwand zielen. Den Eckpfosten des Hauses müsst ihr treffen! Dann wird beim ersten Stoß die ganze Vorderfront einstürzen.“

Der letzte Mann an dem Rammholz schaute zum Himmel auf. Er hatte das Brummen von Flugzeugmotoren vernommen. Während seine Kameraden sich zum dritten Rammstoß bereitmachten, suchte er nach dem Flugzeug am Himmel.

Kanjiro rief den Säumigen an. Der zeigte nach oben. Soeben hatte er etwas Seltsames in der Höhe erspäht.

Kanjiro schrie wütend: „Kümmere dich nicht darum, was in der Luft geschieht, sondern schau nach vorn!"

Der Gerügte gehorchte beschämt. Er war fast allen Mädchen aufgefallen. Dieser Kanjiro machte sich immer dann wichtig, wenn Zeugen anwesend waren.

Jetzt kommandierte Kanjiro: „Vorwärts!" Und diesmal trafen die Burschen die richtige Stelle. Der Stützpfosten an der Hauskante knickte krachend.

Das Getöse des zusammenstürzenden Gebäudes erstickte einen Aufschrei. Eines der Mädchen, die Studentin Setsuko Nakamura, hatte nicht das Rammen des Eckpfostens beobachtet, sondern zum Himmel geschaut. Von dort schwebte ein schwarzer Gegenstand, von einem Fallschirm getragen, zur Erde nieder.

Das ungewöhnliche Schauspiel erregte Setsukos Fantasie. Um besser sehen zu können, beschattete sie die Augen mit einer Hand. Aber nun störten sie die aufgeregten Bewegungen ihrer Kameradinnen. Sie trat einen Schritt zurück. Dann noch einen. Und als sie, ohne sich umzudrehen, zum dritten Mal zurücktrat, brachen unter ihren Füßen dünne Bretter, mit denen ein alter Brunnenschacht bedeckt gewesen war. Setsuko fiel wenige Meter tief. Sie blieb unversehrt in dem Schlamm am Grunde des Schachts stecken. Durch dieses scheinbare Unglück blieb sie vor einem grausamen Tod bewahrt. Denn kaum war ihr Hilferuf verhallt, flammte am Himmel eine neue Sonne auf.

In der Mitsubishi-Werft, vier Kilometer vom Explosionszentrum entfernt, bediente die Arbeiterin Yasuko Sasaki eine Stanzmaschine. In den Minuten vor der Explosion der Atombombe dachte sie an ihre Kinder Shigeo und Sadako; – sie werden jetzt vor dem Lebensmittelamt stehen … hoffentlich dauert es nicht zu lange – immer sind dort so viele Menschen angereiht … Sadako wird schon sehr hungrig sein – ob Shigeo die Kleine auf seinen Rücken nimmt, wenn sie nicht mehr stehen kann? Vielleicht ist er so klug und lässt sie außerhalb der Reihe warten – das tut er sicher – er ist ein gescheiter Junge … Mehr vermochte Yasuko Sasaki nicht zu denken. Ein Lichtblitz von unvorstellbarer Helligkeit blendete sie. So wie alle andern Menschen in der Fabrikhalle stand sie schreckensstarr und war unfähig, einen Laut von sich zu geben. Die Maschinen tobten unberührt weiter. Mehrere Sekunden lang übertönte der Maschinenlärm jeden Schrei. Dann wurde das Tosen, Hämmern, Rattern und metallische Kreischen der Maschinen von einem Jaulen verschluckt, das aus dem Kraterschlund eines jäh entstehenden Vulkans zu dringen schien. Mit der geballten Kraft von hundert Orkanen stürzte eine Luftdruckwelle gegen die Werftgebäude. Sie rüttelte Betonwände, verbog Stahlträger, wirbelte außerhalb der Werfthallen tonnenschwere Eisenplatten hoch, als wären es Papierblätter. Glassplitter, Holztrümmer, Eisenteile zischten, Geschossen gleich, durch alle Räume der Werftanlagen. Was sich an Maschinen bewegte, stand still – manches Rad nach jähem Ruck, manche Schubstange oder Antriebswelle nach kurzem Zucken. So wie ein zu Tode getroffenes Tier verendet.

Ein Metallteil, vielleicht eine losgerissene Schiene von einem eisernen Fensterrahmen, streifte die linke Schulter der Arbeiterin Yasuko Sasaki und schlitzte die Haut auf. Blut rieselte über den Arm. Sie schaute danach, ohne zu begreifen und mit leerem Blick. Sie spürte keinen Schmerz. Sie sah – und fand auch dafür keine Erklärung – ihr Arbeitskleid in Fetzen gerissen. Sie entdeckte am rechten Daumenballen einen Glassplitter, der im Fleisch steckte. Sie zog ihn heraus, verwundert, dass dieser Splitter sie verletzt hatte, ohne dass sie es spürte. Sie vernahm mit einem Mal Stöhnen und Hilferufe und es wurde ihr bewusst, dass sie diese Laute schon seit mehreren Sekunden hörte. Das Entsetzen über das Erlebte wuchs in ihr zugleich mit dem Begreifen: Etwas Ungeheuerliches war geschehen. Und jetzt sah sie endlich mit klaren Sinnen: Verwundete Kameradinnen lagen auf dem Boden. Sterbende ächzten. Schwerverletzte krümmten sich. Und alle waren von Blut überströmt.

Yasukos Blicke zuckten hierhin und dorthin. Überall sah sie das gleiche Bild von Frauen, die sich in Schmerzen wanden. Sie wimmerte und presste gleich darauf die Faust an den Mund, um diesen, jetzt sinnlosen Laut zu unterdrücken. Sie musste ihre Angst, ihr Entsetzen meistern. Sie musste helfen und durfte nicht jammern.

Im Freien wogten Rauchschwaden. Flammenschein durchzuckte den Rauch. Die Werfthallen brannten! Vielleicht brannte die ganze Stadt?

„Meine Kinder!", schrie Yasuko und hetzte davon. Sie stieß sich an Maschinen wund. Sie trat in Scherbenhaufen und sprang über Leiber. Sie rannte gegen Männer, die Schutzhelme trugen und sie aufhalten wollten. Verwundete griffen Hilfe suchend nach ihr. Sie riss sich von allen los mit der Kraft, die ihr die Angst um ihre Kinder verlieh. Als sie endlich durch einen Hallenausgang ins Freie gelangte, prallte sie zurück. Über dem Stadtzentrum türmte sich eine Wolkensäule zum Himmel. Eine Wolkensäule, in der Brände loderten. Die sich hoch oben zu einer gewaltigen Kugel ballte. Aus der es wie von Blitzen zuckte. Die bald rötlich glühte, bald orangefarben, und auch grün und rosa flammte.

Beim Anblick dieses grauenvollen Wolkenbrandes sank Yasuko auf die Knie. Sie starrte voll Entsetzen auf dieses Werk von Dämonen. Denn nur solche konnten diese überirdische Riesenfackel entzündet haben, um Menschen zu strafen. Aber wofür? Was hatte sie getan? Und ihre Kinder?

Als sie an ihre Kinder, Shigeo und Sadako, dachte, streckte sie die Arme gegen die vermeintliche Fackel der Dämonen und ächzte: „Sie haben nichts getan! Lasst mir meine Kinder! Tut ihnen nichts!" Sie wollte sich erheben, um ihren Kindern Hilfe zu bringen. Ein Ohnmachtsanfall zwang sie zu Boden.

Die „Enola Gay" war in einem Halbkreis nach Südwesten abgebogen. Die Besatzung hatte bald nach dem Abwurf der Bombe einen Lichtschein aufzucken gesehen, der sie trotz schwarzer Schutzbrillen sekundenlang blendete. Dem unerwartet grellen Lichtblitz folgte ein Donnergrollen, das sogar den Motorenlärm übertönte. Gleich danach wurde das Flugzeug gerüttelt, als wäre es plötzlich in eine Sturmzone geraten. Anfangs vermochten die Flieger nicht zu glauben, dass alle diese Erscheinungen nur die Folgen der Bombendetonation gewesen seien. Eine solche ungeheuerliche Wirkung hatten sie weder erwartet noch jemals erlebt. Sie meinten zuerst, die Bombe hätte ein großes Munitionslager getroffen; aber nun sahen sie, wie sich über der Abwurfstelle ein gigantischer Rauchpilz kilometerhoch auftürmte. Und sie sahen, dass der Kopf dieses grausigen Pilzes aus geballten Feuern bestand, die jede menschliche Vorstellung von einem Höllenbrand übertrafen. So unirdisch schaurig war dieses Urweltfeuer, dass die Beobachter wie gelähmt auf ihren Plätzen verharrten.

Colonel Tibbets stierte mit irrem Ausdruck auf den furchtbaren Pilz aus Rauch und Flammen. Im leisen Begreifen der ungeheuerlichsten Katastrophe, die jemals eine menschliche Siedlungsstätte betroffen hatte, riss er als Erster die Schutzbrille ab und blickte in die Tiefe. Er sah statt des Häusermeers von Hiroshima nur wogenden braunen Qualm. Er versuchte sich zu erklären, was geschehen war: Die „Enola Gay" hatte eine Bombe getragen. Nur eine! Er hatte sie gesehen. Sie war kaum größer gewesen als eine der vielen Fünfhundertkilobomben, die bei früheren Einsatzflügen auf Feindziele gefallen waren. Bloß eine andere Form hatte sie gehabt. Und dass sie von einem Fallschirm getragen wurde, statt in freiem Fall zu stürzen? War es möglich, dass eine nur mittelschwere Bombe eine ganze Stadt vernichtet haben sollte? Nein! Das war unmöglich. Das durfte nicht sein! Weil es unmenschlich war. Und weil eine solche teuflische Erfindung nicht von Menschen mit Vernunft ersonnen werden konnte. Ja, das war die richtige Antwort.

Was aber seine Augen sahen, war keine Einbildung: Die Stadt Hiroshima war fast zur Gänze von Explosionsrauch verhüllt –

Er lachte unvermittelt und verkrampft. Er lachte wie ein Mann, der geglaubt hat, einen Mord begangen zu haben und nun sieht, dass sein gestürztes Opfer sich erhebt, weil es keine Verletzung erlitten hat. Es war ihm eingefallen: Die Bombe war eine raffinierte Erfindung, ausgeklügelt, um den Feind zu schrecken. Sie explodierte hoch über dem Ziel, wobei eine mächtige Rauchmenge nach unten stieß, während der Grauen erregende Brand nach oben geschleudert wurde.

So musste es sein!

Eine fantastische Erfindung!

Eine Wunderbombe.

Sie sollte die Japaner einschüchtern, ihnen eine Ahnung der Schrecken vermitteln, die sie erwarteten, wenn ihre Verantwortlichen nicht binnen kurzem die Kapitulation anboten. Er durfte stolz sein, dass man ihn zu diesem Feindflug kommandiert hatte. Seine Vorgesetzten werden zufrieden sein. Mit ihm, Captain Parsons, mit Major Ferebee. Und mit der braven „Enola Gay". Die hatte diese wuchtige Druckwelle ohne Schaden überstanden. Himmel und Hölle, war das ein Geschaukel gewesen! Als wäre die Maschine ins Zentrum eines Hurrikans geraten.

Der Colonel erzitterte unter einem jähen Kälteschauer. Nun erst spürte er, dass seine Unterkleidung schweißnass am Körper klebte. Er lächelte grimmig. Vorhin, beim Anblick des Feuerpilzes, war ihm ziemlich heiß geworden. Aber jetzt versagte anscheinend die elektrische Heizung, die seine Fliegerkombination wärmte. Er kontrollierte kurz einige Instrumente und dabei überrieselte ihn aufs Neue ein kalter Schauer. Er dachte: „Dieser Feuerzauber hat mich richtig krank gemacht – das ist kein Wunder, wenn man so etwas erlebt – möcht wissen, wie es Major Ferebee geht – Parsons rührt sich auch nicht." Er schaute nach dem Kopiloten, Kapitän Parsons, und redete ihn durch das Kehlkopfmikrofon an: „Hallo, Käptn! Sie sitzen da wie eine versteinerte Mumie. Was ist los mit Ihnen? Warum nehmen Sie nicht die schwarze Schutzbrille ab? Fürchten Sie einen zweiten Blitz? Es kommt keiner mehr. Wir haben es überstanden."

Die Stimme Parsons' klang dumpf, als wäre sein Kopf von einem Taucherhelm umschlossen. „Ja, wir haben es überstanden, Colonel. Wir leben. Aber die Menschen in der Stadt hinter uns, die sind tot!"

„Reden Sie keinen Unsinn, Käptn! Wir haben sie mit einer Rauchbombe eingenebelt. Eine großartige Erfindung. In der

Luft ein kolossales Feuer, dass einem vor Angst die Knie schlottern, und auf dem Boden eine Rauchwolke, die mit Sicherheit alles, was Beine hat, in die Flucht jagt. Eine bessere Waffe gibt es nicht. Mir selber hat gegraut, weil ich auf so etwas nicht vorbereitet war."

„Sie irren, Colonel. Ich habe vorhin mit Major Ferebee gesprochen. Er hat gesagt, er konnte nach unserem Abflug ein Flammenmeer beobachten. Er meint, was noch von Hiroshima übrig geblieben ist, brennt."

„Was heißt: übrig geblieben? Ist denn etwas zerstört worden?" Parsons schrie jetzt aufgeregt:

„Colonel! Sie glauben doch nicht ernsthaft an Ihre Rauchbombe? Wir haben höchstwahrscheinlich eine ganze Stadt zerstört! Sie haben von Ihrem Platz aus zu wenig sehen können. Ferebee scheint, so weit ich das nach seinem Reden beurteilen kann, halb verrückt zu sein. Er muss Grauenhaftes beobachtet haben."

Der Colonel gab lange keine Antwort. Endlich fragte er: „Haben Sie eine Funkmeldung nach Tinian durchgegeben?"

„Jawohl, das habe ich bereits getan", tönte die Stimme eines Menschen, der, von Verfolgern gehetzt, plötzlich einen Abgrund vor sich sieht. Dieser Mensch redete weiter wie im Selbstgespräch: „Ich habe gefunkt – EINSATZ ERFOLGREICH – WIRKUNG GUT."

Colonel Tibbets vernahm das Reden des Kopiloten wie ein tonloses Gemurmel. Den Sinn begriff er erst, nachdem er seine Blicke gezwungen hatte, aus blauer Himmelsweite zurückzukehren – zu den dutzenden Instrumenten vor ihm. Zu jenen seelenlosen Mechanismen, die ihm halfen, diese Maschine zu steuern. Dieses verdammte Ungeheuer. An das er mit Haltegurten gefesselt war. Das er hasste, weil es einen tausendfachen Tod getragen hatte. Einsatz erfolgreich, Wirkung gut – hatte Parsons gefunkt. Das war in Ordnung. Militärisch knapp. Es bedeutet: Die Bombe hat sich bewährt. Wir haben eine Stadt dem Erdboden gleichgemacht.

Der Colonel atmete schwer. Seine Nasenflügel blähten sich. Er schaute wieder in das Blau des Himmels und das beruhigte ihn. Der Kampf mit dem Gewissen war beendet. Er dachte jetzt: „Ich bin schuldlos. Ich habe einen Befehl ausgeführt. Ich musste ihn ausführen, weil ich mit Eid beschworen habe, jedem Befehl zu gehorchen. Ich habe kein Urteil abzugeben, ob dieser Befehl von Wahnsinnigen erteilt wurde oder von Menschen, die sich der Verantwortung bewusst waren. Ich hatte außerdem keine Ahnung, was geschehen wird, wenn die Bombe explodiert. Ich weiß auch nicht, wer sie erdacht hat. Ich habe es nicht getan. Das weiß Gott. Und darum bin ich nicht schuldig an der Katastrophe. Niemand kann mich anklagen. Ich bin Soldat. Meine Mutter muss mir verzeihen, weil ich diesem Bomber ihren Namen gegeben habe. Sie muss mir verzeihen! Sie ist eine kluge Frau. Sie war mir eine gute Mutter. Sie wird nicht zu mir sagen: ‚Du bist mitschuldig.' Bestimmt wird sie das nicht sagen."

Seine Züge entspannten sich. Er fühlte sich wie von einer unerträglichen Last befreit. Abermals, und gewissenhafter als vorhin, prüfte er die Instrumente. Die Motoren arbeiteten klaglos. Der Öldruck war normal. Die Kraftstoffzuführung funktionierte wie gewünscht. Der Höhenmesser zeigte siebentausenddreihundert Meter Meereshöhe an. Bloß eine unbedeutende Kursabweichung galt es zu berichtigen.

Und als er das getan hatte, fiel ihm ein, dass der Oberkommandierende der Luftstreitkräfte im Pazifik, General Spaatz, mit dem Funkspruch „Einsatz erfolgreich – Wirkung gut" nicht zufrieden sein würde.

„Käptn Parsons", sagte er zu dem Kopiloten, „geben Sie

für unsere Flugbasis folgende Meldung durch: ALLES NACH PLAN – IM FLUGZEUG NACH ABWURF NORMALE VERHÄLTNISSE – RÜCKFLUG ZUM STÜTZPUNKT."

An einem Apriltag des Jahres 1946.

„Ein schöner Nagel! Ein ganz großer!", frohlockte Sadako und schwenkte den Fund über ihrem Kopf.

„Sei still!", forderte Shigeo. „Wenn du so schreist, hört dich einer von den Schwarzhändlern. Dann kommt er mit seiner Bande her und man wird uns alle Nägel stehlen."

Er richtete sich aus seiner Hockstellung auf und lugte über den brandgeschwärzten Rest einer Hausmauer. Auf den umliegenden Ruinenstätten sah er keinen, der ihm verdächtig schien, ein Angehöriger einer der vielen Schwarzhändler- oder Diebsbanden zu sein, die sich seit Kriegsende umhertrieben. Die Menschen, die er sehen konnte, waren Notleidende. Sie suchten in Schutt und Asche nach brauchbaren Überresten. Wen das Glück begünstigte, der fand einen Metallteil. Ein bleiernes Wasserleitungsrohr zum Beispiel, einen eisernen Topf, eine Türklinke oder gar eine Wanne aus Kupfer oder Zinn. Gegenstände aus Metall waren eine gesuchte Ware auf dem schwarzen Markt in der Bahnhofsgegend. Die Schrotthändler zahlten viel Geld dafür. Hatte jemand eine größere Menge Kupfer oder Messing zu verkaufen, überboten diese Händler einander.

Beruhigt hockte sich Shigeo nieder. Heute hatten er und Sadako eine ergiebige Fundstelle entdeckt. Innerhalb dieses Gevierts einer Hausruine hatten sie nach kaum drei Stunden Suche ein Säckchen voll Nägel gesammelt. Und eine Menge Schrauben. Und zwei gut erhaltene Türscharniere. Und einen Türriegel. Vor einigen Minuten hatte Sadako allerdings etwas gefunden, was ihr keine Freude machte. Beim Wühlen im Schutt war sie auf ein menschliches Gerippe gestoßen. Sie hatte aber bloß gerufen: „Schau, Shigeo! Da liegt schon wieder einer, den der Donnerblitz totgemacht hat.“

Ja, der schreckliche Donnerblitz im vorigen Jahr hatte viele, viele Menschen getötet. Man fand immer noch Gerippe unter den Hausruinen. Sadako war solchen Anblick gewohnt. Sie erschrak schon seit langem nicht mehr, wenn sie bei der Suche nach Brauchbarem auf Menschenknochen stieß. Aber dieser Nagel, den sie vorhin ausgegraben hatte, war tatsächlich ein Prachtstück. Eine Handlänge maß er und war nur gering verbogen.

Shigeo legte auch diesen Nagel auf den großen Stein, der ihm als Amboss diente, und hämmerte ihn mit einem keulenartig geformten Eisenstück so gerade, wie er alle andern ausgegrabenen Nägel zurechtgemacht hatte. Das Eisenstück galt ihm als sein wertvollster Besitz. Er hatte es auf dem ehemaligen Kasernengelände entdeckt. Es war das Mündungsstück eines Gewehrlaufes. Den Verschluss hatte der Donnerblitz in einem Sekundenbruchteil fast kugelig geschmolzen. Das Mündungsstück war heil geblieben, weil es in einem Sandhaufen steckte.

Diese eiserne Keule hätte Shigeo nicht einmal für eine Essschale voll Reis getauscht. Sie diente ihm als Werkzeug beim Graben, als Schmiedehammer, als Brechstange zum Lockern von Mauersteinen und als Waffe. Es gab so viele halb verwilderte Jungen, deren Eltern durch den Donnerblitz ums Leben gekommen waren. Diese Halbwüchsigen waren stets auf der Suche nach Beute. Von Hunger getrieben, bettelten sie, stahlen und raubten. Die Keule gab Shigeo ein Gefühl der Sicherheit. Er trug sie, wenn er durch die Ruinenfelder streifte, unter der Hose versteckt, mit einer Schnur an die Hüfte gebunden. Er wusste wohl – im Ernstfall hätte ihm die

Waffe wenig genützt. Sie war zu unhandlich. Und zwei, drei oder mehr Angreifer wird er mit dem Ding nicht schrecken können. Es genügte ihm jedoch, zu wissen, dass er imstande war, gegebenenfalls zumindest einen Gegner abzuwehren; wobei er insgeheim hoffte, niemals in die Lage zu kommen, auch nur mit einem dieser zu allem entschlossenen Burschen kämpfen zu müssen. Denn ein solcher Feind wäre ihm an Geschicklichkeit, Kraft und List bei weitem überlegen gewesen. Selbst Polizisten fürchteten diese Art Jungen und patrouillierten bei Nacht nur paarweise.

Der handlange Nagel war nun so kunstgerecht gerade gehämmert, dass nicht einmal ein Schmied daran etwas auszusetzen gehabt hätte. Shigeo betrachtete sein Werk voll Stolz, indem er es, den Arm lang gestreckt, von sich hielt. Ein schönes Stück. Der Vater wird ihn und Sadako loben. Heute hatten sie beide viel geleistet. Gestern waren sie fast den ganzen Tag durch die Ruinenstätten getrottet auf der Suche nach verwendbarem Baumaterial. Sie hatten außer einigen Metern Leitungsdraht nichts Geeignetes gefunden. Heute dagegen war ein Glückstag. Selbstverständlich hatten auch auf dieser Trümmerstelle andere Leute gegraben. Das hatte er schon vor Arbeitsbeginn feststellen können an den Löchern im Schutt und den kleinen Hügeln daneben. Aber diese Schatzgräber schienen nach Wertvollerem gesucht zu haben als nach krummen Nägeln. Seinetwegen mochten sie eine Kassette voll Silbermünzen ausgegraben haben – für ihn war dieses Säckchen, voll mit Eisennägeln, ebenfalls ein kleiner Schatz.

Er wog es in der Hand, er schüttelte es und spähte gleich wieder um sich, ob nicht ein Beutegieriger ihn beobachtete. Der Verlust dieses Säckchens hätte den Bau einer Hütte, den der Vater plante, um viele Tage verzögert. So viele Nägel fand man nicht einmal mehr auf den am seltensten durchwühlten

Plätzen. Und diese winzige Bretterbude, die der Vater nach seiner Entlassung vom Militär an Stelle des vom Donnerblitz zerstörten Hauses errichtet hatte, wird beim nächsten Sturmwind zusammenbrechen.

„Komm, Sadako!", befahl Shigeo. „Wir laufen nach Hause. Der Vater braucht die Nägel. Er wird sehr froh sein, wenn er sieht, wie viele wir gefunden haben. Nun, so komm doch!"

Gleich, gleich – deutete die Kleine durch Händeflattern an. Dabei stampfte sie mit einem Fuß auf verkohlten Resten eines stoffähnlichen Zeugs, das eine fingerdicke Platte bildete und mit Asche bedeckt war. Nach jedem Tritt stäubte es auf.

„Lass den Mist!", forderte Shigeo ungeduldig. „Das kann man zu nichts mehr verwenden. Es ist ein Packen verbrannter Schlafmatten oder etwas Ähnliches. Hörst du nicht?"

In kindlichem Eigensinn setzte Sadako das Stampfen fort. Sie trampelte nun mit beiden Füßen auf der verkohlten Schichte. Es klang wie dumpfe Trommeltöne und zugleich ließ sich auch ein Klirren vernehmen. Unter der Platte lagen anscheinend Scherben von Glas oder Porzellan. Jetzt bog sich das Zeug unter Sadakos Gewicht durch. Eine Höhlung war darunter.

Shigeo, neugierig geworden, drängte die Kleine beiseite. Indem er den Schaft seiner Keule als Stemmeisen benützte, hob er die Schichte um ein Geringes. Er sah das, was er vermutet hatte: Glas- und Porzellanscherben in einem Hohlraum. Neben ihm kniete Sadako nieder. Das Gesicht nahe dem Boden, spähte sie in die Höhlung, dann schob sie unversehens eine Hand hinein. Das geschah im selben Augenblick, in dem Shigeo das Eisen zurückzog. Die nachgebende Schichte presste die Kinderhand in den Schutt. Der Druck war nicht arg. Das verkohlte Zeug klemmte nicht so fest wie eine Steinplatte. Sadako zog mühelos die Hand hervor. Vorwurfsvoll schaute sie zu dem Bruder auf. „Da liegt etwas drinnen, das möcht ich haben."

„Ja, Scherben liegen da drinnen. Die sind nichts wert", erwiderte Shigeo und schickte sich an zu gehen.

„Nein, nein, es ist etwas Schönes. Das will ich", klagte die Kleine.

„Was ist es? Eine ganze Teeschale vielleicht? Oder Essstäbchen aus Elfenbein?", spöttelte Shigeo. Aber Sadako schaufelte bereits mit den Händen den Schutt weg. Sie bemühte sich so eifrig die Höhlung freizulegen, dass Shigeo sich nun doch entschloss ihr zu helfen. Er glaubte jetzt ernstlich, die Kleine habe eine unversehrte Teeschale oder eine Porzellanfigur erspäht. Eine Schale ohne Sprung oder Bruch wäre ein seltener Fund. Jetzt hielt sie das Ding von sich und stieß zerhacktes Jauchzen aus. Es klang wie Vogelgezwitscher und waren doch die Laute eines kleinen Mädchens, das vergessen hatte, was Spielzeug ist, weil es seit langer Zeit nur Asche, Schutt und Ruinen sah. Es waren die Freudenlaute eines Kindes, das in einer Bretterbude zu Hause war. Und nicht in dieser Bude und in keiner anderen, die es kannte, gab es einen geflügelten Drachen aus Bronze!

Zaghaft streckte Shigeo die Hand nach dem Wunder. Nur mit den Fingerspitzen strich er über das Kunstwerk. Er betrachtete den Kopf, den Schuppenleib, den geringelten Schwanz. Er spürte hartes Metall. Der Drache war Wirklichkeit. Grüner Edelrost verschönerte ihn, verriet sein hohes Alter. Es war ein ehrwürdiger Drachengreis. Von Ahnen her vererbt. Wahrscheinlich als unverkäufliches Wertstück von einer Familie geschätzt, die der Donnerblitz ausgerottet hatte. Vielleicht war jenes Totengerippe, das Sadako hier auf der Ruinenstätte entdeckt hatte, der letzte Rest des Oberhauptes dieser Familie gewesen?

Scheu blickte Shigeo nach dem Schutthügel, unter dem das Skelett lag. Durfte Sadako den Drachen behalten? Den früheren Besitzern war er sicherlich ein schützender Hausgeist gewesen. Hatte aber dieser Schutzgeist die Bewohner des Hauses vor dem Donnerblitz bewahren können? Nein! Er war also ein schlechter Hausgeist, der nur sich selbst beschützt hatte. Zur Strafe wurde er nun fortgetragen. Blieb er hier, nahmen ihn andere.

Erschrocken blickte Shigeo in die Runde. Er hatte völlig vergessen, sich vor Neugierigen zu sichern. Jeder Mann, jede Frau würde Sadako sofort den Schatz entreißen. In dieser Notzeit wurde der Bravste zum Dieb.

„Versteck den Drachen unter deinem Hemd!", riet Shigeo der Kleinen. „Und da – nimm diesen Dachziegel und drück ihn an dich, damit niemand erraten kann, was du darunter trägst."

Ohne Widerspruch gehorchte Sadako. Shigeo war sehr klug. Sie selber war Zeugin gewesen, wie gute Nachbarn miteinander gleich wilden Tieren um den Besitz eines Stückes verrosteten Dachblechs gerauft hatten. Niemand durfte ihren Drachen sehen. Sie verbarg den Schatz unter dem zerschlissenen Hemd und presste den von Rauch geschwärzten Dachziegel daran. Der Drache stach sie mit seinen Spitzen in den Bauch. Sie drohte murmelnd: „Du Böser! Wenn du stichst, schlag ich dich oder ich leg dich ins Feuer und lass dich braten."

Trotz der Gefahr, von Strolchen gesehen zu werden, entschied sich Shigeo für den unsicheren, aber kürzeren Weg quer durch die Ruinenfelder. Er wollte so schnell wie möglich das freudige Staunen genießen, das Vater und Mutter zeigen würden. Er malte sich aus, wie der Vater vor Überraschung die Augen weiten, wie die Mutter die Hände zusammenklatschen wird und wie dann beide Sadako, die glückliche Finderin, umarmen werden. Ja, Sadako durfte sehr stolz sein. Noch nie hatte ein kleines Mädchen einen solchen Schatz entdeckt. Für diesen Drachen werden die Schwarzhändler einen hohen Stapel Bretter bieten. Bretter und Pfosten! Genug für ein richtiges Haus. Und sie werden Leisten dazugeben für Schiebetüren und geteerte Dachpappe. Und Papier für Fenster. Und Nägel und ... Ha, Nägel! Wozu schleppt er dieses Säckchen voll Nägel mit sich, wenn ohnehin der Drache nebenbei eine Kiste Nägel einbringen wird. Weg mit den Nägeln –

Im Begriff das Säckchen fortzuwerfen, zögerte Shigeo. Diese Nägel wird er zur Erinnerung behalten an eine Zeit, in der er im Schutt nach Baumaterial wühlte. Er wird sich dann brüsten können: So arm war ich einmal; und so reich bin ich heute, weil ich in einem Holzhaus wohne.

An seiner Seite trippelte Sadako. Sie redete ununterbrochen mit dem Drachen: „Ein garstiges Tier bist du, so garstig wie Chikamatsu. Ja, ja, du bist der schlimme Drache Chikamatsu. Du willst davonlaufen, aber ich lass dich nicht. Ich halt dich fest. Du kannst mich zwicken und stechen, so viel du willst, ich trag dich nach Hause. Dort mach ich dir ein Bett aus Stroh. Jeden Tag geb ich dir frisches Gras zu fressen, das wird dich dick machen. Und wachsen wirst du. So groß wie ich musst du wachsen. Dann hole ich die Nachbarn und zeig dich her. Jeder, der dich sehen will, muss mir eine Schale voll Reis geben. Ich werde nie mehr hungrig sein. Oh, ich freue mich. Du bist mein guter Drache Chikamatsu. Ja? – Willst du mein lieber, guter Chikamatsu sein? Ich hab dich ja soo lieb ..."

Voll Liebe drückte sie die Figur stärker an sich, und die stach ärger. Sie wollte wieder schelten, aber gleichzeitig rief Shigeo: „Schau, Sadako! Die vielen Leute vor dem Rathaus, dort ist schon wieder etwas geschehen."

Er packte die Hand der Kleinen und zog sie im Trab weiter. Vor dem halb zerstörten Gebäude standen Gaffer in mehreren Gruppen. Jede Gruppe scharte sich um einen der sechs vom Donnerblitz versengten Kirschbäume. Nur diese sechs Bäume vor dem Rathaus waren in der Stadt übrig geblieben. Alle anderen hatten frierende Obdachlose im Winter zu Brennholz zerhackt. Die Bäume wären später auf jeden Fall umgehauen worden. Der alles vernichtende Brand hatte seinerzeit die Kirschbäume in den Alleen, Hauptstraßen, Gärten und auf den Plätzen Hiroshimas nicht verschont. Die Mehrzahl stand nach der Katastrophe als verkohlte Stümpfe da. Nutzlose und hässliche Zeugen eines grauenvollen Ereignisses. Ein Anblick, der, schlimmer noch als die Ruinen, an Furchtbares erinnerte. Die sechs Kirschbäume vor dem Rathaus waren auf Anordnung des Bürgermeisters nicht umgeschlagen worden. Ihre Äste und sogar Zweige waren erhalten geblieben und boten, obwohl dürr und versengt, keinen so erschütternden Anblick wie verkohlte Stümpfe. Vielleicht hatte der Bürgermeister diese sechs Baumgerippe deshalb nicht fällen lassen, weil er in den überlebenden Einwohnern wenigstens die Erinnerung an das Aussehen entlaubter Kirschbäume wachhalten wollte. Nun aber umstanden Überlebende der Katastrophe, in Lumpen gehüllte Menschen mit gerippemageren Körpern und eingefallenen Wangen, diese von Brandhitze geschwärzten Bäume und bestaunten das Naturwunder: Die Kirschbäume hatten über Nacht Blütentriebe angesetzt! Da und dort, auf diesem und jenem Zweig, strahlten bereits in schneeigem Weiß einige entfaltete Blüten. Eine Atombombe war über Hiroshima explodiert. Sechs Kirschbäume hatten der Hölle getrotzt. Die Natur war stärker als der Geist der Vernichtung. Sechs Kirschbäume blühten zwischen Ruinen. Das gab jedem, der es sah, neuen Lebensmut.

Unter den staunenden Menschen stand ein kleines Mädchen. Es saugte an einem Daumen und schaute dabei verwundert zu den Kirschblüten auf. Nach einer Weile fragte es unbesonnen laut: „Shigeo, darf ich Chikamatsu die Blumen auf dem Baum zeigen?"

Der große Bruder verstand nicht gleich. Er beugte sich nieder. „Wer ist Chikamatsu?"

Das Kind klatschte mit einer Hand auf den Dachziegel, den es mit der andern an den Bauch drückte. „Mein Drache heißt so. Er hat noch keine Blumen gesehen, weil er eingegraben war."

Einige Umstehende drehten sich nach dem kleinen Mädchen um, das so laut geplappert hatte. Bevor Sadako begriff, dass sie ein Geheimnis verraten hatte, wurde sie von Shigeo in fluchtartiger Eile fortgezerrt.

Bis zu seiner Einziehung zum Militärdienst war Herr Sasaki Eigentümer eines kleinen, aber sauberen Barbierladens gewesen. Er hatte viele Kunden gehabt. Von einem Gehilfen unterstützt, war Herr Sasaki, pausenlos beschäftigt, vom frühen Morgen bis spätabends im Laden gestanden. Er hatte sich keine Hoffnungen gemacht, als Barbier ein Vermögen zu erwerben. Hätte er das geglaubt, wäre er entweder ein schlechter Rechner oder ein Träumer gewesen. Der Laden hatte sich in der Vorstadt befunden. Die Kunden waren Arbeiter gewesen, Händler, Chauffeure, Schiffsleute, Fischer. Diese Leute wollten billig bedient sein. Weil jedoch Herr Sasaki nicht nur fleißig, sondern auch sparsam gewesen war, hatte er immerhin das Holzhaus, in dem er zu jener Zeit als Mieter wohnte, mit eigenen Mitteln erworben und durfte hoffen, nach einigen Jahren seinen Plan ausführen zu können, dem Barbierladen ein öffentliches Badehaus anzugliedern. Der Krieg mit seinen

Folgen hatte Herrn Sasakis Plan zunichtegemacht. Er dachte nicht einmal mehr daran, als er, vom Militär entlassen, nach langem Suchen und vielem Fragen den Platz gefunden glaubte, auf dem sein Haus einst stand. Die ungeheure Druckwelle nach dem Donnerblitz hatte alle Wohnstätten dieses Viertels pulverisiert. Man hätte diese Wüstenei nicht einmal ein Ruinenfeld nennen können, denn es gab nur eine glatte Fläche ohne Anzeichen einer ehemaligen Siedlung.

Der heimgekehrte Soldat Sasaki war damals in unsagbarer Verzweiflung auf die Knie gefallen und hatte mit bloßen Händen den rußschwarzen Boden aufgegraben. Er wollte wenigstens einige Aschenstäubchen von seiner Frau und seinen Kindern finden. Einen halben Tag und eine ganze Nacht war er dann auf diesem Platz hocken geblieben und hatte die Götter seiner Väter beschworen, ihn sterben zu lassen. Er wollte dieses grausame Leben nicht weiterführen. Am Morgen nach jener Nacht war er entschlossen gewesen, sich selbst das Leben zu nehmen, weil ihn seine Götter nicht erhören wollten. Er hatte Flüche zum Himmel geschrien, mit den Fäusten gedroht und den Kopf in wilder Verzweiflung gegen die verbrannte Erde gestoßen.

Später, im Morgengrauen, sieht er Menschen vorbeischleichen. Menschen, die, in Fetzen gehüllt, hautüberzogenen Gerippen gleichen. Die dahinwanken, als wären sie von Gräbern auferstanden. Manche sind von schrecklichen Brandwunden entstellt, andere stützen sich auf Geblendete. Immer mehr solcher Unglücklicher kommen aus ihren nächtlichen Schlupfwinkeln und trotten an dem Mann vorüber, der gesund und stark auf dem Boden hockt und den Tod herbeisehnt. Abgelenkt von diesem geisterhaften Anblick Überlebender der Katastrophe, vergisst der entlassene Soldat Sasaki für eine Weile seine eigene Not. Er will wissen, wohin diese

Elenden ziehen und schließt sich einer Gruppe an. Ihr Ziel ist das nur halb zerstörte Hafenviertel. Dort wühlen diese Menschen in Schutthaufen. Er sieht Kinder angeschwemmten, faulenden Tang essen. Andere kratzen Muscheln von der Kaimauer und verschlingen das Innere mit dem Heißhunger gieriger kleiner Wölfe. Und dann sieht er einen Jungen. Er watet im Uferschlamm eines Flussarmes. Man merkt: Der Junge tastet mit den Zehen nach festen Gegenständen. Wenn ihm etwas der Mühe wert scheint, bückt er sich und holt aus dem Schlamm ein Stück Draht, eine Blechdose, einen Seilrest, ein mit Wasser vollgesogenes Stück Holz. Was er findet, schleudert er ans Ufer. Dort wartet ein kleines Mädchen. Es sammelt die Fundstücke und schichtet sie aufeinander.

Der entlassene Soldat Sasaki steht da wie eine Steinsäule. Er kann sich nicht rühren. Er ist wie gelähmt. Der Schock ist zu groß. Nach dieser schrecklichen Nacht, in der er mit ganzem Willen zu sterben wünschte, weil ihm die Götter das Liebste geraubt haben, sieht er seinen Sohn vor sich und die Tochter. Zwei der Totgeglaubten leben! Sie sind so verwahrlost, so schmutzverkrustet, so erbarmungslos abgemagert, dass er zuerst nur eine leise Ähnlichkeit der beiden Kinder mit jenem Bild feststellt, das in seiner Erinnerung an sie geblieben ist. Aber nun ist er sicher – es sind seine Kinder!

Die Lippen des Mannes beben. Seine Augen sind blind von Tränen. Endlich vermag er die Arme auszustrecken. Die Hände zittern. Zwei Schreie reißen sich von seinen Lippen: „Sadako! Shigeo!"

Auf der Uferböschung sitzt eine Frau. Von Hunger geschwächt, hat sie teilnahmslos zum Fluss hinabgeschaut. Als sie die Schreie vernimmt, zuckt sie zusammen. Die beiden Kinder dort unten sind ihre Kinder. Nur einer kennt noch ihre Namen. Nur eine Stimme kann so klingen. Es ist aber nicht möglich, dass dieser Einzige geschrien hat. Er ist vermisst. Oder tot. Sie hat seine Stimme aus dem Jenseits gehört. Langsam dreht sie den Kopf und sieht – den Soldaten Sasaki wankend zu ihren Kindern hinabsteigen.

Ihr geliebter Mann ist heimgekehrt!

Alles dreht sich um sie, so viel Glück verträgt ihr schwacher Körper nicht. Von einer Ohnmacht befallen, sinkt sie nieder.

Als sie zu sich kommt, knien um sie: ihr Mann, ihr Junge, ihr Mädchen. Und Yasuko Sasaki lächelt so selig, als wäre sie im Himmel mit ihren Lieben vereint.

An das Glück dieser Minute erinnerte sich Herr Sasaki, als er jetzt zorngeladen vor seiner Bretterbude stand. Soeben vom schwarzen Markt heimgekehrt, bemerkte er sofort, dass eines der drei Holzstücke fehlte, mit denen er die Rückwand der Bude abgestützt hatte. Den Ast musste ein neidischer Nachbar gestohlen haben. Wenn er dem auf die Spur kommt, wird er ihn verprügeln.

Hatte er aber nicht damals am Flussufer geschworen, sich in allen künftigen schlimmen Lebenslagen an jene Minute des Wiederfindens zu erinnern? Mag ihm noch so Böses zustoßen – nie darf er vergessen, was ihm damals die Götter geschenkt haben. Jeder Verlust soll ihm gering scheinen, jedes Missgeschick will er ohne Murren ertragen. Und nun soll er sich eines gestohlenen Astes wegen ärgern? Was ist der wert im Vergleich zu dem Wissen: Er hat seine Frau und seine Kinder am Leben gefunden. Sie sind gesund. Er hat auf seinem Grundstück eine winzige Bretterbude errichtet. Gut, man muss sich bücken, will man eintreten. Und im Innern darf man nicht allzu heftig mit dem Kopf oder dem Rücken an eine Wand stoßen, sonst stürzt die ganze Behausung zusammen. Aber man hat ein Dach über dem Kopf. Kein sehr gutes zwar, denn es tröpfelt von den Brettern herab, wenn es regnet. Das ist besonders unangenehm bei Nacht. Es schläft sich schlecht, wenn Wassertropfen auf der Nase zerspritzen. Den Kindern macht das Spaß. Und auch Yasuka lacht. Aber er nicht. Er ist das Familienoberhaupt und empfindet es als eine Schande, dass er nicht imstande ist, durch Schwarzhandel so viel zu verdienen, um genügend viele Bretter und Balken kaufen zu können für den Bau eines Holzhauses. Er plant bloß den Bau und redet ständig davon, so dass Yasuko und die Kinder fest daran glauben, das Haus würde in absehbarer Zeit stehen. Leider ist das nicht mehr zu hoffen. Gestern noch war er überzeugt, er werde bald mit dem Bau beginnen können. Heute hat er wieder einmal erlebt, wie untauglich er zum Schwarzhändler ist. Ofusa, dieser gerissene Geschäftemacher, dieser größte aller Haifische auf dem schwarzen Markt, hat ihn ganz gewaltig übers Ohr gehauen: Er bringt Ofusa einen tadellos erhaltenen Fahrradreifen, den er vorgestern gegen einen Sack voll Reisstroh eingehandelt hat, und Ofusa schwatzt ihm für den Reifen eine Hand voll grünen Tee und ein Paar abgetretene Damenschuhe auf. Und er wollte Bretter für den Reifen einhandeln. Bretter zum Hausbau. Was ist ihm eingefallen, einen solch schlechten Tausch zu machen? Der Fahrradreifen war viel mehr wert.

Ah, er ärgert sich schon wieder. Das darf er nicht. Die Götter würden ihm zürnen. Ein Grund zum Lachen ist aber das schlechte Tauschgeschäft auch nicht.

Herr Sasaki schnupperte. Aus dem Budeneingang drang Rauch. Dieser Rauchgeruch war mit dem Duft gekochter Bohnen vermischt.

Bohnen? Von wem sollte Yasuka Bohnen bekommen haben?

Herr Sasaki steckte den Kopf ins Innere der Bude. In dem

Topf über dem Feuerchen auf dem Boden brodelte tatsächlich Bohnensuppe. Yasuko lachte ihn an. „Lob mich. Ich bin tüchtig gewesen. Habe die Holzsandalen, die du für mich geschnitzt hast, gegen einen halben Topf voll Bohnen eingehandelt. Hab sie mit Meersalz gewürzt und mit Löwenzahnblättern zusammen gekocht. Riecht es gut?"

„Ja, ja", brummte Herr Sasaki und zog den Kopf zurück. Er rieb vergnügt die Nase und dachte dabei: „Ich hab also doch einen guten Tausch gemacht. Yasuka hat ihre Holzsandalen gegen Bohnen eingetauscht und ich habe ihr Lederschuhe gebracht. Heute ist ein guter Tag."

Er stellte sich vor, wie seine Kinder jauchzen werden, wenn sie erfahren, was es Gutes zu essen gibt. Und das machte ihn noch fröhlicher. Immer um diese Zeit kehrten sie zurück. Diese Braven! Suchten täglich in der Ruinenstadt nach allerlei Brauchbarem. Er durfte glücklich sein, solche Kinder zu haben. Andere strolchten umher und faulenzten. Seine Kinder machten sich nützlich, halfen mit, die Sorgen zu verringern. Was werden sie heute bringen? Er hatte ihnen Auftrag gegeben, Nägel zu suchen. Die waren auf den Ruinenplätzen selten geworden. Und wozu braucht er noch Nägel? Zum Hausbau fehlten ihm Bretter und als Tauschartikel war eine Hand voll Nägel nicht gefragt. Also gab es nichts zu nageln. Zumindest vorläufig. Nächstes Jahr wird vielleicht die Regierung den Obdachlosen helfen. Versprochen hat sie es. Und wenn die Regierung nicht hilft? Wird er mit seiner Familie für immer in diesem Hühnerstall hausen müssen? Er müsste etwas unternehmen. Von kleinen Tauschgeschäften, wie er sie tätigt, kann er nicht eine Familie ernähren. Er muss trachten, irgendeine Beschäftigung zu finden. Ob man im Elektrizitätswerk Arbeiter braucht? Man hat dort den Betrieb bereits aufgenommen und legt schon neue Lichtleitungen in einzelnen Stadtteilen. Er wird morgen hingehen und fragen. Er ist zwar von Beruf Barbier, aber –

Ein neuer Einfall zerhackte Herrn Sasakis Gedankengänge: Warum übt er eigentlich nicht seinen Beruf aus? Bloß weil sein gesamtes Handwerkszeug vernichtet worden ist? Er muss sich neues anschaffen. Zuerst eine Schere und ein Rasiermesser. Das würde genügen. Nein – eine Kiste benötigt er noch. Auf der werden die Kunden sitzen. Ein Stück Rasierseife muss er natürlich auch haben. Und einen Pinsel braucht er. Und einen Topf für Wasser. Und ein Rasierbecken. Hat er das alles, wird er damit zum schwarzen Markt gehen und an der Kiste ein Plakat befestigen. Auf dem steht geschrieben: Haarschneiden! Rasieren! Bartstutzen! Billigst!

Ist das nicht ein guter Gedanke? Ja! Es ist der beste Einfall, den er jemals hatte. Seine ersten Kunden werden die Geschäftemacher sein. Von ihnen wird er mehr verlangen als von armen Leuten. Er wird gut verdienen. Bretter kaufen können. Pfosten, Holzrahmen. Papier für verschiebbare Wände. Ah, er wird so viel verdienen, dass er bald einen Gehilfen anstellen muss. So viel, dass er – der Atem bleibt ihm weg, wenn er sich das ausmalt, dass er Handwerker bezahlen kann, die ihm ein Haus bauen. Ist das ein Glückstag heute!

Von seiner Fantasie überwältigt, starrte Herr Sasaki verzückt in die Luft. Er sah ihm Geiste die Bretterbude fortgezaubert und an ihrer Stelle das neue Holzhaus wachsen. Der Dachgiebel ragte bereits in Wolkenhöhe. Ein prachtvolles Haus. Mit drei Räumen. Nein, mit vier. Und wenn man genug verschiebbare Wände einbaut, werden es sogar sechs Räume sein. Jawohl, sechs. Zwei Räume braucht er für den neuen Barbierladen. Der soll im Haus untergebracht sein. Er kann doch nicht ewig seine Kunden auf einer Kiste im Freien sitzen lassen. Ah, seine Kunden sollen es bequem haben! Sie werden auf schönen Stühlen sitzen. Und er wird ihre Struwwelköpfe verschönern, ihre borstigen Wangen glatt schaben, aus garstig verwildertem Haargestrüpp flotte Bärtchen machen. Die Männer werden froh gelaunt ihre vorteilhaft veränderten Gesichter im Spiegel bestaunen, sie werden in Freude ihre Geschäfte abwickeln und den loben, dem sie ihr Wohlgefühl und ihre Tatkraft verdanken: den Barbier Sasaki.

Während Herr Sasaki noch immer das Wolkenhaus zu sehen glaubte, schabte er bedächtig mit den Fingerspitzen den eigenen Stoppelbart. Mit einem Mal stutzte er und betrachtete die leere Hand. Er hatte kein Rasiermesser. Ohne Messer gab es kein Haus, keinen Laden. Keinen Barbier Sasaki. Keine Kundschaft und keinen Verdienst. Er brauchte auch keine Kiste, keine Rasierseife, keinen Topf und kein Barbierbecken.

Das Haus löste sich in nichts auf. Herr Sasaki kratzte verstört den Hinterkopf. Wie konnte er sich ein gutes Rasiermesser verschaffen? Es gab welche auf dem schwarzen Markt. Vor einigen Tagen hatte ein Händler ein halbes Dutzend neuer Messer feilgeboten. Für eines hatte der Bursche ein kleines Vermögen verlangt.

Herrn Sasakis gute Laune schwand. Er besaß nicht einmal einen halben Yen an Bargeld. Wieder sah er die Zukunft in düsterstem Grau. Auch der Duft einer Bohnensuppe machte aus diesem Grau kein freundliches Grün. Missvergnügt musterte er die vielen Bretterbuden rundum und die Haufen von Abfall und Unrat dazwischen. Seit er gezwungen war, in diesem Budenviertel zu hausen, war ihm der Anblick dieser aus Dosen, Blechen, Lumpen, verkohlten Holzstücken und Erde errichteten Unterkünfte noch nie so widerwärtig gewesen. Regnete es, verwandelte sich diese Gasse in ein Kotmeer. Bei Schönwetter wurde ihm übel vom Gestank all des faulenden Zeugs, das sich überall häufte und Krankheitskeime in sich barg. Das war noch nicht das Schlimmste. Viele Nachbarn litten unter Brandwunden, die der Donnerblitz verursacht hatte. Solche Wunden heilten nicht. Die Ärzte hatten bisher kein Heilmittel entdeckt. Es halfen keine Salben und Medizinen. Diese Ärmsten wurden von furchtbaren Schmerzen gequält. Man sagte: Ihr Blut ist vergiftet und wen sie berühren, auf den überträgt sich das Gift. Die Ärzte waren zwar anderer Meinung, aber man mied trotzdem die Kranken wie Aussätzige und die meisten starben ohne Hilfe. Wo hätte man sie behandeln sollen? Die Spitäler Hiroshimas hatte der Donnerblitz zerstört. Notstandsbaracken ersetzten jetzt Krankenhäuser. Und selbst diese Baracken waren überfüllt mit Kranken. Er hätte schon längst mit seiner Familie in die Provinz übersiedeln sollen. Er könnte auf dem Lande bei einem Bauern als Knecht arbeiten. Den Bauern mangelte es an nichts. Die Städter tauschten ihre letzten Wertsachen gegen Lebensmittel. Er wird aber trotz allem Elend nicht von hier fortziehen. Seine Bude steht auf seinem Boden. Dieses Grundstück hatte er durch seinen Fleiß, durch seine Sparsamkeit erworben. Wenn nächstens die Grundstücke neu vermessen werden, muss er hier sein und seine Rechte geltend machen. Ist er nicht zur Stelle, kann er später keine Ansprüche erheben. Das hat man ihm im Rathaus gesagt. Und darum muss er hier ausharren.

Im Begriff in seine Behausung zu kriechen, hörte sich Herr Sasaki angerufen. Shigeo und Sadako kamen zurück. Der Junge hielt ein prall gefülltes Säckchen hoch. Die Kleine presste mit beiden Händen ein Stück Dachziegel an den Bauch. Hatte sich das Kind verletzt? Oder war ihm übel geworden? Jetzt zog es den Kopf zwischen die Schultern und schüttelte sich. Es schien von Fieber befallen. Nein. Es machte das Näschen kraus, spitzte die Lippen und kniff die Augen zu. Und schüttelte sich wieder. Das tat Sadako nur, wenn sie ein Geheimnis zu verraten hatte. Auch Shigeos Grimassen ließen ihn Ähnliches vermuten. Er grinste spitzbübisch. Der Junge schien einen überraschenden Fund gemacht zu haben. Ah, das Säckchen war voll mit Nägeln. Man hörte es klimpern, wenn er es schüttelte. Diese Kinder! Ein Säckchen voll Nägel hatten sie gesammelt.

Herr Sasaki winkte dem Sohn. Der durfte nicht so offen das Säckchen zeigen. Das erregte den Neid der Nachbarn, denn so viele Nägel galten als kleiner Schatz. Herr Sasaki schätzte flüchtig: Es sind mindestens drei Kilo Nägel. Dafür bekam er ein halbes Kilo Trockenfisch – oder zwei Teeschalen voll Reis oder drei kleine Brote oder …

Die Kinder waren herangekommen. Niemals sonst vergaßen sie, dem Vater ihren Respekt durch Verbeugungen auszudrücken. Nun drängten ihn beide ohne vorheriges Verneigen in die Hütte. Das erstaunte und beleidigte ihn zugleich. Solche schlechte Sitten durfte er nicht dulden. Widerstrebend gab er dem Drängen nach, entschlossen, dem Sohn und der Tochter sofort eine Strafpredigt zu halten. Sie ließen ihm keine Zeit dazu.

„Sadako hat einen großen Schatz gefunden!“, zischelte Shigeo überstürzt. „So etwas Schönes habt ihr noch nie gesehen. Wirklich noch nie! Sie hat es unter dem Hemd versteckt. Zeig es her, Sadako! Schnell, zeig es ihnen!“

Die Kleine kniff, verschmitzt lächelnd, die Augen zu, wobei sie in drolliger Weise erneut den Kopf zwischen die Schultern zog. Sie drückte den Dachziegel fester an den Bauch. Shigeo wollte ihr den Ziegel wegnehmen. Sie sprang zurück und bewegte heftig den Kopf. Das Spiel „Schatz verstecken“ machte ihr Spaß.

„Zeig, was du gefunden hast“, forderte die Mutter.

„Was wird es schon sein?“, sagte Herr Sasaki brummig, weil ihn das respektlose Benehmen der Kinder noch immer ärgerte. „Sie hat ein Spielzeug gefunden und tut, als hätte sie zumindest ein Goldstück ausgegraben.“

„Es ist mehr wert als ein Goldstück“, erwiderte Shigeo versonnen. Er hatte es mit einem Mal nicht mehr so eilig, die Eltern zu überraschen. Es schien ihm klüger, sie langsam auf das große Glück vorzubereiten. Der jähe freudige Schreck könnte ihnen schaden.

Herr Sasaki ärgerte sich nicht mehr. Er schaute ungläubig nach dem Dachziegel auf Sadakos Bauch und murmelte:

„Mehr Wert als ein Goldstück soll es haben? Wie kannst du wissen, wie viel ein Goldstück wert ist? Du hast noch nie eines gesehen. Für ein Goldstück würde man auf dem schwarzen Markt ... nun, ich will nicht übertreiben – aber sechs neue Rasiermesser bekommt man sicher dafür.“

So versonnen wie vorhin, antwortete Shigeo: „Dann ist das Ding, das Sadako gefunden hat, drei Goldstücke wert.“

Herr Sasaki starrte seinen Sohn an, danach seine Frau und schien durch diese starren Blicke ausdrücken zu wollen: Einer von uns ist verrückt geworden. Unerwartet tat er einen Schritt zum Ausgang und verhängte ihn mit einem Stück Sackleinen. Als er sich nun zu Sadako niederbeugte, klang seine Stimme heiser vor Aufregung: „Zeig mir das Ding, mein Mädchen. Komm, gib es her! Was ist es?“

Die Kleine rümpfte wieder die Nase und schaute unentschlossen nach dem Dachziegel. Unversehens ließ sie ihn fallen und jubelte: „Komm heraus, Drache Chikamatsu! Mein Vater will dir ein langes, langes Leben und viel Gesundheit wünschen.“

Sie nestelte an ihrem Hemd. Der stachelige Chikamatsu hatte sich im Gewebe verhakt. „Du bist schon wieder schlimm", nörgelte die Kleine. „Willst mein Hemd zerreißen, weil du dich nicht anschauen lassen willst." Und zur Mutter sagte Sadako in kindlichem Zorn: „Er hat mich auf dem ganzen Weg gekratzt und gestochen. Er ist sehr böse. Du musst ihn gleich schlagen, sonst beißt er dich."

Endlich hakte Sadako den Drachen los. Triumphierend hielt sie ihn hoch. Die Mutter stieß einen leisen Laut des Entzückens aus. Herr Sasaki blickte gebannt auf die Figur. Er streckte die Hand vor, als wolle er den Drachen an sich nehmen, zog sie aber sogleich zurück. „Der ist uralt", flüsterte er ergriffen. „Das ist – ein Meisterwerk. So etwas sieht man nur noch in alten Tempeln."

Jäh richtete er sich auf und fragte streng: „Wo habt ihr ihn gefunden?"

„Nicht in einem Tempel", erklärte Shigeo eifrig. „Bestimmt nicht, Vater. Er war im Schutt vergraben. In einem zerstörten Haus. Ein Menschengerippe liegt noch dort."

„Oh, dann werft den Drachen weg!", rief Yasuko und verbarg ihr Gesicht voll Abscheu hinter beiden Händen. „Ja, ja, werft ihn sofort in die Gasse hinaus! Er bringt Unglück! In ihm steckt ein böser Dämon. Er hat seinen Eigentümer nicht beschützen wollen ... Werft ihn weg!"

„Dasselbe hab ich auch gedacht", murmelte Shigeo. „Dieser Drache ist kein guter Hausgeist. Der Mann, dem er gehört hat, ist vom Donnerblitz getötet worden."

„Wieso weißt du, wem das Ding gehört hat?", fragte Herr Sasaki.

Shigeo zupfte nachdenklich an der Unterlippe. „Das Gerippe ist nahe neben dem Drachen gelegen."

„Ah, war es tatsächlich so?", rief Herr Sasaki erleichtert. „Das ist gut, ich werde den Drachen sofort auf dem schwarzen Markt vertauschen. Ihr dürft unterdessen raten, was ich für ihn einhandeln will. Ich sage euch, ab heute geht es aufwärts mit uns. Ich habe eine gute Idee! Ich werde viel Geld verdienen! Gib mir den Drachen, Sadako!"

Die Kleine widersetzte sich. Sie schrie, weinte, strampelte. Herr Sasaki entwand ihr den Drachen. „Heul nicht, mein Mädchen. Dieser Drache ist ein Geschenk der Götter für uns alle. Wenn ich wieder arbeiten kann und Geld verdiene, werden wir viel gutes Essen haben. Und ein schönes Spielzeug kaufe ich dir außerdem."

„Wo willst du Arbeit finden?", fragte Yasuko, aber Herr Sasaki stürzte bereits ins Freie.

Von allen Schwarzhändlern in der Umgebung des Bahnhofs Koi war Herr Ofusa zweifellos der tüchtigste und schlaueste. Er kaufte und verkaufte Mangelwaren aller Art. Keine Menge war ihm zu gering, keine zu groß. Er machte Tauschgeschäfte und vermittelte Transporte. Er nahm Aufträge für Beerdigungen und Umsiedlungen entgegen. Für bares Geld verschaffte er Hosenknöpfe, Seife, Kleidungsstoffe, Trockenfisch, Schmieröl, Werkzeug, Blumensamen oder Lebensmittel. Er beschäftigte eine kleine Armee von Dieben, Zubringern, Aufkäufern und anderen Dunkelmännern, die aus der Not der Bevölkerung ebenso Kapital schlugen, wie sie für das leibliche Wohl Begüterter sorgten. Herr Ofusa galt als ungekrönter König der Schwarzhändler. Von seinen Helfern wurde der tüchtige Mann wegen seines breitlippigen Mundes, seiner aufgeblähten Backen und seiner Glotzaugen „der Frosch" genannt. Das hätten sie aber niemals zu sagen gewagt, wenn er sich in Hörweite befand. Herr Ofusa war ein äußerst empfindlicher Herr. Seine aufreibende Tätigkeit hatte ihn nervös gemacht und deshalb blinzelte er ständig. Seine wulstige Unterlippe zitterte, wenn er redete, und mit den Armen schlenkerte er, als plage ihn Gliederreißen. Er pflegte jedem, der ihm geschäftliche Schwierigkeiten machte, zu sagen: „Nimm dir ein Beispiel an mir – ich bin ein Wohltäter der Menschheit. Ich opfere meine Gesundheit, um eine Hungersnot zu verhindern."

Und in gewissem Sinn hatte Herr Ofusa Recht. Er überwachte die Preise auf dem schwarzen Markt. Wehe dem Händler, der ohne Ofusas Einwilligung die üblichen Preise für Lebensmittel willkürlich erhöhte. Ofusa hätte ihn sofort vom schwarzen Markt vertreiben lassen. Die Preise bestimmte nur er. Denn als gutem Rechner war ihm klar, dass jede Preissteigerung das Geld wertloser machte. Und in seinem Landhaus bei Ujina am Meer gab es mehrere mit Banknoten vollgestopfte Kisten.

Bis Kriegsende war Herr Ofusa Sanitätsfeldwebel in einem Reservelazarett weit hinter der Front gewesen. Nach der Kapitulation hatte er genügende Mengen Medikamente beiseitegeschafft, mit denen er einen einträglichen Handel begann.

Diese Heilmittel hatten den Grundstock seines jetzigen Reichtums gebildet.

Außer dicken Banknotenbündeln liebte Herr Ofusa auch Kunstgegenstände. In allen Räumen seines Landhauses – auf den Böden, in Nischen, auf Tischchen und an den Wänden – sahen die Gäste Ofusas wertvollste Schalen, Vasen, Götter- und Tierstatuetten, aus Halbedelsteinen oder Elfenbein geschnitten. Es gab dort Malereien auf Seide oder Edelholzplatten, kostbare Waffen und Dämonenmasken.

Herr Ofusa galt nicht nur unter gefälligen Freunden als ein Kenner von Antiquitäten. Sogar seine Neider und Feinde gaben zu: Er ist mit einem untrüglichen Sinn für Echtes und Seltenes begabt.

Als nun dieser Ofusa von einem Mann im Flüsterton

angesprochen und gebeten wurde, in einem stillen Winkel des schwarzen Marktes etwas „sehr Seltenes“ zu begutachten, war er überzeugt, damit seine Zeit zu verschwenden. Er kannte den Mann flüchtig. Sasaki hieß er oder so ähnlich. An diesem Vormittag hatte ihm der Mann einen Fahrradreifen zum Tausch angeboten. Herr Ofusa schlug auch geringe Tauschgeschäfte nicht aus. Man sollte ihm nicht nachsagen können, er sei hochmütig geworden. Schließlich hatte auch er einmal mit kleinen Geschäften begonnen. Er folgte also, wenn auch widerwillig, dem Kunden in der abgetragenen Soldatenuniform, entschlossen, dem Mann nicht mehr als eine halbe Minute Zeit zu widmen. Was konnte der schon „Seltenes“ besitzen? Er war kein arm gewordener Reicher, sondern schien früher ein Handwerker gewesen zu sein. Ein Schneider vielleicht? Oder ein Schreiner? Herr Ofusa wusste es nicht. Es war ihm auch gleichgültig, welchen Beruf der Mann früher ausgeübt hatte. Derzeit hungerte dieser und glaubte wie alle andern Obdachlosen an das Märchen von dem Wohltäter Ofusa. War er das wirklich? Sicher nicht. Er war ein kluger Mann, der den Wert einer guten Reklameidee kannte und nützte.

Herr Sasaki spähte nach allen Seiten, bevor er seinen Schatz unter dem Rock hervorzog. In den Sekunden, die bis zu dem Augenblick verstrichen, da er den Drachen sah – grinste Herr Ofusa spöttisch. Er hatte das geheimnisvolle Getue Sasakis für einen Trick gehalten. Nun aber gelang es ihm nur mit Mühe, seinem Gesicht einen Ausdruck von Gleichgültigkeit aufzuzwingen. Er schlenkerte, wie er es sonst immer tat, mit den Armen, griff an die Stirn, wackelte mit dem Kopf und mimte überzeugend echt einen nervösen, von Sorgen gequälten Geschäftsmann. Dazu sagte er:

„Ich hab's geahnt! Sie stehlen mir meine Zeit. Was soll

ich mit diesem Zeug anfangen? Wer braucht heutzutage einen Drachen aus – aus … woraus ist überhaupt das Ding gemacht? Sicher aus verkupfertem Eisen. Und womöglich hohl gegossen. Ah, ich brauche es nicht. Nein, nein, tragen Sie es nach Hause. Oder werfen Sie es meinetwegen weg." Während Herr Sasaki fassungslos den Drachen betrachtete, schätzte Herr Ofusa den Wert dieses einmalig schönen Kunstgegenstandes. Wenn er nicht irrte, stammte dieser Drache aus der späten Ming-Zeit. Unter der Regierung eines Kaisers der chinesischen Ming-Dynastie musste dieses Werk entstanden sein. Er schätzte es auf mehr als dreihundert Jahre. Der Sammlerwert dieser Drachenfigur kam ihrem Gewicht in Gold gleich. Dieser Sasaki hatte keine Ahnung, welchen Schatz er in der Hand hielt.

Herr Sasaki sagte enttäuscht: „Es ist eine sehr schöne Arbeit, Herr Ofusa. Schauen Sie, wie lebendig sich der Drachenschwanz windet. Und der schöne Schuppenpanzer. Das Stück ist aus Bronze und nicht hohl, wie Sie glauben."

„Sie werden mir sagen, was verkupfertes Eisen und was Bronze ist – genau Sie, weil Sie der Fachmann sind und nicht ich. Das glauben Sie doch, oder nicht? Geben Sie mir das Ding. Ich will es Ihnen zuliebe prüfen –"

Herr Ofusa setzte eine dick gefasste schwarze Hornbrille auf, die ihm ein imponierendes Aussehen verlieh, und begutachtete den Drachen von allen Seiten. Er war nun überzeugt, dass er das Kunstwerk richtig eingeschätzt hatte.

„Nun ja, ich geb zu, ich hab mich geirrt", sagte er. „Das Ding ist aus Bronze. Es wiegt etwa ein und ein halbes Kilo. Schön, ich kaufe es. Wie viel wollen Sie dafür?"

Herr Sasaki überlegte: Soll ich sagen zwei Rasiermesser? Oder eines und eine Schere? Oder –

Herr Ofusa belauerte das Mienenspiel des Drachenbesitzers. Der Mann dachte zu lange nach. Bereute er seinen Entschluss, den Drachen zu verkaufen? Man musste ihm entgegenkommen. „Also – was wollen Sie lieber haben …", fragte Ofusa. „Geld oder Lebensmittel? Mir ist das gleichgültig. Sie müssen selber wissen, was Sie dringender brauchen."

Er betrachtete abermals den Drachen und entdeckte neue Feinheiten, die ihn entzückten. Sein Wunsch, den Kunstgegenstand zu erwerben, wurde stärker.

Herr Sasaki zögerte. Er hatte winzige Schweißperlen auf Ofusas Stirn entdeckt. Und er bemerkte auch das leise Zittern der Hände, die den Drachen hielten. Ofusa schien erregt. Lag ihm mehr an dem Besitz der Figur, als er zugeben wollte? Herr Sasaki war ein ehrlicher Mann. Ein Mann, der sagte, was er dachte, der niemanden betrog und die denkbar geringste Fähigkeit besaß, sich durch unlautere Geschäfte zu bereichern. Er fühlte sich diesem gerissenen Schwarzhändler nicht gewachsen. Bei einem Handel mit Ofusa wird er auf jeden Fall der Benachteiligte sein. Trotzdem musste er versuchen, Ofusa zu einem günstigen Angebot zu überreden.

Sasaki nahm allen Mut zusammen und sagte zaghaft: „Meine kleine Tochter liebt diesen Drachen. Sie wollte sich nicht von ihm trennen. Mir hat es wehgetan, als sie geschrien und geweint hat."

Der Schwarzhändler drückte den Drachen in Herrn Sasakis Rechte. „Da haben Sie das Zeug. Wenn Ihnen so leidtut, es zu verkaufen, lassen Sie es bleiben. Ich muss es nicht haben."

Er wischte mit einem Seidentüchlein über die Stirn und tat, als wolle er fortgehen.

Herr Sasaki schaute bestürzt auf den Drachen in seiner Hand. Das hatte er geahnt – Ofusa wird sich nichts daraus machen, wenn ein Kind weint. Dieser Mann will nur Geld verdienen. Aber warum ging er nicht fort?

Noch immer den Blick gesenkt, sah Herr Sasaki die Füße Ofusas auf derselben Stelle wie zuvor. Sie bewegten sich nicht. „Gut“, dachte Herr Sasaki. „Auch ich werde nicht fortgehen. Ich kann warten.“

Herr Ofusa versetzte dem halsstarrigen Drachenbesitzer einen freundschaftlichen Stoß vor die Brust – obwohl er ihn lieber auf den Schädel geschlagen hätte. „Nun, was überlegen Sie so lange? Ich bin ein Wohltäter aller Hungernden. Fragen Sie, wen Sie wollen. Verschenken werde ich allerdings mein Geld nicht, bloß weil ein kleines Mädchen sein Spielzeug nicht hergeben will. Ich bringe ohnehin ein Opfer, wenn ich für das Ding da den doppelten Altmetallpreis zahle.“

Herr Sasaki begriff – er durfte nicht nachgeben. Er ließ sich sonst so leicht überreden. Das war immer seine Schwäche gewesen, einem andern gefällig zu sein und jeden Streit zu vermeiden. Eher hatte er sich wissentlich übervorteilen lassen, wenn ihm dadurch ein Geschäftspartner freundlich gesinnt blieb. Bloß niemanden verärgern, weil das Ärger schuf – war bisher sein Wahlspruch gewesen. Aber in diesem Fall wollte er seinen Vorteil wahren. Es ging um seine Zukunft und die seiner Familie. Er brauchte Rasiermesser, eine Schere und Rasierseife.

„Hören Sie, Herr Ofusa“, sagte er in trägem Tonfall – obwohl sein Herz dabei wie das eines Fieberkranken pochte. „Ich bin Barbier von Beruf. Mein Laden ist zerstört worden. Ich möchte einen neuen Laden einrichten …“

„Sie sind Barbier?“, staunte Ofusa und sprach aufgeregt weiter. „Ja haben Sie denn kein bisschen Verstand? Ein Barbierladen wäre das Geschäft des Tages! Und was tun Sie? Warten, bis Ihnen der Zufall einen Geldgeber in den Weg führt. Herr, ich an Ihrer Stelle hätte schon zwei Läden eröffnet. Was sage ich – fünf hätte ich schon. Schauen Sie mich an!

Ich muss mich selbst rasieren und meine Haare schneidet ein ehemaliger Bäcker."

Er trat einen Schritt zurück, musterte Herrn Sasaki von oben nach unten und rief: „Ich mache Ihnen einen Vorschlag. Ich werde Ihnen ein Geschäft einrichten. Alles werde ich besorgen. Verstehen Sie? Alles, habe ich gesagt. Und Sie geben mir dafür den Drachen. Aber als Geschenk für meine Arbeit. Denn der Geschäftseigentümer werde ich sein. Sie arbeiten für mich als mein Angestellter. Ich werde Sie gut bezahlen. Einverstanden?"

„Nein", erwiderte Herr Sasaki. Er schob den Drachen unter den Rock und sagte: „Entschuldigen Sie vielmals, dass ich Sie so lange aufgehalten habe, Herr Ofusa. Das hätte ich nicht tun dürfen. Sie haben ohnehin so viele Sorgen. Ich wünsche Ihnen ein langes Leben und Gesundheit."

Er verbeugte sich höflich und entfernte sich. Nach drei Schritten wurde er von Ofusa zurückgerissen. Der schrie unbeherrscht: „Sie sind schlimmer als ein Haifisch! Sie sind gemein und hinterlistig, Sie sind …"

Er rang nach Atem und sprach in ruhigem Ton weiter. „Sie sind der Erste, für den ich Hochachtung empfinde. Sie könnten mein Freund werden, verehrter Herr … Sasaki war doch Ihr Name – nicht wahr? Hören Sie, Herr Sasaki. Ich meine es ehrlich. Sie sind mir ebenbürtig. Sie sind nicht nur ein ausgezeichneter Geschäftsmann, Sie haben auch Kunstverständnis. Sie wissen nämlich genau, dass der Drache für einen Kenner keinen besonderen Seltenheitswert hat. Er ist kein Meisterwerk. Ich halte ihn für die Arbeit eines Fälschers, der ein altes Stück kopiert hat. Sehr gut kopiert, das gebe ich zu. Aber wozu erzähle ich Ihnen das? Sie wissen natürlich …"

Herr Sasaki lächelte unergründlich, wobei er es vermied, dem forschenden Blick Ofusas zu begegnen. „Ich weiß, dass mein Drache für jemanden, der ihn haben will, sehr viel wert ist."

Herr Ofusa blinzelte nervös. „Wenn Sie mit ‚jemand' mich meinen, dann irren Sie."

„Ich meine nicht Sie", sagte Herr Sasaki bescheiden.

„Ach so – Sie wollen also sagen, dass sich jemand bereits für das Stück interessiert?"

„Ja, Herr Ofusa. Jemand interessiert sich sehr dafür."

„Und was bietet er?", fragte Ofusa atemlos.

Herr Sasaki hob den Blick. Er wusste – jetzt entschied nur ein Übermaß von Frechheit über seine Zukunft. „Er bietet mir eine vollständige Einrichtung für einen Barbierladen." Er schluckte einmal, bevor er sich getraute weiterzureden. „Und natürlich auch den Bau des Ladens."

„So viel ist der Drache nicht wert", stieß Herr Ofusa hervor. Und gleichzeitig erkannte er, dass er sich verraten hatte. „Ich wollte sagen – in dieser Zeit ist er das nicht wert. Wir leben ja in einer Notzeit."

Verärgert, weil er sich zum zweiten Mal versprochen hatte, schnalzte er mit der Zunge. „Verstehen Sie recht – ein Kunstgegenstand hat heutzutage keinen Handelswert, das meine ich. Jeder denkt nur daran, wie er sich den Magen füllen kann. In einigen Jahren wird wahrscheinlich Ihr Drache ein Museumsstück ersten Ranges … ach was!"

Aufgeregt schlenkerte er die Hände. Was redete er für Unsinn! Hatte er den Verstand verloren? Seine Sammlerleidenschaft ließ ihn Gedanken aussprechen, die er besser für sich behalten sollte. „Gehen Sie fort! Ich will Sie nicht mehr sehen!", schrie er jetzt.

Herr Sasaki glaubte beschwören zu können: Der Kampf war zu seinen Gunsten entschieden. Nochmals verbeugte er sich, grüßte freundlich und ging bester Laune. Der Haifisch

Ofusa hatte das harmlose kleine Fischchen Sasaki nicht verschlucken können. Gleich wird der Haifisch folgen und alle Forderungen erfüllen.

Herr Ofusa keuchte vor Grimm. Dieser nichtswürdige Bettler wollte ihn zum Narren machen! Ihn, den Herrn des schwarzen Marktes! Der Bursche wird gleich erfahren, wer hier der Stärkere ist.

Herr Sasaki fühlte, wie ihn eine Hand an der linken Schulter packte. Er bog den Kopf ein wenig nach links und hörte hinter sich jemanden sagen: „Gib den Drachen her, du Dieb! Er gehört mir. Du hast ihn in meinem Haus gestohlen. Meine Freunde werden bezeugen, dass er mein Eigentum ist. Kennst du meine Freunde, du Strolch?"

Diesen Worten folgte ein Pfiff. Er gellte Herrn Sasaki in den Ohren und schlagartig überkam ihn das Gefühl, von Ketten umschnürt zu sein. Die Freunde Ofusas! Mit denen hatte er bei seinem Handel nicht gerechnet. Wie konnte er so dumm sein und glauben, der Chef der größten Schwarzhändlerbande der Stadt würde sich ohne weiteres von einem Herrn Niemand übervorteilen lassen? Von allen Seiten näherten sich verwegen aussehende Gestalten – drei, vier, acht, zehn, dreizehn. Anscheinend die Leibgarde Ofusas. Ausgesuchte Raufbolde und Totschläger. Wenn die über ihn herfallen! Sie werden ihn fürchterlich verprügeln. Niemand wird Herrn Ofusa und seine Helfer zur Rechenschaft ziehen. Niemand getraute sich das.

Wortlos übergab Herr Sasaki den ehrwürdigen Drachengreis. Herr Sasaki hatte das Spiel um sein Glück verloren.

Seit zwei Tagen und Nächten regnete es. Das Schlechtwetter hatte die Mehrzahl der Schwarzmarktbesucher verscheucht. Ein Ortsfremder hätte nicht vermutet, dass auf diesem jetzt fast menschenleeren Gelände ansonst ein lebhaftes Gedränge herrschte: Auf Brettern, Zeltplanen, Kisten und Tischen boten Verarmte die letzten Reste ihrer Habe an. Berufshändler zeigten ohne Scheu die seltensten Mangelwaren. Es wurde gestritten, gefeilscht und geflüstert. Banknotenbündel wechselten oft schneller den Besitzer als ein rostiger Eisentopf. Mancher verdiente innerhalb von Minuten ein kleines Vermögen durch den Verkauf einer Ware, die irgendwo in einem Versteck lagerte. Ein anderer lächelte froh, weil es ihm endlich gelungen war, ein paar Kinderstrümpfe gegen ein Stück Dörrfisch einzutauschen. Nur Erde, Steine und Wasser hatten keinen Handelswert. Und auch für Papierdrachen interessierte sich niemand auf dem schwarzen Markt.

Der Papierdrachenerzeuger Shibuta hockte an diesem zweiten Regentag fröstelnd in einer Pfütze. Der schäbige Soldatenmantel, der ihm als Regenschutz für seine Ware diente, war klitschnass. Der Alte hatte den Kragenteil des Mantels über den Kopf gezogen und hielt zwei Stoffseiten mit einer Hand unter dem Kinn fest, so dass sein faltenreiches, kleines Greisengesicht noch mehr als sonst einem verschrumpften Gnomenantlitz glich.

Vor dem Krieg war Shibuta einer der Besten in seinem Fach gewesen. Mit reicher Fantasie begabt, hatte er immer neue Drachengestalten ersonnen – kunstvolle Gebilde aus Stäbchen von gespaltetem Bambusrohr, mit hauchdünnem Reispapier überzogen und leicht wie Wolkenflocken. Die Drachen Shibutas trug der leiseste Windhauch. Sie erfreuten ob ihrer Farbenpracht und kauzigen Formen die Kinder ebenso wie die Erwachsenen. Bei den beliebten Wettbewerben im Drachensteigen hatte so mancher Kunde Shibutas mit einem seiner Drachen im Höhen- und Weitflug gesiegt. Er selber hatte sich mehrmals an solchen Bewerben beteiligt, aber niemals Erfolg gehabt, weil er zu ritterlich dachte. Er hatte darauf verzichtet, die Seidenschnur mit feinen Glassplittern zu bekleben, wie es andere zu tun pflegten, um die Drachenschnur eines Konkurrenten zerschneiden zu können. Ihn dagegen hatten seine Rivalen stets durch solch unfaire Art um den Sieg gebracht. Er liebte ehrlichen Wettkampf und war empört, wenn ein Teilnehmer an einem dieser Wettbewerbe seinen mit Drahtspitzen versehenen Drachen gegen andere lenkte und deren Papierhaut aufschlitzte. Die Kampfregeln gestatteten leider auch diesen Unfug. Hätte Shibuta dagegen protestiert, wäre er verlacht worden.

Im Verlauf des Krieges sank die Nachfrage um Papierdrachen ständig. Der alte Drachenbauer arbeitete seine Vorräte an Rohmaterial auf und behängte mit seinen Erzeugnissen die Wände der Werkstatt. Er dachte: „Ich kann es verstehen – in dieser bösen Zeit hat niemand Lust zum Drachensteigen. Erst wenn der Krieg vorbei ist, wird man wieder meine Drachen kaufen."

Die Atombombe fiel und die Werkstatt Shibutas wurde zu Staub. Er blieb am Leben, weil er am Tag der Katastrophe weitab der Stadt Bambusrohr schnitt. Es blieb ihm nur seine Kunst. Er baute wieder Papierdrachen. Nicht mehr so schöne wie einst. Es fehlten ihm das richtige Reispapier, der Klebstoff, die Farben und die Schnüre. Die Drachen, die er nun fabrizierte, waren unscheinbar und nur mit schwarzer Farbe bemalt. Und so klein, dass er jetzt drei Papierdrachen zugleich unter dem Soldatenmantel vor dem Regen schützen konnte. Das wusste er: An diesem Tag wird er keinen Drachen verkaufen. Auch morgen nicht. Und wahrscheinlich übermorgen auch nicht. Warum geht er trotzdem jeden Tag hierher? Weil er keinen Laden hat und weil er hofft, diese Notzeit müsste einmal zu Ende gehen. In der vergangenen Woche hat ihm eine Bäuerin für einen Drachen fünf frische Eier gegeben. Das war ein Glücksfall ohnegleichen gewesen. Heute wird er sich bloß erkälten, falls er noch länger hocken bleibt. Seine alten Knochen vertragen feuchtes Wetter nicht.

Sich aufmunternd, murmelte er: „Nun, steh schon endlich auf und pack deine Drachen. Sei nicht so dickköpfig. Schau doch – das Papier zerfließt schon. Wenn du nicht gleich gehst, musst du die drei Drachen neu bespannen …"

Er hob den Blick, weil ein Mann vor ihm stehen geblieben war. Er kannte den Mann. Gestern und vorgestern hatte er jedes Mal eine kurze Weile die Drachen betrachtet, war aber ohne Frage nach dem Preis gegangen.

Shibuta öffnete weit den Mantel. Er deutete auf die Drachen und sagte zu dem vermeintlichen Kunden: „Schöne, leichte Drachen, verehrter Herr. Ich habe sie selbst gemacht. Ich bin kein Bastler. Ich bin Drachenbauer von Beruf. Ich berechne das Gewicht der Bambusstäbchen genauest und wie man sie richtig biegen muss, damit sie an allen Seiten gleiche Spannung haben."

Der Kunde lächelte höflich. „Das weiß ich alles. Den Drachenbauer Shibuta habe ich schon gekannt, als ich ein Junge war. Damals habe ich alle meine Papierdrachen bei Ihnen gekauft."

Shibuta neigte den Kopf. „Das ehrt mich, verehrter Herr. Ja, wirklich, ich fühle mich sehr geehrt, dass Sie schon als Junge meine Drachen gekauft haben. Und ich hoffe, Sie wollen auch heute einen haben."

„Ja, haben möchte ich gerne einen, Herr Shibuta. Für meine kleine Tochter. Ich habe nämlich ihr Lieblingsspielzeug verloren. Einen uralten und sehr wertvollen Drachen aus Bronze. Er hat ein ähnliches Gesicht gehabt wie dieser Papierdrache." Er bückte sich und wies auf einen Drachen, dem Shibuta mit schwarzer Farbe eine böse Fratze verliehen hatte. „Genauso hielt der Bronzedrache den Rachen offen. Tatsächlich – je länger ich ihn anschaue, um so größer scheint mir die Ähnlichkeit."

Der Alte nickte. „Ja, ja, das glaube ich Ihnen gerne. Ich hatte nämlich beim Malen das Bild eines kleinen Drachen im Kopf und dieses Bild male ich immer wieder. Dieser Drache war auch aus Bronze und sehr alt und wertvoll. Er hat einem Seidenhändler gehört. Der war mein bester Kunde vor dem Krieg. Einmal ist er zu mir gekommen und hat mir seinen Drachen gezeigt. Ich soll ihm einen aus Papier machen – hat er verlangt –, der muss dem Drachen aus Bronze ähnlich sein. Ich habe mich eine ganze Woche lang geplagt, bis die Arbeit fertig war."

„Wie groß war dieser Bronzedrache?", fragte der Kunde interessiert.

„Nun, etwa zweimal so lang wie meine Hand. Ein ungemein schönes Stück war es. Das Maul war so echt aufgerissen und der Schwanz hat sich so natürlich geringelt, dass ich manchmal geglaubt habe, gleich wird sich die Figur bewegen. Mein Auftraggeber hat den Drachen von seinem Vater geerbt und der soll ihn auch wieder von seinem Vater geerbt haben. Jetzt wird von dem Drachen nichts mehr übrig sein, denn das Haus des Seidenhändlers und er und seine ganze Familie sind vom Donnerblitz verbrannt worden. Ja, ja, verehrter Herr, der Donnerblitz, der hat auch mich um alles gebracht. Trotzdem danke ich den Göttern, weil ich ohne Brandwunden davongekommen bin: Das ist mir mehr wert als das, was ich verloren habe. Ich wohne jetzt in einem Erdloch – dort drüben. Wo früher das Alte Schloss gestanden ist. Von dem ist auch nichts übrig geblieben. In einer Sekunde war es verschwunden – habe ich gehört. Und Sie? Wohnen Sie in einem richtigen Haus?"

Der Kunde schien in tiefes Nachdenken versunken. Erst als Shibuta seine Frage wiederholte, gab er Antwort: „Ich? In einem Haus? Nein – ich habe eine Bretterbude aufgestellt. Auf demselben Platz, auf dem früher mein Haus gestanden ist. Ich war Barbier. Sasaki heiße ich."

„Sasaki – Sasaki", murmelte sinnend der Alte. „Ja, da fällt mir ein – ich habe einen Barbier Sasaki gekannt, der hatte seinen Laden in der Nähe des Fischmarkts."

„Ja, das war mein Laden", sagte Sasaki freudig. „Ich bewundere Ihr Gedächtnis. Wieso können Sie sich so gut an mein Geschäft erinnern?"

Der Alte schmunzelte zuerst, dann lachte er in zunehmender Heiterkeit, bis ihm ein Hustenanfall den Atem nahm.

Spuckend und sich räuspernd erklärte er, halb erstickt: „Sie sind mein Kunde gewesen und ich war Ihrer! Ist das nicht spaßig? Ah, Sie haben mich vergessen, weil ich immer in Eile gewesen bin. Hab nie Zeit zum Plaudern gehabt wie andere. Aber – sagen Sie, Herr Sasaki – haben Sie einen neuen Laden eröffnet? Die Gegend um den Fischmarkt ist doch auch zerstört …"

Herr Sasaki seufzte. „Ich lebe ähnlich wie Sie, Herr Shibuta – ich tausche, ich verkaufe. Man lebt. Meistens schlecht."

„Warum arbeiten Sie nicht wieder als Barbier, Verehrter? Ein Barbier …"

Herr Sasaki zerschnitt mit einer Handbewegung die Rede Shibutas. „Ich weiß, was Sie sagen wollen – ein Barbier könnte ein gutes Geschäft machen. Und ich könnte es auch, aber ich hab kein Geld für Rasiermesser, Seife, Schere …"

„Hören Sie, hören Sie!", forderte Shibuta dringend. „Wozu brauchen Sie Geld! Leihen Sie sich, was Sie brauchen. Sagen

Sie dem nächstbesten Schwarzhändler, wer Sie sind, und er wird Ihnen alles verschaffen!"

„Mir? Nein, nein, Herr Shibuta. Mir nicht. Ich habe unter den Schwarzhändlern keinen Freund."

„Aber ich!", rief der Alte. „Ich kenne einen, der ist nicht so geldgierig wie alle andern. Wenn ich ihm sage, wer Sie sind, können Sie unter Messern, Scheren und Seifen wählen, was Ihnen gut scheint. Er wird Ihnen das Werkzeug vermieten, wenn Sie ihm einen Teil Ihrer Einnahmen geben. In einigen Wochen werden Sie ihm die Dinger abkaufen können, weil Sie bis dahin genug verdient haben."

Herr Sasaki dachte angestrengt nach. Er sah sich im Geist viele Kunden bedienen.

Eine Menschenschlange von Kunden wartet. Er seift ein, rasiert, schneidet Haare, rasiert, schneidet – Messer und Schere werden stumpf – er braucht zwei Messer und zwei Scheren und einen Gehilfen, der das Werkzeug schleift – der Gehilfe ist Shibuta! Er muss nebenbei kassieren, Seifenschaum rühren, Seifenreste von Gesichtern waschen.

Herr Sasaki blickte den alten Drachenbauer zärtlich, verträumt an: „Wollen Sie mein Gehilfe werden, Herr Shibuta? Ich werde eine Menge Arbeit für Sie haben."

Der alte Mann erhob sich hastig, raffte seine drei Drachen zusammen und hielt sie Herrn Sasaki hin: „Da! Nehmen Sie das, ich schenke es Ihren Kindern. Und jetzt begleiten Sie mich, Chef. Ich führe Sie zu dem Mann, der uns das Barbierwerkzeug leihen wird."

Er musterte blinzelnd die Regenwolken und nickte dann befriedigt. „Dort oben sehe ich schon ein Stückchen blauen Himmel. Ich glaube, wir werden morgen Früh mit der Arbeit beginnen können."

Am 6. August 1947, dem zweiten Jahrestag der Atombombenexplosion.

Die neue Behausung der Familie Sasaki ähnelte einer riesigen Kiste. Sie war vielmal geräumiger als jene an ein Dach ohne Unterbau erinnernde winzige Bude, die Herr Sasaki vor einigen Monaten niedergerissen und stückweise an Bedürftigere verschenkt hatte. Aber erst, nachdem unter Mithilfe eines Zimmermanns das neue „Haus" errichtet worden war. Das Innere teilten zwei mit Papier überspannte Holzrahmen in drei Räume. Und Herr Sasaki hätte mit Stolz zu seinen Nachbarn sagen dürfen: Schaut her – diese nette, kleine Wohnhütte habe ich bauen können, weil ich den Einfall hatte, durch meinen Beruf Geld zu verdienen.

Herr Sasaki hatte jedoch nicht geprotzt, sondern die neue Behausung „Shibutas Drachenhaus" genannt, um seinen früheren Gehilfen zu ehren. Ihm hatte er es zu danken, dass er wieder seinen Beruf ausüben konnte. Ein Jahr lang war ihm Shibuta ein fleißiger Mitarbeiter, Freund und Ratgeber gewesen. Nie wird Herr Sasaki vergessen, mit welchen primitiven Hilfsmitteln er und Shibuta in den ersten Wochen gearbeitet hatten: ein Brett, auf zwei Stützen genagelt, war die Sitzbank für die Kunden gewesen. Ein zerbeultes Blechgefäß hatte als Barbierbecken gedient und ein faustgroßer Schwamm das Handtuch ersetzt. Wie einfach das alles gewesen war.

Heute stand ein ansehnlicher Bretterverschlag neben „Shibutas Drachenhaus". Er war als Geschäftsladen gedacht; und um jeden Zweifel auszuschließen, hatte Herr Sasaki über den Eingang ein Schild aus Pappe angebracht, auf dem zu lesen stand: „Barbier-Salon Sasaki. Rasieren! Haarschneiden! Niedrige Preise!"

Wenn er an jene Stunde dachte, in der er mit Shibuta auf dem Gelände des schwarzen Marktes den ersten Kunden bedient hatte, hielt er sich für einen undankbaren und unzufriedenen Menschen. Denn damals war er glücklich gewesen, wenn er genug verdiente, um das Mietgeld für geliehenes Werkzeug bezahlen und nebenbei Essen für seine Familie kaufen zu können. Heute dagegen schien ihm „Shibutas Drachenhaus" zu klein und dürftig und der Laden ebenfalls. Er plante ein richtiges Holzhaus bauen zu lassen, einen zweiten Gehilfen aufzunehmen und die jetzige behelfsmäßige Geschäftseinrichtung durch eine neue und schönere zu ersetzen. Auf jeden Fall musste dieser armselige Verschlag verschwinden, den er hochtrabend „Salon" nannte. In letzter Zeit bediente er Kunden, die höhere Ansprüche stellten als die Leute aus der Nachbarschaft und die Schwarzhändler. Mit den Letzteren brauchte er ohnedies nicht mehr zu rechnen. Ihre Geschäfte blühten nicht mehr so wie im vergangenen Jahr. Auf den meisten Ruinenstätten wurde gebaut. Geschäftshäuser entstanden. Neue Straßen wurden angelegt und Kaufläden eröffnet. Es gab schon genug Lebensmittel im freien Handel. Aber auch Konkurrenten im Barbiergewerbe. Man musste mit der Zeit gehen und Schritt halten mit der Konkurrenz. Ah, er durfte sich nicht vorwerfen, ein Undankbarer zu sein. War etwa Shibuta undankbar, weil er wieder Papierdrachen baute? Er hatte ohne Zögern vor drei Monaten den Auftrag eines Großhändlers übernommen, zweitausend weiße Papierlaternen für das heutige Friedensfest zu liefern. Mit drei Gehilfen hatte Shibuta seither vierzehn Stunden am Tag gearbeitet, um diesen Auftrag rechtzeitig zu erfüllen. Und er hat ihn erfüllt. Ein guter Teil aller in der Stadt verkauften Laternen stammte aus Shibutas Werkstatt. Und überdies eine Menge Lampions für die Gedenkfeier heute Abend. Auch Shibuta wird bald seine Werkstatt vergrößern müssen. Darf man ihn, wenn er es tut, unzufrieden schelten?

Hiroshima wird aufgebaut. Geld wird ausgegeben und verdient. Er, Sasaki, wird um Kredit ansuchen, ein neues Haus bauen und einen neuen Laden. Die Zukunft seiner Kinder soll gesichert sein. Shigeo lernt gut, er ist intelligent, er soll Kaufmann werden und ein eigenes Geschäft haben. Und Sadako wird –

Ah, dieses Mädchen! Wie übermütig es schon wieder herumspringt. Gleich wird Sadako die schöne weiße Laterne kaputtmachen, die ihr Shibuta geschenkt hat.

„Sadako!", rief Herr Sasaki verärgert. „Habe ich dir nicht gesagt, du sollst dich heute gesittet benehmen? Es ist ein Gedenktag für die Opfer vor zwei Jahren. Wenn du noch einmal so wild mit der Laterne herumtanzt, nehme ich sie dir weg und du musst zu Hause bleiben."

Die Kleine machte ein Schmollmündchen. „Shigeo hat aber gesagt, ich darf mich heute freuen, weil wir ein schönes Fest sehen werden."

„Shigeo, komm heraus!", forderte Herr Sasaki streng.

Der Sohn trat aus der Hütte ins Freie. Er fühlte sich in seinem neuen Festtagsanzug mit der modischen langen Hose als Erwachsener und schaute gar nicht schuldbewusst drein.

„Was hast du Sadako erzählt?", fragte Herr Sasaki. „Heute wird sie ein schönes Fest erleben? Meinst du damit, dass in Hiroshima ein Freudenfest stattfindet? Wenn du es nicht wissen solltest, muss ich dir sagen, dass heute vor zwei Jahren unzählige Menschen in unserer Stadt verbrannt sind. Du selbst warst Zeuge. Heute ist ein Gedenktag! Eine Totenfeier wird abgehalten, wie man sie noch niemals erlebt hat. In den Tempeln werden die Priester beten und mit ihnen alle jene, die einen Toten beklagen."

Shigeo verneigte sich ehrerbietig vor dem Vater. „Verzeih mir, bitte, ich habe Sadako nur gesagt, sie wird ein schönes

Fest sehen und ich glaube, das wird so sein. Weil gestern Nachmittag im Shintenchi-Viertel eine Kapelle Tanzmusik geprobt hat. Einer von meinen Freunden hat mir gesagt, heute wird diese Kapelle in den Straßen spielen und Maskenumzüge werden veranstaltet. Auf dem Großen Markt haben Händler Feuerwerk verkauft. Für heute Abend, Vater. Und in den Auslagen von vielen Geschäften habe ich Lampions hängen gesehen mit der Aufschrift: ‚Friedens-Gelegenheitskäufe'."

Herr Sasaki schaute entgeistert. „Das ist nicht möglich. Heute ist ein Totengedenktag, aber kein Tag zu einem Freudenfest. Du musst dich geirrt haben. Ja, ganz sicher hast du falsch verstanden – Tanzmusik und Maskenumzüge. Heute! Ausgeschlossen. Heute gibt es das nicht."

Er rief in die Hütte: „Yasuko! Bist du schon so weit? Es ist Zeit. Ich möchte die Gedenkrede des Bürgermeisters an der großen Flussbrücke nicht versäumen."

Acht Uhr und fünfzehn Minuten.

Eine Glocke wummerte von der Festtribüne. Dem Erz entrissen, dröhnten feierliche Klangwellen. Sie wogten über Tausende, die im Gedenken an das Entsetzliche vor zwei Jahren andachtsvoll die Flussufer säumten, auf der Brücke sich versammelt hatten, zu dem Turm aufschauten, wo die Glocke tönte.

Acht Uhr fünfzehn Minuten! Um diese Zeit war vor zwei Jahren eine Atombombe gefallen. Dort über dem Stadtzentrum war die sonnengrelle Riesenfackel aufgeflammt. In Sekundenbruchteilen alles im Umkreis von Kilometern vernichtend durch Millionen Hitzegrade.

Die Menschen vernahmen das Mahnen der Glocke. Niemals wieder! Niemals wieder! Niemals!

Tauben flatterten auf. Hunderte. Aus Käfigen entlassen. Sie kreisten in wiedergewonnener Freiheit über den versammelten Menschen, die zu ihnen aufschauten. Über ergriffenen, in Ehrfurcht erschauernden Menschen.

Diese Gläubigen flehten stumm zu ihren Göttern: Seid unseren lieben Toten gnädige Richter. Verzeiht den Schuldigen an dem großen Krieg. Verzeiht auch uns, die wir mitschuldig gewesen sind. Erweist allen Menschen die Gnade, in Frieden zu leben. Bannt die Kriegsdämonen. Lasst sie niemals wieder unsere Welt zerstören –

Niemals wieder – dröhnte die Glocke –, niemals wieder! Die Glocke schwieg. Die Stimmen zweier Schinto-Priester hallten vom Totenturm bei der Festtribüne. Sie standen über der Menge. Sichtbar erhöht, schienen sie allen der Gottheit näher. Sie waren die Mittler zu ihr, sie vereinigten in sich die Bitten aller Gläubigen um den Frieden und übergaben das Bittgesuch den Himmlischen. Die lautlose Andacht der Masse zeugte von dem gemeinsamen innigen Wunsch: Friede.

Und Friede den Toten kündeten auch die zahllosen weißen Papierlaternen und die Blumenkränze, die auf dem Fluss schwammen. Jene, die an den Ufern standen, hatten Laternen und Kränze aufs Wasser gelegt. Das trieb jetzt dahin in ruhigem Gleiten – eine feierlich stille Prozession von Lichtern und Blumen. Genauso still, wie damals vor zwei Jahren die Toten vom Fluss zum Meer getragen wurden. Diese von der Glutwelle nach dem Atomblitz lebenden Leibes gerösteten Zehntausende. Männer, die sich als lebende Fackeln, von unsagbaren Schmerzen gepeinigt, ins Wasser gestürzt hatten. Frauen mit brennenden Haaren und Kleidern, die Kinder in den Armen. Wer konnte heute noch sagen, wie viele damals von Brücken gesprungen waren, weil sie die Qualen entsetzlicher Brandwunden nicht ertragen konnten? Von Brücken, deren eiserne Streben, Träger und Geländer rot geglüht hatten. Wer jetzt von denen, die an den Ufern standen, das Gesicht mit den Händen bedeckte, wer die Arme wie in Abwehr von sich streckte – der vermeinte im Geiste wieder das furchtbare Bild dahintreibender Leichen zu sehen. Denn damals sah man das Wasser nicht mehr in der Dichte schwimmender Menschenleiber.

Auf der Festtribüne sprach nun der Bürgermeister der Stadt zu den Versammelten. Er gedachte der Toten und der Schmerzen der Verwundeten und er sprach aus, was die Glocken vor ihm verkündet hatten: Es darf niemals wieder geschehen! Und während er sprach, erklang Tanzmusik, und festlich geschmückte Burschen und Mädchen kamen singend auf der Uferstraße heran. Und diesen lustigen jungen Menschen folgten neue Trupps junger Leute. Sie trugen Narrenmasken und tanzten zu Grammofonmusik. Sie zogen an den Betenden vorbei, an den Trauernden, in ausgelassenster Stimmung, unbekümmert, ob sie die Andacht anderer störten oder nicht. War das nicht ein Festtag heute? Ein Friedensfest? Feierte man den Frieden durch trübe Erinnerungen? Nein! Sondern durch Freude und Jubel. Sie waren so glücklich, zum ersten Mal in ihrem Leben tanzen, lachen, singen zu können. Die bösen Jahre des Kriegs und der Hungersnot waren überstanden. Sie hatten lang genug Entbehrungen auf sich nehmen müssen. Ja, ja, auch eine Atombombe ist explodiert. Ein schreckliches Unglück. Sollten sie sich aber immer wieder daran erinnern müssen? Es war Zeit, zu vergessen, was geschehen war. Nicht mehr daran denken. Es lebe das Leben, solange wir leben! – hieß ihr Gebet. Sie zogen in die neu erstandenen Geschäftsviertel und wurden von Kaufleuten und Händlern begrüßt. Besonders freudig von jenen, die erst in letzter Zeit nach Hiroshima übersiedelt waren. Ihr

Unternehmergeist hatte sie hierhergeführt. Eine zerstörte Stadt im Wiederaufbau! Eine einmalige Gelegenheit für jeden tüchtigen Geschäftsmann. Jeder kluge Kopf fand hier eine Chance – ob er Grundstücke aufkaufen wollte oder ein Filmtheater eröffnen, ob er mit Baumaterial handelte oder mit Glücksspiel-Automaten viel Geld zu verdienen hoffte. Wer diese Gelegenheit nicht nutzte, war dumm geboren.

Ah, diese jungen, fröhlichen Leute musste man willkommen heißen. Sie belebten den Geschäftsgang, versetzten Nachdenkliche in gute Stimmung und ließen Trauernde ihren Schmerz vergessen. Nur wer gut gelaunt ist, gibt leichter Geld aus.

Und die Kaufleute gaben ihren Angestellten Auftrag, vor den Ladentüren zu rufen: „Friedens-Gelegenheitskäufe bei gesenkten Preisen! Nur heute! Kauft! Kauft!"

Herr Sasaki führte seine Familie zu jener Stelle am Fluss, wo er sie vor zwei Jahren gefunden hatte. Er und Yasuko knieten nieder und berührten mit den Stirnen den Boden. Ihre Gebete waren Danksagungen an die Götter. Mit jedem neuen Gebet wuchs des Mannes Ergriffenheit. Wie durch ein Wunder waren sie damals wieder vereint worden. Heute schien ihm dieses Wiederfinden noch unbegreiflicher als seinerzeit. In seinem Glückstaumel hatte er aber vergessen, den Göttern Dank zu sagen. Erst heute holte er nach, was er vor zwei Jahren hätte tun müssen. Er wird ein Opfer bringen. Im neuen Tempel. Ein großes Opfer, das die Götter versöhnt.

Am Ufer beobachteten Shigeo und Sadako vorbeitreibende Blumenkränze und Papierlaternen.

„Dort! Dort! Diese große Laterne!", rief Sadako. „Was steht auf ihr geschrieben? Kannst du es lesen, Shigeo?" Und er deutete mit seinem Arm auf die schwimmende Laterne.

„Es ist wieder ein Name. Warte – es heißt – ah, das Ding dreht sich schon wieder … jetzt! Kan-ji-ro Yo-ne-ku-ra."

„Wer war das, Shigeo?"

„Ich weiß es nicht. Vielleicht ein alter Mann. Vielleicht ein Junge. Viele, viele sind vor zwei Jahren tot auf dem Fluss geschwommen."

„Warum?"

„Warum? Ich hab es dir schon zweimal erklärt. Der Donnerblitz hat sie getötet."

„Warum bin ich nicht tot gewesen?"

„Du fragst dumm, Sadako. Du hast eben großes Glück gehabt. Du warst mit mir im Hijiyama-Park. Du wärst ohnehin fast von abgerissenen Ästen erschlagen worden. Bist zwischen Holztrümmern gelegen. Der Luftdruck hat dich weggeschleudert."

„Und verbrannt hab ich mich."

„Nein. Du warst nur zerkratzt."

„O nein. Ich habe etwas Heißes gespürt, Shigeo. Es hat mich angeblasen."

„Das ist nicht möglich! Du kannst nichts gespürt haben, weil du unter einem Baum geschlafen hast. Ich erinnere mich genau – ich war im Wasser und du bist am Ufer gelegen."

Die Kleine schaute wieder einer vorbeitreibenden Laterne nach. Plötzlich fiel ihr ein: „Warum steht auf meiner Laterne kein Name?"

„Weil du am Leben geblieben bist. Auch kein Verwandter von uns ist vom Donnerblitz getötet worden oder ein guter Freund."

„O ja – einer schon. Weißt du, wer? Herr Nishioka. Der alte Mann mit dem großen Hut. Und die lustige alte Frau Kumakichi auch. Weißt du, die mit den Fingern ‚Drache Chikamatsu' gespielt hat."

Ihre Gedanken vollführten anscheinend Luftsprünge, denn bevor Shigeo etwas erwidern konnte, fragte sie: „Wenn ich tot bin, lässt du auch eine Laterne für mich schwimmen?"

Shigeo schaute bestürzt die Kleine an. Sie hatte mitunter recht seltsame Einfälle. „Was redest du vom Totsein? Bist du krank? Nein. Ganz gesund bist du. Du wirst vielleicht hundert Jahre alt werden."

Sadako schaukelte gelassen ihre Laterne. Ihr Mienenspiel hätte selbst einen aufmerksamen Beobachter vermuten lassen, sie sei jetzt durch das Schaukeln der Laterne abgelenkt. Um so mehr überraschte sie Shigeo mit der neuen Frage: „Wenn aber wieder ein Donnerblitz kommt, macht der mich tot?"

„Hu!", stöhnte Shigeo und drückte beide Hände an die Schläfen, als machten ihm die vielen Fragen Kopfschmerzen. „Es wird keinen Donnerblitz mehr geben. Die Amerikaner sind jetzt unsere Freunde. Sie helfen uns Spitäler bauen, in denen alle gepflegt werden, die vor zwei Jahren Brandwunden erlitten haben."

Die Kleine betrachtete ungerührt ihre weiße Papierlaterne. „Ich hab mich auch verbrannt. Aber du glaubst es nicht. Mir war sehr heiß damals."

Shigeo blies die Backen auf und stieß heftig die Atemluft von sich. Sollte er lachen oder sich ärgern? Dieses Kind konnte mit seinem Starrsinn wahrhaftig den Langmütigsten zur Verzweiflung bringen. Aber die drollige Art, wie Sadako, die Gekränkte spielend, die Unterlippe vorgeschoben hielt, stimmte versöhnlich. Er beugte sich vor und stützte die Hände auf die Knie. In belehrendem Ton sagte er:

„Hör zu, Sadako – du warst damals erst vier Jahre alt. Und du bist so furchtbar erschrocken gewesen, dass du stundenlang nicht reden konntest. Ich hab zuerst geglaubt, der

Schreck hätte dich zu einer Stummen gemacht. Du hast zwar dauernd die Lippen bewegt, aber nur ganz leise gewimmert. Und so viel ich dich auch gefragt habe – ‚Hast du Schmerzen? Sag, wo tut es dir weh?' –, du hast keine Antwort gegeben. Hast mich dauernd nur angestarrt. Mit ganz großen Augen. Ich glaube, du hast mich gar nicht erkannt. Und dann hab ich dich auf dem Rücken fortgetragen. Auf dem Weg nach Hause hab ich tote Frauen und Männer und Kinder gesehen. Manchmal sind die Toten in Haufen übereinander gelegen. Was von der Stadt übrig geblieben ist, hat gebrannt. Ich habe geschrien vor Angst. Aber du hast noch immer nicht reden können. Und jetzt sag mir – kannst du dich an die vielen Leichen erinnern, über die ich mit dir hinwegsteigen musste?

Nein?

Siehst du! Oder erinnerst du dich an den Hund, der inmitten der Straße im zerrinnenden Asphalt stecken blieb? Er hat so schrecklich gewinselt. Sein Fell war ganz verbrannt. Oder weißt du noch, dass wir an einer Frau vorbeigekommen sind, die mit verkohlten Armstümpfen in die Luft gegriffen hat? Sie ist auf dem Rücken gelegen – ihr Gesicht war eine einzige Wunde, ohne Augen, ohne Lippen, ohne Nase. Ich bin vor Schreck mit dir niedergefallen. Oh, es war schauerlich. Ich werde das nie vergessen. Aber du kannst dich nicht erinnern. Ich sehe es an deinem Gesicht. Ja, und diese drei Frauen – eine alte war es und zwei junge –, sie wollten einander die brennenden Kleider vom Leib reißen. Sie haben fürchterlich geschrien. Dann sind sie an uns vorbei zum Fluss gerannt und haben sich hineingestürzt. Sie sind ertrunken. Und der kleine Junge … mit den Füßen ist er im Feuer … nein, nein, ich erzähl nichts mehr – weine nicht, Sadako. Nun, mein Kleines, weine nicht. Ich bin dumm. Verzeih mir, Schwesterlein. Verzeih. Ich hätte nicht davon reden dürfen. Du kannst dich an nichts erinnern, das ist gut – komm, sei lieb … hör auf zu weinen. Ich werde dich nie mehr so erschrecken. Warte – ich trockne deine Tränen. Ah, bin ich dumm gewesen! Gib mir die Laterne! Wir werden sie jetzt schwimmen lassen. Ja? Gleich wird sie mit den vielen anderen zum Meer treiben – siehst du? Sie schwimmt schon davon. Sie trägt keinen Namen wie die andern. Aber sie soll einem unbekannten Toten Freude machen. Ja? Willst du es so haben, Sadako? Deine Laterne gehört einem, an den niemand denkt."

Sadako blickte, von zeitweiligem Aufschluchzen erschüttert, der davontreibenden Laterne nach. Ihre schöne weiße Papierlaterne schwamm fort. Das machte sie noch trauriger. Gleich wird sie wieder weinen müssen.

Sie verzog schon den Mund, aber dann wandelte ein jäher Einfall ihre Traurigkeit in Fröhlichsein. Sie winkte der Laterne zu und jauchzte: „Frau Kumakichi! Ich schick dir meine Laterne! Ich denke an dich!"

Frühjahr 1955.

Vater und Sohn Sasaki erwarteten den lieben Gast vor der mit Blumengebinden geschmückten Eingangstür des neuen Hauses. Shigeo erspähte den alten Mann als Erster. Über die Schulter rief Shigeo ins Haus: „Achtung, Mutter! Herr Shibuta kommt! Mach dich bereit."

Frau Yasuko Sasaki ergriff schnell das Shamisen und zupfte probend die Saiten des Instruments. Sie hatte tagelang eine Frühlingsmelodie eingeübt. Die wollte sie nun spielen, um dem lieben Gast eine besondere Freude zu bereiten. Leider war sie so aufgeregt, dass sie, wie ihr schien, den Saiten nur Misstöne entlockte. Wie garstig das klang! Als sie noch ein Mädchen gewesen war, hatte man ihr Shamisen-Spiel gerühmt. In späteren Jahren war ihr keine Zeit geblieben, auf einem solchen Instrument zu üben. Und dieses da war überdies neu und kein handgefertigtes Shamisen, sondern billige Fabrikware. Ein Massenartikel wie alles andere, das man in den letzten Jahren bloß um des Gewinns willen erzeugte. Auch die neuen Kimonos, die sie und Sadako heute trugen, waren nicht aus guten handgewebten Seidenstoffen geschneidert. Sie schmiegten sich nicht in weichem Faltenwurf an den Körper. Und Sadako mühte sich, an ihrem Kimono die Knitterfalte zu glätten. Aber alle Mühe war vergebens.

„Lass es sein!", befahl Frau Yasuko der Tochter. „Stell dich hierher an meine linke Seite, und wenn Herr Shibuta eintritt, fängst du an zu singen."

Sie prüfte schnell das Gesicht Sadakos und wischte mit einer Fingerspitze einen kleinen schwarzen Fleck von Sadakos Nase. „Hast dich schmutzig gemacht beim Fahrradputzen", rügte sie. „Dazu wäre nachmittags Zeit gewesen. Sind deine Hände rein? Zeig!"

Sadako streckte die Hände vor, hielt jedoch die Finger gekrümmt. Sie wusste nur zu gut – die Fingernägel zu putzen hatte sie in der Eile vergessen. Zu ihrem Glück begrüßten draußen bereits die Männer den sehr verehrten Gast, so dass die Mutter abgelenkt zur Tür blickte.

Vater und Sohn Sasaki verneigten sich nach alter Sitte dreimal und tief vor dem Drachenbauer Shibuta, wobei sie mit beiden Händen die Oberschenkel hinab bis zu den Knien strichen.

Herr Shibuta zwinkerte und zwinkerte. Sein kleiner Kopf wackelte vor Rührung noch ärger als gewöhnlich. Er konnte es nicht fassen: Die Sasakis hatten nicht vergessen, dass er heute siebzig Jahre alt geworden war. Solche treue Freunde gab es kaum zehn unter hunderttausend. Und die vielen schönen Blumen um den Hauseingang!

„Zu viel Ehre! Zu viel Ehre!", murmelte Herr Shibuta ergriffen. Er tupfte wiederholt an die Augen, einmal mit der Linken, einmal mit der Rechten, dann mit beiden Händen zugleich. Endlich gelang es ihm, das Tränennass zu verwischen.

„Der Staub – der viele Staub in den Straßen", entschuldigte er sich. „Das beißt immer in den Augen. Viel zu viel Menschen fahren mit Autos – sag ich. Ja, ja, die Autos wirbeln Staub auf."

Er hätte sich gerne auch mit den Fingern geschnäuzt. Womit er aber eine solche Nachlässigkeit entschuldigen sollte, wusste er nicht, und darum ließ er es sein. Die beiden Sasakis baten ihn nun einzutreten. Sie taten es mit so viel Ehrerbietung, als wäre er der Hausherr und sie nur die Mieter. Natürlich hatten diese lieben Menschen ein Festessen vorbereitet. Seine Nase war gesund geblieben. Er roch gut die Düfte von vielerlei Leckerbissen. Selbstverständlich wird er sich hüten, das zu sagen. Er muss Überraschung zeigen. Ja, ja, das bringt er fertig, sehr erstaunt auszusehen. Er ist schlau.

Und doch war Herrn Shibutas Verstellungskunst nicht groß genug. Frau Yasuko begrüßte ihn mit Shamisen-Spiel. Und das Mädel, die Sadako, sang dazu! Da vergaß er sogar zu zwinkern und mit dem Kopf zu wackeln. Das hatte er nicht erwartet, dass ihm so viel Ehre zuteil würde.

„Wie schön – wie schön!", seufzte er glücklich. „Womit hab ich das verdient? Sagt mir – womit?"

Dann hockten die Männer auf Matten. Frau Yasuko und Sadako bedienten, stellten mit Speisen gefüllte Schüsselchen und Näpfchen vor dem Gast auf, und er lobte kauend: „Ah – geräucherter Thunfisch in gewürzter Soße – wunderbar, wunderbar ... und dieses Reistörtchen – mit zerhacktem Schweinefleisch ... köstlich, köstlich ... es ist doch Schweinefleisch? Nein? Ah, Rindfleisch … nicht zu glauben, wie zart es ist. Hm, hm … das schmeckt! Oh, wie das schmeckt! Yasuko-san, Sie sind eine Kochkünstlerin. Ja, ja. Und Ihr Shamisen-Spiel – das konnte ich nicht genug bewundern. Ja, und das Mädchen singt wie eine Lerche. Ho, wie sie gewachsen ist. Als ich Ihr Gehilfe war, Sasaki-san, da war das Mädchen kaum ein Meter groß, und jetzt ist es schon ein Fräulein … ja, ja, ein richtiges Fräulein. Ist es gesund, das Fräulein Sadako?"

Er führte mit den Essstäbchen einen frischen Bissen zum Mund und betrachtete wohlgefällig Sadako, die seine Frage durch zwei tiefe Knickse bejahte.

„Sehr gesund ist sie", gab für die Tochter der Vater Antwort. „So gesund, dass sie morgen an der großen Radfahrerstafette teilnehmen wird. Von Tokio nach Hiroshima."

Herr Shibuta stach vor lauter Staunen mit den Essstäbchen statt in ein Schüsselchen mit Nudeln in einen Napf mit Fleischtunke. „Was? Von Tokio bis nach Hiroshima will sie fahren? Dazu braucht sie eine Woche! Das hält sie nicht aus."

„Nicht so weit, Shibuta-san", erklärte Shigeo. „Sie fährt nur einen kleinen Teil der Strecke. Es sind etwa zehn Kilometer. Eine Stafette löst die andere ab. Die Letzte fährt dann nach Hiroshima ein."

Herr Shibuta drückte den Zeigefinger an die Stirn. „Ah, jetzt erinnere ich mich! Alle Leute reden von dieser – dieser … wie heißt das? Stafette?"

Er brummelte vor sich hin: „Was es heutzutage alles gibt! Eine Stafette – das ist wieder so ein ausländisches Wort, das ich mir nicht merken werde. In ein paar Jahren werden die jungen Leute nur mehr ausländisch reden. Ja, ja, das sehe ich voraus. Ich hab zum Beispiel, so wie alle andern, nicht glauben wollen, dass diese vielen Leute, die an der Strahlenkrankheit leiden und in den Spitälern liegen, wirklich vor zehn Jahren von Strahlen getroffen worden sein sollen. Von Strahlen, die niemand gesehen hat. Wie geht das zu? Ich halte das für einen bösen Zauber. Einen Blitz sehe ich, aber Strahlen, die man nicht sieht – wieso weiß man, dass es sie gibt?"

„Man sieht Luft auch nicht, Shibuta-san", erlaubte sich Shigeo zu sagen. „Und trotzdem trägt die Luft einen Papierdrachen und man spürt den Wind ..."

„Papierdrachen!", rief der Alte. „Da fällt mir etwas ein! Ich habe – wartet, wo hab ich das Ding ..."

Er kramte in seinen Taschen, fand das Gesuchte endlich und hielt es Sadako entgegen. Es war ein Gegenstand, in Papier gewickelt. „Das ist für dich, mein Mädchen. Ein Geschenk für dich. Bin neugierig, ob du es wieder erkennst."

Er wandte sich an Herrn Sasaki und während er vergnügt die Hände rieb, sagte er: „An dem Tag, an dem wir einander getroffen haben, war von diesem Ding die Rede, und später hat mir Sadako viel davon erzählt."

Sadako hatte die Papierhülle entfernt. Jetzt staunte sie mit geweiteten Augen den ehrwürdigen alten Drachengeist aus Bronze an, um den sie einst so lang getrauert hatte.

„Chikamatsu!", flüsterte sie in freudigem Schreck. Und nun jubelte sie: „Mein Drache Chikamatsu! Ich hab dich wieder, Chikamatsu! Chikamatsu!"

Sie sprang umher, drehte sich im Kreis und presste das geliebte Spielzeug ihrer Kindheit stürmisch an die Brust, bis ihr einfiel, dem Gast Dank zu sagen. Sie kniete vor ihm nieder, verneigte sich tief und fand keine Worte.

Herr Shibuta streichelte verlegen Sadakos Haar. „Schon gut, schon gut, mein Kind. Musst nichts sagen. Weiß selber, wie das ist, wenn man etwas zurückbekommt, was man für immer verloren glaubte. Ich zum Beispiel habe nie gehofft, dass ich mit siebzig Jahren sechs Gehilfen beschäftigen kann, die Papierdrachen und Lampions herstellen. Alles habe ich verloren und …"

Er brach ab, weil er bemerkte, wie verblüfft der Gastgeber, dessen Sohn und Frau auf den Bronzedrachen in Sadakos Händen starrten. Das belustigte ihn so sehr, dass er in übermütiges Lachen ausbrach. Er beugte sich vor und zurück, schlug wiederholt auf die Knie und kam durch die schwankende Bewegung in Gefahr, nach rückwärts zu fallen.

„Ihr könnt euch nicht erklären, wie ich zu dem Drachen gekommen bin?", rief er, immer noch lachend. „Ich werde es euch erzählen. Es war Zufall oder Schicksal – wie man will. Also – erstens habe ich den Drachen selbst gesehen, weil ihn mir vor dem Krieg ein Seidenhändler als Modell geliehen hat. Zweitens habe ich durch Sadako erfahren, wo sie einmal eine schöne Drachenfigur ausgegraben hat und wie sie dann geweint hat, als der Vater den Drachen zum schwarzen Markt getragen hat. Drittens …"

Er machte eine Pause und zwinkerte schlau Sadako zu, wobei er mit dem Zeigefinger nach dem Gastgeber wies. „– habe ich mich erinnert, dass Sie, Sasaki-san, mir gleich in den ersten Minuten unserer Begegnung von einem sehr alten Bronzedrachen erzählt haben, den sie angeblich verloren hätten. Sie haben ihn aber nicht verloren, sondern …"

„Der Schwarzhändler Ofusa hat mir den Drachen gestohlen", ergänzte Herr Sasaki grimmig.

„Jawohl, so war es!", rief Herr Shibuta. „Der hat Sie begaunert. Der große Ofusa! Dieser Polyp, der imstande war, einem Hungernden für sein letztes Hemd ein Stückchen verschimmelten Militärzwieback zu geben. Dieser Lump hat Millionen verdient. Aber – er hat alles wieder verloren, als die Zeit ohne Gesetz und Recht vorbei war. Man hat ihn wegen Handels mit Diebsgut angeklagt und eingesperrt. Man hat ihm nachgewiesen, dass er der Chef einer Räuberbande gewesen ist. Verstehen Sie, Sasaki-san, er war nicht imstande, durch ehrliche Geschäfte Geld zu verdienen."

„Wie sind Sie aber zu dem Drachen gekommen, Shibuta-san?", fragte Sadako.

„Der Drache – ja, das hätte ich beinahe schon wieder vergessen zu erzählen … ich kenne einen Gerichtsbeamten, der bastelt in seiner Freizeit Papierdrachen. Manchmal kommt er zu mir und fragt mich um Rat. Unlängst erwähnte er eine Sammlung von Altertümern, die vor Jahren bei einem berüchtigten Schwarzhändler namens Ofusa gefunden und beschlagnahmt wurden. Man hat die Gegenstände dem Gericht übergeben, und weil man dachte, es wäre das meiste gestohlenes Gut, hat man alles in einem Saal ausgestellt und bekannt gemacht, jeder Bürger, der etwas vermisst, möge im Gericht das Diebsgut besichtigen. Einige Leute haben tatsächlich ihr gestohlenes Eigentum wieder erkannt, aber der größte Teil ist liegen geblieben. Und als sich niemand mehr meldete, wurden die restlichen Gegenstände zur Versteigerung ausgeschrieben. Nun, ich hab bloß den Namen Ofusa gehört und bin schon …"

Er senkte jäh den Kopf und handhabte mit solchem Eifer die Essstäbchen, als hätte er seit Tagen nichts mehr gegessen.

„Und wie haben Sie den Drachen bekommen, Shibuta-san?", fragte Sadako von neuem.

Herr Shibuta kaute hastig, den Mund so voll, dass sich seine Backen blähten. Man verstand kaum, was er sagte. „Hm – ja – hab ihn erkannt … ja – sofort … ein so altes – schönes Stück … hab gedacht – Sadako … große Freude haben – ja – jetzt hast du ihn …"

Er stopfte erneut den Mund voll, schaute zwinkernd und

mit schnellen Kopfbewegungen nach Herrn Sasaki, nach der Frau, dem Burschen und dem Mädchen. Und alle begriffen: Er will es nicht sagen, dass er sehr viel Geld für den Drachen gegeben hat.

Zuschauermassen umsäumten die Straßenseiten. Sechzig Burschen und Mädchen warteten neben ihren Rädern auf das Eintreffen der vorletzten Stafette. Diese sechzig sollten den letzten, zehn Kilometer langen Teil einer Strecke fahren, die von Tokio über Yokohama, Kobe nach Hiroshima führte.

„Gebt die Straße frei! – Weg von der Straße! – Ihr behindert die Fahrer! – Zurück, zurück!" Die Funktionäre vom Ordnungsdienst schrien sich heiser. Sie eilten atemlos und schwitzend hin und her, stießen und schoben Zuschauer von der Straße weg; aber kaum war es ihnen gelungen, einige der rücksichtslos Vordrängenden vom Startplatz an die linke oder rechte Straßenseite zu schaffen, brachen andere Schaulustige aus den Reihen und behinderten aufs Neue die Teilnehmer an der Radfahrerstafette. Diese Fernfahrt japanischer Schüler und Schülerinnen hielt seit vier Tagen die Sportbegeisterten in Atem. Die Zeitungen berichteten laufend über die jeweils führenden zehn Stafetten. Der Rundfunk sendete die allerneuesten Teilergebnisse, Sachverständige äußerten ungefragt ihre Meinung über die voraussichtlichen Siegeschancen dieser und jener Mannschaften, man debattierte in Teestuben und lieferte sich Redeschlachten auf den Straßen. Zahllose Wetten wurden vom Publikum abgeschlossen. Unternehmungslustige Händler boten „Stafetten-Limonade" an, „Radfahrer-Eis" und „Tokio-Hiroshima-Luftballons". Am letzten Tage wurde die Polizei in Hiroshima in Alarmzustand versetzt, weil der Zustrom der Massen zum Stafettenziel im Stadtzentrum schon bei Morgengrauen begann.

Der vierzehnjährigen Sadako Sasaki rieselte trotz der Frühlingswärme ein Kälteschauer nach dem andern über den Körper. Vor Spannung und Aufregung grub sie bald die Zähne in die Unterlippe, bald trippelte sie auf dem Stand neben ihrem Rad. Mitunter spürte sie ein Kribbeln auf der Haut, das sie zwang, den Oberkörper zu schütteln. Hätte sie sich nicht geschämt, wäre sie gerne zu dem Hauptfunktionär gegangen, um ihn zu bitten, ihre Teilnehmernummer 51 einer anderen an den Rücken zu heften. Diese Masse Schaulustiger machte sie nervös. Das Stimmengewirr, die neugierigen Blicke, die zeigenden Hände beirrten sie. Sie fühlte sich von allen Gaffern beobachtet; obwohl sie erfahren hatte, dass die Mannschaft der Stafette 51 laut der letzten Nachricht an 28. Stelle lag und daher nicht die leiseste Siegeschance erhoffen durfte. Am meisten bangte ihr vor dem Zieleinlauf in Hiroshima. Dort warteten ganz sicher alle ihre Mitschülerinnen und Lehrpersonen. Selbstverständlich wird sie radeln, dass sich die Pedale biegen. Ihre ganze Kraft wird sie einsetzen und sich von keinem Burschen und von keinem Mädchen überholen lassen. Sie will auf keinen Fall ihrer Schule Unehre machen. Man hat sie und noch fünf andere Schüler und Schülerinnen unter zweihundertfünfzig Bewerbern ausgewählt. Sie ist eine gute Radlerin geworden, seit Shigeo sie trainiert hat. Einen besseren Trainer als Shigeo könnte sie sich nicht wünschen. Er ist Mitglied eines Radfahrervereins. Die zehn Kilometer, die sie fahren muss, schafft sie leicht im Renntempo. Mit Shigeo ist sie im Training das Doppelte nach der Uhr gefahren. Er hat sie nachher sehr gelobt. Wenn sie bloß nicht so schrecklich aufgeregt wäre –

Warum brüllen plötzlich die Zuschauer? Oh! Die Spitzengruppe kommt schon!

Sadako umklammerte krampfhaft die Lenkstange. Ein

Funktionär rannte auf sie zu, zog sie und noch zwei Radler beiseite. „Macht Platz! Macht Platz!“, schrie der Mann und blickte dabei gespannt nach hinten. Sadako war empört. Der Funktionär hatte sie von ihrem Aufstellungsort weggezerrt, als gehöre sie nicht zu den Teilnehmern der Stafette. Was bildete der sich ein? Durfte man mit einer Stafettenfahrerin so grob umgehen? Und wenn sie auch nur die Nummer 51 trug, war sie doch eine Auserwählte. Ja sogar eine ganz besondere Auserwählte. Sie fuhr die letzte Etappe der schweren Fahrt. Von fast tausend Kilometern das letzte Stück! Durfte sie nicht stolz sein, das letzte Glied einer Kette von Radfahrern zu bilden, die diese Riesenstrecke bewältigt hatten? Sie wird beweisen, dass sie keine Null in der Stafette ist. Sie wird sich nicht nur nicht überholen lassen, sondern andere überholen. Sie ist auch nicht mehr aufgeregt. Bloß die Zähne scheppern aufeinander. Macht nichts. Sie braucht nicht die Zähne zum Fahren, sondern die Beine. Und die haben harte Muskeln.

Das Gebrüll der Zuschauer steigert sich. Die Spitzenfahrer von der Burschenstafette rasten heran. Nummer 18 führte.

„Achtzehn! Achtzehn!“, schrien Hunderte zugleich. Und Sekunden später: „Sieben! Sieben!“ und dann „Einundvierzig, einundvierzig!“

Die Nummer 29 folgte und übergab den Wimpel im Fahren mit vorbildlicher Schnelligkeit dem Schlussmann. Der Mann Nummer 53 war so erschöpft, dass er zuerst vom Rad stieg, statt seinem wartenden Schlussmann den Wimpel so schnell wie möglich in die Hand zu drücken. Der Dreiundfünfziger wurde ausgepfiffen. Beschämt zwängte er sich mit seinem Rad in die Menge. Sechs Burschen sausten jetzt in geschlossenem Feld heran. Mit etwa zweihundert Meter Abstand folgte das erste Mädchen. Ihre Leistung wurde mit dem gleichen stürmischen Jubel belohnt wie die der ersten männlichen Fahrer.

Sadako erwartete in prickelnder Ungeduld die 51. Sie schien zurückgefallen. Hatte sie sich überholen lassen? Wo blieb die 51? Der Reihe nach langten ein: 17 – 23 – 49 – 3 – 16. Kam denn noch immer nicht die 51? Vielleicht war sie gestürzt! Das wäre schrecklich. Die Freundinnen am Ziel und die Lehrer und Lehrerinnen werden Sadako Sasaki die Schuld geben.

Sadako strampelte vor unerträglicher Spannung. Sie biss, ohne den Schmerz zu spüren, in ihren Fingerknöchel. Wieder jagten Fahrer und Fahrerinnen heran. Und schon hetzten die Schlussleute davon. Der zuletzt abfahrenden Nummer 31 blickte Sadako schreckdurchzuckt sekundenlang nach. Sie hatte die Nummer 31 mit 51 verwechselt. Als sie den Kopf zurückdrehte, wurde sie von jemandem in den Rücken gestoßen. Der Jemand rief: „Aufgepasst! Nummer 51!"

Ein brettmageres Mädchen trat mit letzter Kraft in die Pedale. Es keuchte erbarmungswürdig. Seine Augen waren glasig. Es fuhr auf Sadako los, dass die ihr Rad zur Seite reißen musste.

„Gib mir den Wimpel!", schrie Sadako wütend.

Das Mädchen griff aufregend langsam unter sein Leibchen. Sadako entriss ihm das dreieckige bunte Tuch, stopfte es zwischen die Zähne und preschte davon. Vorerst beschimpfte sie in Gedanken die säumige Vorgängerin: „Dumme alte Tante – schieläugige Kröte – krummbeinige Spinne – verschlafene Fliege!" Dann vergaß sie den Zwischenfall und konzentrierte sich. Sie musste nun trachten, ihre Kräfte nicht frühzeitig zu verausgaben. Shigeo hatte sie wiederholt ermahnt: „Im ersten Streckendrittel achte darauf, dass dich keiner überholt – im zweiten Drittel musst du Anschluss an eine Gruppe suchen – von der lass dich eine Zeit lang führen, und wenn du merkst, du kannst leicht folgen und du hast noch genug Kraft, dann stoß vor und setze alle Kraftreserven im letzten Drittel ein."

Sadako riskierte einen Blick zurück. Sie bemerkte zwei Burschen, die ihr in einigem Abstand folgten. Tief auf die Lenkstange gebeugt, traten sie gewaltig in die Pedale. Sadako steckte den Wimpel in das Leibchen und beugte sich in gleicher Weise wie ihre Verfolger auf die Lenkstange nieder. Ihr Ehrgeiz trieb sie, den Vorsprung zu halten. Irgendwann auf der Strecke von Tokio bis hierher mussten Radlerinnen der Stafette 51 männliche Teilnehmer überholt haben. Vielleicht war eine dieser Tüchtigen sogar diese Magere gewesen, die ihr den Wimpel übergeben hatte. War das der Fall, dann hatte sie dem Mädchen Unrecht getan. Es hätte Lob verdient und nicht Schimpfnamen.

Abermals drehte Sadako den Kopf. Die beiden Burschen hinter ihr waren nicht näher gerückt. Zumindest schien es ihr so. Und selbst wenn sie einige Meter aufgeholt hatten, durfte sie stolz auf ihre Leistung sein. Sie spürte nicht die geringste Müdigkeit. Im Gegenteil – sie fühlte sich frischer und kraftvoller als vor dem Start. Dieses Dahinsausen beglückte sie. Wie schön war der Kampf gegen die Zeit.

Mitunter vernahm Sadako aufmunterndes Rufen. Es kam von den Zuschauern an beiden Straßenseiten. Sie standen nun nicht so dicht gedrängt wie jene Masse Menschen am Startplatz. Sie fuhr jetzt auch auf der freien Landstraße. Aber das Rufen dieser Schaulustigen zur Rechten und Linken galt ihr allein. Man feuerte sie an. Nur sie. Weil sie so schnell radelte wie ein richtiger Rennfahrer. Sie fühlte es – sie war in ganz großer Form. Das dankte sie Shigeos hartem Training. Der liebe Bruder! Wie oft war sie ihm böse gewesen, weil er sie so streng behandelt hatte. Viele Kilometer weit hatte sie ihm im schnellsten Tempo, Rad an Rad, folgen müssen. Keine Bitten, keine Tränen, keine Drohungen hatten ihr genützt. Jetzt zeigte es sich, dass diese harte Schule nicht sinnlose Quälerei gewesen war.

Ihr Herz schlug kräftig, aber nicht übermäßig stark. Sie keuchte nicht, spürte keinen Krampf in den Waden. Sie durfte ohne weiteres etwas schneller die Pedale treten.

Holten die beiden Verfolger sie ein? Ach wo! Die radelten weit hinter ihr. Sie hatte aufgeholt! Sie, ein Mädchen, fuhr zwei Burschen davon. Herrlich!

Sie richtete den Blick nach vorn. Die Nummer 31 lag knapp vor ihr und die 3 und die 16 führten mit nur fünf oder sechs Radlängen Abstand vor der 31!

Sadako setzte zum Vorstoß an. Die Entfernung zur 31 verringerte sich Meter um Meter. Jetzt drehte sich die 31 um und begann gleich darauf mit aller Kraft in die Pedale zu treten. Sadako rückte näher. Schon lag sie Rad an Rad mit 31. Und schon nahm sie sich ein neues Ziel. Die 3. Und die 16. Die 31 kämpfte zäh. Sadako überholte die 3 und die 16. Zu diesem Zeitpunkt lag aber bereits Sadako mit zwei Metern Vorsprung vor der 31. Wieder vernahm sie Beifallsgeschrei. Sie hielt das Tempo. Siegesjubel erfüllte sie. Eine tückische Linkskurve nahm sie mit schief gelegtem Rad so waghalsig knapp an der Innenseite, dass sie die Nasenspitze eines vorgebeugten Zuschauers streifte. Von der unerwarteten Berührung beirrt, verriss sie das Rad, und es fehlte nicht viel, so wäre sie gestürzt.

Der jähe Schreck machte sie vorsichtiger. Sie merkte nun auch, dass sie mit ihren Kräften sparen musste. Ihr Atem kam schon stoßweise und das Herz pochte beunruhigend schnell. Die Müdigkeit in den Beinen und Schenkeln kam bereits einem Muskelschmerz gleich. Aber ganz nahe vor ihr radelten zwei Burschen, gefolgt von einem Mädchen. Ein auffallend breitschultriges Mädchen mit sehnigen Beinen. Diese Beine traten die Pedale mit bewundernswerter Schnelligkeit und so gleichmäßig, wie von einer Maschine angetrieben. Mit diesem Mädchen zu kämpfen war ein aufgeregtes Herzklopfen wert. Sie musste versuchen, den Abstand zu verringern.

Sadako nahm den Blick nicht mehr vom Hinterrad. Die Verfolgte drehte sich nicht um.

„Ich muss sie kriegen! Ich muss sie kriegen", dachte Sadako unentwegt.

Sie kam dem Rad nicht um einen Zentimeter näher. Wie war das möglich? Gab es doch noch ein Mädchen in der Stafette, das ebenso zäh war wie Sadako Sasaki?

Die Zuschauermenge an den Straßenrändern wurde dichter: Und dementsprechend lauter erscholl das aneifernde Rufen der vielen, die es wünschten, das Mädchen mit der Nummer 51 möge den breitschultrigen Burschen mit der Nummer 17 überholen.

Sadako kämpfte verbissen. Sie musste es schaffen! Sie war stärker. Sie hatte viel länger und ausdauernder trainiert als jede andere in der Stafette. Dieses Mädchen vor ihr konnte schließlich nicht stählerne Muskeln haben.

Ah! Die Breitschultrige ließ schon nach! Sie war am Ende mit ihren Kräften.

Kleiner wurde der Abstand. Nur noch zwei Armlängen! Eineinhalb. Eine Armlänge. Eine halbe. Jetzt Rad neben Rad. Ein Blick nach rechts: Es ist ein Bursche und kein Mädchen! Das ist ein Sieg!

Die letzten hundert Meter.

Lautsprecher brüllten. Menschen schrien sich heiser, stampften den Boden. Sadako vernahm nur ein an- und abschwellendes Brausen. War sie schon am Ziel? Ja, sie musste bremsen. In ihrer Brust brannte es wie Feuer. Luft! Luft! Luft!

Taumelnd stand sie, sah wie durch Nebel Gesichter vor sich. Jemand drückte ihre Rechte. Und noch jemand und noch irgendeiner. Man beklopfte ihre Schultern. Wer umarmte sie so stürmisch? Shigeo! Was sagte er? Die 51 an 19. Stelle! Statt an 28. Neun Burschen und Mädchen hatte sie also überholt. Das machte sie sehr glücklich. Aber jetzt war sie völlig erschöpft. Nicht einen halben Kilometer hätte sie mehr durchgehalten. Shigeo setzte ihr ein Fläschchen an die Lippen. „Trink, Sadako! Stafetten-Limonade. Schmeckt gut."

„– ich hätte es ihr verbieten sollen. Die Anstrengung war zu groß für sie. Diese Rennfahrt hat sie ganz ausgepumpt." Herr Sasaki besann sich. Er hatte viel zu laut gesprochen, das störte die Kranke. Er schaute besorgt durch den Spalt zwischen zwei verschiebbaren Papierwänden nach Sadako. Sie lag, die Augen geschlossen, auf der Schlafmatte in ihrem Zimmer. Ihr Gesicht war erschreckend blass. Die Finger hielten verkrampft den Saum der Decke fest, die sie bis ans Kinn gezogen hatte, als litte sie unter Kälte.

Das leise Weinen der Gattin, die hinter ihm stand, trug nicht dazu bei, Herrn Sasakis Schuldgefühl zu verringern. Und doch durfte er nicht sich allein alle Schuld zumessen. Shigeo, der vor dem Spalt zwischen den Wänden auf dem Boden hockte und mit bangen Blicken nach der Kranken starrte, hatte Sadako viel zu hart trainiert. Und sie war das Opfer ihres Ehrgeizes geworden. Was halfen aber jetzt Selbstbeschuldigungen? Shigeo hatte nicht aus Böswilligkeit Sadako überanstrengt und sie konnte nicht die Folgen einer solchen übermäßigen Anstrengung in ihrem Alter voraussehen.

„Weine nicht, Yasuko", verlangte Herr Sasaki. „Das Kind wird dadurch nicht gesund. Es braucht Ruhe und sonst nichts. Wenn es merkt, wie wir uns ängstigen, wird es glauben, der Arzt hat uns gesagt, es sei todkrank. Und das hat er nicht gesagt."

Frau Yasuko presste die gefaltenen Hände an den Mund. Ihre Stimme klang erstickt. „Darum fürchte ich mich so, weil er uns nicht gesagt hat, was Sadako fehlt."

„Was meinst du damit?", fragte Herr Sasaki unsicher und griff nach dem Arm der Gattin. „Erkläre mir, was du meinst. Verschweige mir nichts. Du vermutest etwas Bestimmtes. Ist es so?" Sie beugte den Nacken. Er sah ihre Schultern beben in verhaltenem Schluchzen. Nahe ihrem Ohr flüsterte er eindringlich: „Yasuko! Daran dürfen wir nicht einmal denken. Es ist auch ganz unmöglich. Die Strahlenkrankheit ist in allen Fällen spätestens nach fünf oder sechs Jahren zum Ausbruch gekommen. Aber niemals nach zehn Jahren. Bedenke – Sadako war bis vor drei Tagen immer gesund. Sie hat damals nach der Explosion nur einige kleine Kratzwunden gehabt. Das hast du mir so erzählt und Shigeo hat es mir auch so gesagt."

Yasuko hob das Gesicht zu ihm. Es zeigte einen verstörten und zugleich ungläubigen Ausdruck. „Die kleinste Kratzwunde war damals gefährlich. Du weißt, wie viele in unserer Nachbarschaft nach winzigen Wunden gestorben sind. Monatelang haben sie gelitten, sind immer schwächer geworden. Ihr Blut war von Strahlen vergiftet, sagen jetzt die Ärzte. Und wie viele Kranke liegen noch in den Spitälern? Alle sind unheilbar."

Herr Sasaki drückte entsetzt die Finger an die Schläfen. „Sei still! Sei still! Du redest Unsinn. Die Wunden dieser Atomvergifteten heilten nicht, sind immer schlimmer geworden. Denke aber an die Menschen, die sich verbrannt haben. Heute verstecken sie ihre Narben, weil sie wie Aussätzige aussehen. Man geht ihnen aus dem Weg, weil man noch immer glaubt, wer einen Menschen mit einer solchen Narbe berührt, würde sich anstecken. Aber sie leiden keine Schmerzen. Sie fühlen sich gesund. An Sadako kannst du aber überhaupt keine Narben entdecken. Darum sage ich – sie hat sich überanstrengt, das ist ihre Krankheit. Als ich Soldat war, bin ich auch nach jedem Gewaltmarsch niedergefallen und war wie zerschlagen."

Yasuko hatte den Worten ihres Mannes mit wahrer Andacht gelauscht. Alles, was er gesagt hatte, schien richtig. Sie war so überzeugt, dass Sadako nicht ernstlich krank sein konnte, dass sich ihre leidvolle Miene aufhellte. Ihre Blicke umklammerten Shigeo. Der Junge war auch nicht krank, obwohl er mit Sadako die Explosion der Atombombe am selben Ort und zur selben Zeit erlebt hatte.

Herr Sasaki drückte Yasuko an sich. „Hör mich an – mir ist soeben etwas eingefallen: Wenn sich Sadako bis morgen Früh nicht besser fühlt, werde ich sie im Neuen Krankenhaus untersuchen lassen. Es gibt dort amerikanische Ärzte, die haben tausende Strahlenkranke untersucht. Sie werden uns mit Bestimmtheit sagen können …"

Yasuko hinderte den Gatten weiterzusprechen, indem sie die Rechte an seinen Mund legte. „Von einem amerikanischen Arzt lasse ich Sadako nicht untersuchen. Die Amerikaner haben die Atombombe erfunden. Sie sind an allem Unglück schuld."

Herr Sasaki strich begütigend über Yasukos Haar. „So darfst du nicht reden. Die Bombe ist nicht nur von amerikanischen Forschern erfunden worden – das weiß man jetzt. Auch Engländer, Italiener, Deutsche, Franzosen und Gelehrte anderer Nationen haben mitgeholfen. Und hast du nicht gehört, dass auch die Russen schon längst Atombomben herstellen? Wozu glaubst du, tun sie das? Um damit zu prahlen? Nein! Sie werden, wenn es zu einem neuen Krieg kommt, ihre Atombomben ebenfalls auf Städte fallen lassen. Und glaube ja nicht, dass unsere Generäle im letzten Krieg diese Bombe nicht verwendet hätten, wären unsere Forscher so weit gewesen, solche Bomben herzustellen. Und sieh mich an! Bin ich ein böser Mensch? Du sagst nein, aber ich sage dir – wäre ich im Krieg ein Bombenschütze gewesen und man hätte mir befohlen, mit einem Flugzeug aufzusteigen und eine Atombombe auf eine Stadt zu werfen, hätte ich gehorchen müssen."

„Nein! Du nicht!", rief Yasuko so laut, dass Shigeo aufsprang und, einen Finger an den Mund gelegt, die Eltern warnte: „Bitte, redet leiser, Sadako ist eingeschlafen."

Herr Sasaki, durch Yasukos Widerspruch gereizt, winkte dem Sohn. „Komm her! – Sag mir, was würdest du tun – nimm an, es ist Krieg – du bist Soldat, nein, du bist Flieger. Es wird dir befohlen, aus dem Flugzeug eine Bombe auf die Stadt des Feindes zu werfen."

Shigeo begriff nicht. Er machte sich Sorgen wegen Sadako und der Vater redete vom Krieg und Bombenwerfen. Nun drängte auch die Mutter. „Sag, was du tun würdest, Shigeo. Du weißt, wie entsetzlich der Krieg ist, du hast ihn erlebt."

„Wenn ich – ein Flieger wäre?", stammelte Shigeo. „Ich weiß nicht, was ich … ja – ich glaube, ich müsste gehorchen. Aber …"

„Hast du gehört, Yasuko?", sagte Sasaki erregt. „Er wird gehorchen, weil er weiß, dass ein Soldat erschossen wird, wenn er einen Befehl nicht ausführt."

„Du hast ihn nicht ausreden lassen", warf Yasuko ein. Und

von ihrem Sohn verlangte sie: „Sprich weiter. Du hast ‚aber' gesagt. Also wärst du nicht entschlossen, eine Bombe zu werfen."

„Nein, Mutter – ich … ich würde wieder das zerstörte Hiroshima vor meinen Augen sehen und die vielen Toten, die Menschen in ihren brennenden Kleidern … ich – könnte es nicht tun."

Seine Blicke irrten ab. Er murmelte, kaum noch verständlich: „Lieber würde ich mich töten lassen. Ja, ja, lieber tot sein, als zum Mörder von Unschuldigen werden."

Herr Sasaki nagte betroffen an der Unterlippe. Yasuko liebkoste den Sohn mit ihren Blicken. „Du bist ein Held. Ein viel größerer Held als der tapferste Soldat. Das macht mich glücklich, dass ich das weiß."

In leidenschaftlichem Ton fragte Shigeo: „Und du, Vater? Was denkst du?"

Herr Sasaki drückte die Fingerspitzen an die Augen. Es fiel ihm anscheinend schwer, mit Worten auszudrücken, was in ihm vorging. Wie von einem mühsamen Aufstieg auf einen Berggipfel erschöpft, redete er, jedes Wort betonend: „Ich – bin in einer anderen Zeit aufgewachsen. Man hat uns schon in der Schule immer wieder vorgeredet, es sei die höchste Ehre für einen japanischen Soldaten, für den Kaiser und die Nation in der Schlacht fallen zu dürfen. Du willst aber lieber sterben als töten."

Er seufzte schwer. „Und – das – wiegt vor dem obersten Gott mehr als jede andere menschliche Heldentat."

Shigeo verneigte sich tiefer als üblich. Der Vater hätte ihn wegen seiner entgegengesetzten Meinung zurechtweisen können. Statt dessen hatte er in weiser Einsicht seine frühere Auffassung von Pflicht und Gehorsam als unrichtig erkannt. Wie schwer musste es ihm, dem ehemaligen Soldaten, gefallen sein, zuzugeben, dass kein Mensch das Recht hat, Unschuldige zu töten. Man musste ihn dafür bewundern.

Nochmals verneigte sich Shigeo, dann wollte er zu seinem Beobachtungsposten zurück. Der Vater gebot ihm zu bleiben. „Shigeo – deine Gedanken sind die eines reifen Mannes. Also gebe ich dir das Recht, mir und deiner Mutter einen Rat zu geben. Ich will Sadako im Neuen Krankenhaus untersuchen lassen. Die Mutter ist dagegen. Sie mag die amerikanischen Ärzte nicht …"

„Nein, nein. Ich habe es mir überlegt", rief Yasuko. „Was du mir vorhin erklärt hast, hat mich klüger gemacht. Mir ist es recht, wenn sie Sadako untersuchen. Ich werde ihnen dankbar sein."

Staunend fragte Shigeo: „Warum wollt ihr Sadako im Krankenhaus untersuchen lassen? Es fehlt ihr nichts. Ihre Krankheit heißt Überanstrengung. Sie ist sehr erschöpft. Und wenn es ihr morgen nicht besser geht, werden wir den Doktor bitten, er soll ihr eine stärkende Medizin verschreiben. Wahrscheinlich hat er ihr heute keine verordnet, weil er hofft, dass sie bald gesund wird. Glaubt mir – ich habe mir viele Vorwürfe gemacht. Denn ich bin daran schuld, dass sie sich so verausgabt hat."

Herr Sasaki schaute dem Sohn ernst in die Augen. „Du hast nicht verstanden, warum ich Sadako im Neuen Krankenhaus untersuchen lassen will."

Der sonderbare Blick des Vaters und die Haltung der Mutter, die wie in Trauer den Kopf gesenkt hielt, ließen Shigeo etwas ahnen, an das er bisher nicht gedacht hatte. Mit einem Mal verstand er. Er begriff, was gemeint war, weil er es oft genug gesehen hatte, dass Menschen unerwartet auf der Straße zusammenbrachen. Aber Sadako?

Von Entsetzen ergriffen, trat er einen Schritt zurück und

starrte die Eltern an. „Ihr glaubt doch nicht im Ernst, Sadako wäre …" Er vermochte nicht weiterzusprechen. Sein Mund stand offen wie nach einem Schrei. Er rang um Worte. „Das ist nicht wahr! Sie ist immer gesund gewesen. Man sagt aber, Strahlenkranke fangen zuerst an über Müdigkeit zu klagen. Sie spüren Ohrensausen, werden ohnmächtig …"

Das letzte Wort erinnerte ihn an Sadakos Gesicht, wie er es vorher geschaut hatte. „Ohnmächtig!", wiederholte er. Mit einem Ruck drehte er sich um und eilte auf den Zehenspitzen zu dem Wandspalt. Eine Weile beobachtete er voll Angst die Ruhende, dann winkte er lächelnd die Eltern heran. „Schaut, wie sie schläft. Ich bin so froh. Ich hab schon geglaubt, sie wäre vielleicht doch ohnmächtig geworden."

Behutsam schob er die Papierwände zusammen und legte dann die Hände auf seine Brust. „Oder bin ich vielleicht strahlenkrank? Dabei hat mich damals der Luftdruck nach der Explosion aus dem Parkteich ans Ufer geschleudert. Sadako ist aber unter dem Weidenbaum gelegen, und dann erst …"

Er stockte, drückte sinnend einen Finger an den Backenknochen und sagte leise, den Blick auf den Boden geheftet: „Jetzt erinnere ich mich an etwas Merkwürdiges – im Jahre siebenundvierzig, an dem Tag des Friedensfestes, hat mir Sadako erzählt, dass sie durch die Explosion verwundet worden ist – nein, es war anders. Sie hat nicht gesagt ‚verwundet', sondern ‚verbrannt'. Ja, so war's: ‚Ich hab mich verbrannt … mir ist so heiß gewesen', hat sie gesagt. Ich hab sie damals ausgelacht und dann war ich verärgert, weil sie so starrsinnig immer dasselbe gesagt hat. Denn ich wusste mit Sicherheit, dass sie sich nicht verbrannt hat. Aber jetzt denke ich …"

In überraschender Bewegung streckte Shigeo die Arme nach dem Vater aus und sagte überstürzt: „Wir müssen sie ins Neue Krankenhaus bringen! Am besten gleich. Nur dort kann man uns sagen, ob Sadako strahlenkrank ist."

Die Untersuchung der Patientin Sadako Sasaki war beendet. Zwei Krankenschwestern hoben das Mädchen vom Untersuchungstisch und legten es auf ein fahrbares Krankenbett. Eine der Schwestern tätschelte gutmütig die Wange Sadakos. Diese verzog nur ein wenig den Mund. Gerne hätte sie mit einem Lächeln die Freundlichkeit der rundlichen Krankenschwester belohnt, aber sie fühlte sich so müde. Es gelang ihr kaum noch die Augen offen zu halten. Und das muss sie tun. Vielleicht will der fremdländische Doktor mit dem buschigen grauen Haar nochmals ihre Augen betrachten? Vorhin hat er das so lange getan, dass ihr schwindlig geworden ist. Man fährt sie schon fort? Das ist gut. Im Krankenzimmer ist es so schön still. Man kann schlafen – niemand stört durch ein lautes Wort. Die anderen fünf kranken Frauen und Mädchen in dem Zimmer schlafen, so wie sie, fast den ganzen Tag. Schlafen – gleich einschlafen. Noch nicht! Den beiden Herren Ärzten muss sie noch – danken – für – die – Untersuchung –

Sadakos Augen schlossen sich. Der kleine Funke ihres Willens, Dank zu sagen, erlosch. Die Nacht des Schlafs umhüllte sie gleich einem weichen schwarzen Mantel.

Der japanische Arzt Hiroshi Ikeda und sein amerikanischer Kollege Doktor Floyd Owens lehnten abwartend an einem Arbeitstisch. Erst als sich die Türflügel hinter der Patientin Sasaki geschlossen hatten, nahm Doktor Owens die Blätter mit der Krankengeschichte vom Tisch. Er überflog einige Zeilen des ersten Blattes, las noch weniger vom zweiten Blatt und drehte mit einem Mal beide Blätter und den Rest mit den Untersuchungsergebnissen zu einer Rolle. Mit dieser Rolle schlug er nervös auf die Handfläche der Linken.

Doktor Ikeda, einen halben Kopf kleiner als der Amerikaner, begann nach einem prüfenden Blick in das Gesicht des Kollegen seine Brille zu reinigen. Er hauchte sie immer wieder an, rieb sie blank und hielt sie gegen das Sonnenlicht.

„Warum reden Sie nicht?", fragte er bei einer neuen Prüfung der Brillengläser den Kollegen in gut verständlichem Englisch. „Leiden Sie schon wieder unter dem Gefühl von Schuld? Muss ich Ihnen zum hundertsten Male sagen, wir sind Ärzte, die nur gegen den Tod kämpfen?"

Owens schleuderte die Papierrolle auf den Tisch. „Eine ganze Armee von Ärzten kann gegen diesen Tod nicht ankämpfen. Wir sind genauso machtlos wie vor sieben Jahren, als wir mit den Untersuchungen von Strahlengeschädigten begannen. Wen diese verfluchten Gammastrahlen erwischt haben, für den gibt es keine Rettung."

Doktor Ikeda setzte die Brille auf, rückte sie umständlich zurecht und stellte sich dann breitbeinig vor dem Amerikaner auf. „Lieber Kollege Owens! Sie glauben vielleicht, ich wäre ein herzloser Mensch, wenn ich jetzt sage – ich kann nicht Traurigkeit empfinden, wenn einer von unseren Strahlenkranken an Knochenkrebs stirbt oder an Blutzersetzung. Ich wünsche sogar jedem einen schnellen Tod. Jeder neue Tag bringt ihm neues Leiden. Und wenn ich seine Augen sehe, die mich fragen – wirst du mich gesund machen, Doktor? –, dann leide ich genauso wie der Kranke."

Doktor Owens beugte den Kopf vor und hämmert mit aneinander gelegten Fäusten an die Stirn. Erbittert zischelt er: „Das ist es ja, was mich diesmal so erschüttert hat. Ich sehe die Augen dieser vierzehnjährigen Sadako vor mir. Ihr Blick fragt mich: Wirst du mir helfen? – Nicht wahr, ich muss nicht sterben? – Und ich sehe in diesen Augen wieder einmal jene grauen Fleckchen, die mir die Gewissheit geben – dieses Kind ist vom Tod gezeichnet. Die Gefahr ist akut für das Mädchen. Es gibt keine Hilfe."

Er stöhnte, öffnete die Fäuste und legte dann die Hände wie ein Betender zusammen. Mit tonloser Stimme und als führte er ein Selbstgespräch, setzte er fort:

„Es ist unbegreiflich – zehn Jahre nach der Atombombenexplosion erkrankt die Kleine – zehn Jahre lang fühlt sie sich gesund. Sie weiß nicht, dass ihr Blut vergiftet ist durch Gammastrahlen. Sie nimmt vor einigen Tagen an einer Radfahrstafette teil. Ihr Bruder erzählt mir: ‚Sie war so glücklich, weil sie andere Fahrer überholt hat' – Sie scheint ausdauernder, kräftiger zu sein als andere Mädchen ihres Alters. Und auf einmal bricht die Krankheit aus. Nach zehn Jahren des Jungseins, des Frohseins, des unbekümmerten Lachens und der beglückend kindlichen Spiele! Ein Blitz schlägt sie nieder. Der Donnerblitz – wie ihr Japaner sagt – holt sich nach zehn Jahren ein neues Opfer. Die hundertfünfzigtausend Toten von Hiroshima und Nagasaki sind zu wenig gewesen, und die unzähligen Verstümmelten und Siechen!"

Mit stierem Blick schaute er ins Leere und keuchte: „Aber sie rüsten weiter! Sie erzeugen neue Atombomben. Die Uranbombe von Hiroshima und die Plutoniumbombe von Nagasaki waren ihnen nicht wirksam genug. Eine ganze Stadt auf einmal zu zerstören ist ihnen zu wenig. Mit Wasserstoffbomben kann man ganze Nationen ausrotten. Mit Kobaltbomben lässt sich ein Erdteil vernichten. Also los, ihr Wissenschaftler und Techniker! Schafft fleißig! Legt Bombenvorräte an! Die Welt muss vernichtet werden! Alles Leben muss ausgelöscht sein! Alles Leben – durch Superbomben!"

Atemlos hielt er inne. Er stand da – die Finger verkrampft, die Augen groß und starr, mit bebenden Lippen –, ein verzweifelter Mensch, hilflos angesichts eines erahnten Weltbrandes.

Doktor Ikeda legte seine Hände sanft auf Owens zitternde Finger. „Lieber, lieber Freund, Sie verschwenden umsonst Ihre Nervenkraft. Sie klagen an, aber die Angeklagten hören nicht Ihre Stimme. Sie sind taub. Alle."

Der Amerikaner packte den Japaner an den Armen. „Alle sind nicht taub, Ikeda. Im Gegenteil – die Tauben sind in verschwindender Minderheit. Denn es sind Millionen in allen Ländern, die, so wie ich, den Angeklagten das Urteil sprechen."

„Was nützt es? Berühmte Dichter, Gelehrte, Nobelpreisträger in der ganzen Welt haben Aufrufe unterschrieben gegen die Herstellung von Atombomben und Versuchen damit. Man hat diese Proteste zur Kenntnis genommen. Aber man erzeugt neue und schrecklichere Atomwaffen."

„Dann müssen eben alle Völker der Welt zusammenstehen und ihr ‚Schuldig!' sprechen. Die Angeklagten werden sich diesem Urteil fügen müssen."

„Das ist schön gesagt, Kollege Owens, aber es ist ein – ein Wunschtraum – eine Utopie."

„Nein, Ikeda! Nein, nein! Es ist möglich. Einer sagt es dem andern, wie groß die Gefahr ist. Bilder, Bücher, Zeitschriften, Rundfunk, Fernsehen müssen Boten sein. Freunde, Väter, Brüder, Schwestern, Mütter – alle, alle sind bedroht. Und alle müssen es aussprechen: Nie wieder Hiroshima!"

„Ja, das wäre richtig", erwiderte nachdenklich Doktor Ikeda. „Alle sollten rufen: Nie wieder Hiroshima! Vor allem müssen die jungen Leute so rufen. Sie wissen zu wenig davon, was geschehen ist. Man verschweigt es ihnen. Die Väter haben Angst, ihren Söhnen, ihren Töchtern von der großen Katastrophe zu berichten. Sie denken: Wer die Gefahr nicht kennt, lebt ohne Sorgen. Das ist aber falsch. Ich sage: Wer die Gefahr nicht kennt, wird sie nicht fürchten und darum leichter sein Leben verlieren."

Stunde der Besucher.

Herr Sasaki ging auf den Zehenspitzen durch den Korridor des Krankenhauses. Ihm folgten Yasuko und Shigeo. Vor der Tür zum Krankenzimmer, in dem Sadako lag, hielt Herr Sasaki an und wandte sich der Gattin zu. „Ich bitte dich, lächle! Wenn Sadako dein trauriges Gesicht sieht, wird sie glauben, sie sei sehr krank."

Frau Yasuko presste die Lippen aufeinander. Sie versuchte tapfer, das aufkommende Schluchzen zu unterdrücken. Es gelang ihr nicht. Tränen traten in ihre Augen und nun weinte sie hemmungslos.

„Mutter, das darfst du nicht", flehte Shigeo. „Du musst dich zusammennehmen. Sadako erschrickt. Wir müssen uns zwingen, lustig dreinzuschauen. Sie soll Hoffnung haben, wieder gesund zu werden."

„Kann sie das hoffen?", sagte mit tränenerstickter Stimme die Mutter. „Doktor Ikeda hat uns die Wahrheit gesagt."

„Das war seine Pflicht und ich bin ihm dafür dankbar", murmelte dumpf Herr Sasaki. „Trockne deine Augen, Yasuko, und lächle. Sadako soll sich freuen über unseren Besuch. Wir werden ihr heute raten, sie könnte aus Goldpapier tausend Kraniche falten. Du zeigst ihr, wie sie es machen muss, Shigeo. Hast du die Schere mitgenommen?"

„Alles, habe ich, Vater, auch ihren Drachen habe ich eingesteckt."

Jetzt lächelte Yasuko wirklich. „Ja? Du hast ihren Drachen mit? Oh, das wird ihr bestimmt große Freude machen."

Die krankhafte Blässe in Sadakos Gesicht wich einer leisen Röte. Sie hatte ihren Drachen Chikamatsu wieder! So wie sie es als kleines Mädchen getan hatte, rümpfte sie auch jetzt vor Freude die Nase, kniff die Augen zu, spitzte die Lippen und zog mit einiger Anstrengung sogar den Kopf zwischen die Schultern. Die unbedeutende Bewegung ermüdete sie. Mehrere Herzschläge lang lag sie reglos.

Shigeo hatte eine dicke Rolle Goldpapier und eine Schere auf das Krankenbett gelegt. Als er den müden Ausdruck in dem Gesicht Sadakos sah, wollte er die Rolle wieder an sich nehmen. Durch Blicke verständigte er sich mit dem Vater: Sadako ist zu schwach – sie kann nicht Kraniche aus Papier falten. Sasakis Blick und eine kaum merkbare Kopfbewegung bedeuteten jedoch: Lass die Rolle liegen.

Sadako öffnete die Augen. Abermals zog sie die Nase kraus, wobei sie die Mutter anschaute. „Heute geht es viel besser", sagte sie mit so dünner Stimme, dass es wie das leise Gezwitscher eines träumenden Vögelchens klang. „Der amerikanische Doktor hat mir heute Vormittag ein schönes Märchen erzählt. Von einem Riesen. Der heißt Gulliver. Ich hab so viel gelacht, weil der Doktor so schlecht Japanisch spricht. Alles sagt er verkehrt. Komisch klingt es. Am besten kann er sagen: Du wirst bald gesund, Sadako …

Warum weinst du, Mutter?"

Yasuko streichelt das Gesicht der Kranken. „Weil ich mich freue, wenn du bald gesund wirst."

„Du kannst sogar ganz sicher gesund werden", sagte Shigeo. „Weißt du, wie? Schau her! Da habe ich Goldpapier und eine Schere. Gib Acht! Ich werde dir etwas zeigen."

Er schnitt von der Rolle ein Stück Papier ab, etwa so groß wie ein aufgeblättertes Schulheft, und faltete mit geschickten Fingern das Papierstück auf eine bestimmte Weise. In weniger als einer Minute entstand ein Gebilde, das einem Vogel mit ausgebreiteten Schwingen glich. Shigeo führte den Papiervogel über Sadakos Kopf im Kreis. „Hast du vergessen, wie leicht es ist? Tausend solcher Kraniche müssen an Schnüren über deinem Bett hängen, dann wirst du gesund sein."

Sadako hob langsam die Hand nach dem Kranich. „Schön ist er. Viel schöner als einer von den Kranichen, die Shigetomo machen kann. Er ist so alt wie ich. Im Zimmer nebenan liegt er. Er war Schüler in der Friedensschule. Gestern hat die Krankenschwester mein Bett und das seine auf den Balkon in die Sonne geschoben. Shigetomo hat schon dreihundertzwanzig Papierkraniche über seinem Bett hängen."

„Du wirst aber bald tausend hängen haben", beteuerte Herr Sasaki und seine Miene war so überzeugend, dass Sadako gleich die Papierrolle an sich ziehen wollte. Ihre Finger bogen sich um die Rolle und ließen wieder locker. Sie versuchte es nochmals und als es ihr wieder nicht gelang, trachtete sie, sich aufzurichten. Ihr Kopf fiel kraftlos zurück. Mit einer Stimme, die vor Ungeduld und Aufregung vibrierte, verlangte sie von Shigeo: „Bitte, schneide Papier zurecht. Viel Papier. Ich will heute noch anfangen, die Kraniche zu falten. Ich möchte bald gesund werden. Zeig mir noch einmal, wie man es macht."

Von dieser seltsam ungestümen Art zu reden erschreckt, schaute Shigeo flüchtig nach den Eltern zurück. Nachdem er sich neben Sadako auf den Bettrand gesetzt hatte, waren sie zum Fußende getreten, um von dort aus das Gesicht ihres Kindes betrachten zu können. Ihre Mienen verrieten jetzt keine Beunruhigung. Beide nickten ihm mit heiterem Ausdruck aufmunternd zu. Sie verstanden es besser als er, ihre Gefühle nicht zu verraten. Denn er vermochte kaum, seine Besorgnis zu verbergen. Er sollte lächeln, unentwegt lächeln. Solange er hier bei Sadako saß, musste sein Gesicht Zuversicht ausdrücken, musste Sadako glauben dürfen – ich werde wieder gesund, weil Shigeo so fröhlich ist.

Er faltete nochmals und viel langsamer ein Papierstück vor den Augen der Kranken. „Sooo – machst du das – siehst – du? – Und jetzt der rechte – Flügel – soo – und das – wird – der linke …"

Während er vorzeigte, wie man das Papier zu falten hat, damit ein Kranich daraus werde, bemühte er sich, so sorglos wie möglich auszusehen. Mitunter schob er die Zunge zwischen die Lippen oder er legte den Kopf schief und hielt das halbfertige Ding mit ausgestreckten Armen von sich. Und Sadako folgte so aufmerksam jedem seiner Handgriffe, dass sie unbewusst ebenfalls bald die Zunge vorschob, bald den Kopf nach links oder rechts drehte.

„Ich kann es auch schon, ich kann es auch schon!", frohlockte sie, als Shigeo den fertigen Kranich auf die Decke legte. „Gib mir ein Stück Goldpapier! Gleich wirst du sehen, wie geschickt ich bin."

In der vorsichtig langsamen Art einer Blinden fing sie an das Papier zu falten. Sie redete dabei genauso, wie es Shigeo zuvor getan hatte: „Sooo – das biegt man in der Mitte – ab – und jetzt übereinander – und noch einmal – und diese Ecke – muss da darunter – gesteckt werden … aber wie geht es – weiter?"

Shigeo wollte ihr helfen. Sie wehrte ab. „Lass mich, lass mich – ich kann es selber … siehst du? Nur noch – diesen Flügel –, gleich – wird – ein – Vogel daraus … Siehst du, so – und dann so – und noch einmal …"

Ihre Finger zitterten nicht mehr. Ihre Stimme klang nicht mehr so schlafmüde. Ihre Augen zeigten wieder lebendigen Glanz. Und nun hob sie sogar mühelos den fehlerfrei gefalteten Kranich hoch. Bewunderung heischend, fragte sie: „Hab ich ihn gut gemacht? Ist er schön? Wie viele Tage muss ich arbeiten, damit ich tausend Kraniche fertig bringe? Zehn Tage? Oder mehr?" Sie hatte in atemloser Hast gesprochen und ihre Blicke waren unterdessen auf den drei fertigen Papiervögeln liegen geblieben, als sollten die ihr Antwort geben.

„Ich will dir helfen, Sadako", versprach Shigeo. „Jeden Tag werde ich hier sein und Kraniche mit dir falten."

„Ich helfe dir auch", sagte Yasuko. „In längstens fünf Tagen hängen über deinem Bett tausend Kraniche."

Herr Sasaki spielte den Erstaunten. „Was? In fünf Tagen erst? Habt ihr vergessen, dass ich auch auf der Welt bin? Wenn ich euch helfe, seid ihr in drei Tagen fertig!"

Sadako stemmte sich auf den Ellenbogen hoch. Mit fester Stimme widersprach sie: „Nein, nein. Ihr dürft mir nicht helfen. Shigetomo hat gesagt, ein Kranker muss selber tausend Kraniche falten, sonst erfüllen die Götter nicht seine Bitte um Gesundung. Ich allein will die Kraniche machen. Ihr könnt sie dann an Schnüren über meinem Bett aufhängen. Das erlaube ich euch, aber nicht mehr."

„Sie hat Recht", sagte Shigeo mit überzeugendem Ernst. „Wir dürfen ihr bei der Arbeit nicht helfen. Das würde sie nicht gesund machen. Aber eines muss sie uns erlauben – wir werden im Tempel die Götter bitten, sie sollen Sadako nicht müde werden lassen. Ja? Ist es so recht, Sadako?"

Sie war zurückgesunken. Ihr Gesicht zeigte wieder die fahle Blässe einer Strahlenkranken. Das Reden machte ihr wieder Mühe. „Ja, bitte – betet für mich. Die Götter sollen mir helfen."

Die Morgenvisite war vorüber. Doktor Owens und Doktor Ikeda traten aus dem Krankenzimmer. Im Korridor hielt Owens den Kollegen am Ärmel fest. „Das Mädchen hat in den vergangenen acht Tagen fast pausenlos Papiervögel fabriziert. Das strengt sie zu sehr an. Ich glaube, es hängen mindestens schon dreihundert solcher Dinger über ihrem Bett."

„Vierhundertachtzehn sind es genau", verbesserte Doktor Ikeda. „Ich habe heute gezählt. In zehn Tagen wird Sadako den tausendsten Kranich gemacht haben. Dann wird sie gesunden."

Owens musterte den Begleiter mit fragendem Blick. „Meinen Sie das im Ernst? Es ist ein Aberglaube Ihrer Landsleute, weiter nichts."

Ikeda drückte die Fingerspitzen beider Hände aneinander. „Sie nennen das Aberglauben. Ich nenne es Glauben an die eigene Kraft. Das Mädchen ist überzeugt, es würde erst gesund, sobald es den tausendsten Papiervogel vollendet hat. Der Wille wird es so lange am Leben erhalten. Wollen Sie ihr verbieten zu leben?"

„Natürlich nicht!", stieß Owens hervor. „Aber Sie wissen so gut wie ich, dass die kleine Sadako eine Todgeweihte ist. Sie wird ihre Kräfte frühzeitig erschöpfen. Unsere Pflicht ist es aber, das zu verhindern."

„Gut, wir könnten ihr sagen, sie dürfe jeden Tag nur zehn Kraniche machen", erwiderte Ikeda nach kurzem Überlegen. „Das wird ihr Leben verlängern. Sie wird nicht sterben, solange sie nicht fertig ist mit tausend Kranichen."

Owens zerschnitt mit heftiger Handbewegung einen unsichtbaren Faden, der quer vor ihm in der Luft gespannt schien. „Das glaube ich nicht, weil es meiner Vernunft widerspricht. Die heutige Untersuchung Sadakos lässt mich das Schlimmste befürchten.

„Sie fürchtet sich nicht. Und das ist gut für sie", widersprach Ikeda. „Verstehen Sie doch – wir wissen beide, wie es steht um das Kind. Aber es weiß nichts. Es hofft auf das

Wunder der tausend Kraniche. Wenn ihm vor Schlaf die Augen zufallen, träumt es vom Spiel mit Freundinnen auf einer Wiese, vom Schwimmen im Meer oder lustigen Bootsfahrten auf dem Otha-Fluss. Es wird davon noch träumen, wenn seine Seele zum Himmel aufsteigt. Lassen wir es träumen."

Die Frühlingssonne verstrahlte sommerliche Wärme. Von Blumenbeeten und blühenden Bäumen im Garten des Krankenhauses nahm ein Windhauch die Düfte mit sich und sättigte die Luft mit ihnen. Vögel sangen, zwitscherten, pfiffen, flöteten. Insekten zogen summend unberechenbare Bahnen: torkelnd manche, wie betrunken, andere im Zickzackflug oder steil aufschießend, gleich Raketen, zum beglückend türkisblauen Himmel. Alles, was fliegen, hüpfen oder kriechen konnte, schien von übermütiger Lebenslust erfüllt.

Nur für die zwei Menschenkinder, die auf einem Balkon des Krankenhauses lagen, war dieser Frühlingstag ohne Glanz und Freude. Es waren ein Junge und ein Mädchen. Der Junge hieß Shigetomo. Das Mädchen wurde Sadako gerufen. Beide waren vierzehn Jahre alt. Die Krankenschwestern hatten die Betten der beiden eng nebeneinander gestellt. Nachdem die Kinder einander begrüßt hatten, schauten sie, müde geworden, in gleicher Blickrichtung nach den grünen Hügeln, die ihr Gesichtsfeld begrenzten.

„Wie geht es dir, Shigetomo?"

„Gut. Ich habe keine Schmerzen heute. Ich werde bald aufstehen können und spazieren gehen dürfen, haben die Ärzte gesagt. Aber ich glaube es nicht. Ich kann meine Beine nicht mehr bewegen. Kannst du dir das vorstellen? Ich kann sie nicht mehr bewegen. – Und wie geht es dir, Sadako?"

„Auch gut. Ich habe gestern Abend den neunhundertsten Kranich fertig gemacht."

„Neunhundert Kraniche hast du schon?", sagte Shigetomo mit teilnahmslos eintöniger Stimme. „Ich habe vierhundertundfünf fertig. Seit drei Tagen kann ich keinen neuen mehr machen. Ich habe kein Gefühl in den Händen. Doktor Ikeda sagt, das kommt von den Injektionen. Die machen mich so schwach."

„Ich bekomme keine Injektionen. Weil ich keine Schmerzen habe. Vielleicht werde ich wirklich bald aufstehen dürfen. Was meinst du, Shigetomo?"

„Ja, das wirst du sicher tun können. Du schon – du hast neunhundert Kraniche. Du kannst froh sein. Noch hundert dazu machen dich gesund."

Zum zweiten Mal wandte ihm Sadako ihr Gesicht zu. „Du musst dich zusammennehmen und wieder anfangen Papier zu falten. Sag dir recht oft vor – ich will tausend Kraniche fertigbringen. Dann wirst du es können. Bestimmt! Du bist doch ein Junge. Und geschickt bist du auch."

Shigetomos Blicke stiegen langsam zum Himmel auf. „Ich bin viel mehr krank als du. Seit zwei Jahren liege ich immer im Bett. Das Gift der Atombombe steckt in meinem Körper. Man hat mir immer wieder das Blut von Gesunden in die Adern gespritzt. Es hat aber nichts genützt, weil auch das Mark in meinen Knochen vergiftet ist. Die Ärzte lügen, wenn sie sagen, es würde mir bald bessergehen. Ich weiß schon längst, warum sie so reden. Sie wollen nicht haben, dass ich Angst bekomme."

Sadakos Augen trübten sich. „Meinst du, dass sie auch mich belügen?"

„Nein. Dich nicht, Sadako. Und sogar wenn sie dich belügen, brauchst du dich nicht fürchten. Denk daran – es fehlen dir nur noch hundert Kraniche."

Sadako dachte eine Weile nach, bevor sie erwiderte: „Das

hat Doktor Ikeda auch gesagt. Aber Doktor Owens war vorgestern Abend böse auf mich. Er hat mir die Schere und das Papier weggenommen, weil er nicht haben will, dass ich mich so anstrenge."

„Mach dir nichts daraus, wenn er schimpft. Er meint es gut. Er denkt bloß anders als wir, weil er ein Amerikaner ist."

„Was denkt er anders? Ist er weniger gescheit?"

„Nein, das meine ich nicht. Unsere Kraniche sind es, die ihn ärgern. Er glaubt, sie wären nur gefaltetes Goldpapier. Wir aber wissen, dass jeder Kranich ein Wunsch von uns ist."

„Ich kann ihn trotzdem gut leiden. Er streichelt mich manchmal. Einmal hat er mich auf die Stirn geküsst und gesagt: Kleines Fräulein Sadakko ist serr lieb." Sie lächelte in Erinnerung an die lustige Aussprache des amerikanischen Doktors. Dann sagte sie zu Shigetomo: „Er spricht so komisch. Es muss sehr schwer für einen Amerikaner sein, Japanisch zu lernen. Glaubst du, dass es für uns auch so schwer ist, englisch reden zu lernen?"

Shigetomo hatte die Augen geschlossen. Er flüsterte: „Als ich noch in der Schule war – haben wir angefangen – zu lernen. Ich kann auf Englisch sagen: Ich bin dein Freund. Oder: Gehen wir spazieren?"

„Sag es, Shigetomo! Bitte, sag es", drängte Sadako.

Seine Lippen zuckten qualvoll: „I am your friend. – Let's go for a walk!"

„Oh, das klingt so seltsam wie ein Geheimnis", wispelte Sadako.

„Es ist auch ein Geheimnis. Ich möchte gerne – einmal noch – spazieren gehen. Mit dir – am Meer."

Sadako gab lange keine Antwort. Sie schien noch immer den Worten zu lauschen, die wie gehaucht zu ihr herübergeweht waren. Sie zog die Fingerspitzen streichelnd über ihr Gesicht, das jetzt für sie das Antlitz Shigetomos war. Sie vermeinte, seine blutleeren Lippen zu berühren, seine Wangen, seine sanft geschwungenen Brauen und die Augen. Sie fühlte Tränen an diesen Augen, und es waren nicht ihre Tränen, sondern jene des Jungen. Sie wischte darüber. Der liebe, kranke Freund durfte nicht weinen. Er muss gesund werden, sonst kann sie nicht mit ihm spazieren gehen, keine Muscheln am Meeresstrand mit ihm suchen, keine flachen Steine übers Wasser flitzen lassen, nicht mit nackten Füßen heranrollende Wellen verspritzen.

„Nicht traurig sein, Shigetomo", flüsterte sie in die Luft. „Wir werden bestimmt einmal miteinander am Meer spazieren gehen. Ich freue mich darauf … hörst du mich, Shigetomo?"

„Ja, ja – ich hab's gehört. Ich bin – sehr – froh", tönte es vom Bett des schwer atmenden Shigetomo herüber.

An diesem Frühlingstag starb der Vierzehnjährige in einem Krankenzimmer. In dem leisen Luftzug, der durchs offene Fenster kam, schaukelten, an Schnüren über dem Bett aufgehängt, vierhundertfünf Kraniche aus Papier. Es sah aus, als wollten sie fortfliegen und würden nur durch die Schnüre daran gehindert.

Wie schwer sich das Papier falten ließ. War es etwa dicker geworden? Draußen verdunkelte sich der Himmel. Wahrscheinlich gab's bald Gewitter. Heute musste sie aufgeben. Bei diesem Dämmerlicht konnte sie nicht arbeiten. Wie viele Kraniche hatte sie seit heute Morgen geschafft? Oh, nur vier? Nein. Fünf! Einer war ihr entfallen. Er lag auf dem Boden. Ob es ihr gelingen würde, ihn aufzuheben?

Sadako wollte sich hochstemmen. Mit einem Mal drehte

sich alles um sie. Sie glaubte sogar zu sehen, wie die Kraniche über ihrem Bett mit den Flügeln schlugen und im Kreis flogen. Und sie schlugen immer schneller und sie flogen immer schneller.

Sadako fiel zurück. In ihren Ohren war ein Rauschen wie von stürzenden Wassermassen. Zwei Minuten später betrat die rundliche kleine Krankenschwester Hisako das Zimmer. Sie sah Sadako reglos liegen und erschrak. Erst als sie das Herz der Patientin klopfen spürte, verringerte sich ihr Schuldgefühl. Sie hatte Auftrag, nach jeder halben Stunde die Kranke zu betreuen. Und es war eine Dreiviertelstunde vergangen, seit Schwester Hisako das letzte Mal hier im Zimmer gewesen war. Sie hatte im Saal 8 die Verbände erneuern müssen. Zu viel Arbeit gab's und zu wenig Schwestern. Keine meldete sich freiwillig zum Dienst im Pavillon der Strahlenkranken. Diese nie heilenden Wunden bei vielen ergaben ein Übermaß an Arbeit. Das Klagen der Kranken, dieses immer währende Gewimmer, zerrüttete die Nerven der gesündesten und kaltblütigsten Krankenschwestern. So wie Sadako Sasaki sollten alle Patienten sein. Das wäre ein leichter Dienst. Dieses Mädchen klagte nie. Bloß wegen ihrer Papierkraniche gab es mitunter Verdruss mit Doktor Owens. Warum ließ er Sadako nicht tun, was sie wollte? Durch die Spielerei wurde sie abgelenkt. Sie sollte zwar seit einer Woche ganz still liegen, aber ihr zu verbieten, neue Kraniche zu falten, das fiel einem schwer. Wie konnte man es dem Mädchen beibringen, dass jede Bewegung sein Leben verkürzte? Es glaubte so sicher daran, bald aufstehen zu dürfen. Sogar seine Eltern und sein Bruder schienen das zu glauben. Ungebildete Leute. Papierkraniche konnten doch nicht eine Todkranke gesund machen.

Schwester Hisako fühlte sich über jede Art von Aberglauben erhaben. Sie hatte drei Jahre in der amerikanischen Untersuchungsstation gearbeitet und sprach flüssig englisch. An ihren dienstfreien Tagen kleidete sie sich wie eine Amerikanerin. Landesübliche Kimonos trugen ihrer Meinung nach nur noch jene altmodischen Japanerinnen, die sich der neuen Zeit nicht anpassen wollten. Außerdem hielt sie einen Kimono, und wäre er aus bester Seide gearbeitet und handbestickt, für ein äußerst unbequemes Kleidungsstück. Es kam ihr unbegreiflich vor, dass alle Amerikaner, die sie kennen gelernt hatte, Kimonos für viel kleidsamer hielten. Deren Frauen kauften mit Vorliebe Kimonos als Andenken und manche trugen sie sogar. Merkwürdige Leute, diese Amerikaner. Doktor Owens zum Beispiel – der wollte nicht mehr in seine Heimat zurück. Hier, in Japan, wollte er für immer bleiben und Strahlenkranke behandeln. Tat er das aus Mitleid? Oder weil es ihm hier so gut gefiel? Würde man sie fragen: Schwester Hisako, wollen Sie gern nach Amerika fahren? – sie würde, ohne zu überlegen, antworten: Ja, sofort! Und warum sie das will? Weil es dort keine Menschen gibt, die an den Folgen einer Atombombenexplosion leiden. Eine amerikanische Krankenschwester muss nicht Tag um Tag diese von entsetzenerregenden Wunden und Brandnarben entstellten Körper und Gesichter sehen. Bis in den Schlaf wird man von diesen Bildern verfolgt. Wer so wie sie im Saal 8 arbeitet, wird längstens nach einem Jahr von Angstträumen gequält.

Schwester Hisako beugte sich vor. Die Patientin Sasaki hatte die Augen aufgeschlagen.

„Nun, mein Mädchen, wie fühlst du dich?", fragte die Schwester. Die Kranke schaute zu dem Gesicht auf, das über ihr schwebte. Es war ein flaches, fast rundes Gesicht mit kleiner Nase. Dieses Gesicht war ihr bekannt, aber sie sah es nicht deutlich genug. Es erschien ihr verwischt, wie von Dämpfen umwogt. Oberhalb dieses Gesichts hingen ruhig die Kraniche.

Sie waren also nicht fortgeflogen. Jetzt erkannte Sadako die Schwester Hisako. Sie redete. Was wollte sie wissen?

Sadako lauschte angestrengt. Endlich glaubte sie verstanden zu haben und gab Antwort: „Ja, ja, sie sind alle da – bis auf einen – der ist hinuntergefallen."

Die Schwester begriff nicht. Sie hatte gefragt: Wie fühlst du dich? – Ist dir nicht gut? – Warum sagst du nichts?"

Besorgt fragte sie nun: „Wovon redest du, Sadako? Hast du geträumt?"

Die Dämpfe lösten sich vollends auf. Sadako sah das Gesicht über sich ganz klar. „Verzeihen Sie, bitte", wispelte sie. „Ich glaube, ich bin wieder – ohnmächtig gewesen. Meine Kraniche wollten – fortfliegen."

Schwester Hisako blickte bestürzt zu den Papiervögeln auf, die, an Schnüren befestigt, in dichten Reihen von der Decke herabhingen. „Fortfliegen wollten sie – sagst du?", fragte sie unsicher und beobachtete eine Weile die Reihe papierener Vögel. Dann bewegte sie energisch den Kopf. „Das ist Einbildung, Sadako. Sie müssen bei dir bleiben und dich beschützen. Du willst doch gesund werden, nicht wahr?"

In Sadakos Augen kam Leben. „Glauben Sie wirklich, dass ich gesund werde, Schwester Hisako?"

Die Schwester gab keine Antwort. Sie sammelte die vier auf der Bettdecke liegenden Kraniche, danach bückte sie sich nach dem auf dem Boden liegenden und knüpfte einen um den andern an eine freie Schnur. Vielleicht, weil sie sich dabei strecken musste, tönt ihre Stimme etwas gepresst: „Wenn ich nur sagen kann – ich glaube, du wirst gesund, wäre das bloß eine Vermutung. Ich sage aber – ich weiß, du wirst gesund. Und warum weiß ich das so sicher, was meinst du? Weil die Ärzte davon überzeugt sind. Jawohl, erst gestern hat Doktor Owens zu mir gesagt: Schwester Hisako, geben sie gut Acht auf die Patientin Sasaki. Das Mädchen muss noch einige Tage ganz still liegen. Sie hat das Schlimmste überstanden und braucht nun Ruhe und wieder Ruhe. Ja, so hat er gesagt."

„Oh, das ist schön. Ich freue mich", flüsterte Sadako erregt und von Atemnot gequält. „Meine Kraniche – helfen mir – gesund zu werden. Ich habe schon – neunhundertsechsundachtzig – fertig. Noch vierzehn – muss ich falten, dann sind – es – tausend. Bitte, Schwester – Hisako –, drehen Sie – das – Licht an –, es ist zu – dunkel – im Zimmer. Ich brauche mehr – Licht –, wenn ich – neue Kraniche – machen will."

Die Schwester schaute betroffen nach der Kranken. Draußen strahlte die Sonne am wolkenlosen blauen Himmel.

Mit aller Willenskraft kämpfte Sadako gegen das Schwindelgefühl an, das sie immer von neuem zwang, die Hände ruhen zu lassen. Nur mehr elf Kraniche fehlten auf tausend. Nur elf! Die musste sie vollenden. Aber dieser neunhundertneunundachtzigste Kranich wollte ihr nicht gelingen. Wieder und wieder entfaltete sich das spröde Goldpapier zwischen ihren Fingern. Wieso war sie so schwach, wenn doch die Ärzte und Schwestern und Vater und Mutter und Shigeo ständig davon redeten, sie würde bald aufstehen können? Sagten sie alle nicht die Wahrheit? Man hatte auch Shigetomo das Gleiche versprochen. Und er war gestorben. Shigetomo hatte aber nur vierhundertundfünf Kraniche über seinem Bett hängen gehabt. Sie dagegen war dem tausendsten nahe. Tausend Wünsche. So viele Wünsche überhörten die Götter bestimmt nicht. Sie werden ihr helfen, die letzten elf Kraniche zu falten. Ja, sie werden helfen. Sie spürte schon wieder Kraft in den Fingern. Das Papier lässt sich leichter biegen. Gleich wird der neunhundertneunundachtzigste Kranich Flügel haben. Gleich, gleich.

Oh, das sind keine schönen Flügel geworden. Der Kopf sieht zerquetscht aus. Noch einmal anfangen? Nein. Soll er so bleiben. Unter tausend Kranichen wird ein unschöner nicht auffallen. Der nächste wird dafür um so besser gelingen.

Sie griff nach einem frischen Blatt Papier. Als sie die erste Ecke einbog, begann es in ihren Ohren zu rauschen. Wieder war es dieses schreckliche Geräusch, das sie stets vor einem Ohnmachtsanfall zu vernehmen meinte. Sie versuchte es durch Summen zu übertönen. Das Rauschen verstärkte sich. Zum vierten Mal an diesem Vormittag schwand ihr Bewusstsein.

Es war halb zehn Uhr Vormittag.

Um acht Uhr hatte Doktor Owens auf einem Sessel neben dem Krankenlager der Patientin Sasaki Platz genommen. Seither saß er in vorgebeugter Haltung und beobachtete die Kranke. Seine Blicke ruhten bald auf dem Gesicht Sadakos, bald auf ihren Händen. Sie beachtete ihn nicht. Anscheinend war es ihr nicht bewusst, dass er neben ihr saß und gespannt die unnatürlich langsamen Bewegungen ihrer Finger verfolgte. Nie zuvor hatte er so schmerzhaft empfunden, wie ohnmächtig der Arzt gegenüber dem Willen des Todes war. Mit diesem tückischen Tod hatte er wochenlang um das Leben dieser Vierzehnjährigen gerungen. Was war der Erfolg aller von ihm ersonnenen Behandlungsmethoden gewesen? Nur dieser: Das Sterben des Kindes hatte er um Tage verzögern können. Jetzt faltete es den neunhundertneunzigsten Kranich. Es tat dies mit dem letzten Funken seines Willens. Und er musste untätig zuschauen, wie dieser Wille erlahmte. Tausend Papiervögel brauchte Sadako. Nur mehr zehn fehlten. Denn diesen einen, den ihre kraftlosen Finger zurechtbogen, wird sie noch vollenden. Und wenn das Wunder geschieht, dass sie auch die zehn fehlenden Kraniche fertig bringt, wäre das Gesundung für sie?

Doktor Owens strich sich über die Stirn, als wollte er diesen Gedanken von sich weisen, der ihm albern und widersinnig schien und trotzdem zwang, das Unmögliche zu wünschen: dass es dem Kind gelingen möge, noch zehn Kraniche zu vollenden. Er wusste, es war gegen alle Vernunft, zu glauben, tausend gefaltete Kraniche könnten den Tod daran hindern, zuzuschlagen. Er wusste aber auch, dass es suggestive Kräfte gibt, die ein Wunder bewirken. Er biss die Zähne aufeinander und nahm den Blick nicht mehr von den Händen Sadakos. Er wollte durch seinen Willen diesen Händen Kraft geben. Sie durften nicht müde werden. Er wünschte es. Er war gesund, stark, voll Leben. So wie ein mit Elektrizität aufgeladener Akkumulator Energie abgeben kann, so sollte doch auch von ihm, durch seinen Willen gezwungen, Kraft in diese erlahmenden Hände überströmen.

Und diese Hände ruhten schon wieder, lagen auf der Bettdecke, umfingen einen halbfertigen Kranich aus Papier. Sein ganzes Wollen nützte nichts, in diese Hände einen Teil seiner Kraft strömen zu lassen.

Was konnte er sonst noch tun? Neue Injektionen? In diesen völlig erschöpften Körper? Das bannte den Tod nicht, sondern forderte ihn nur heraus. Und ein anderes Mittel gab es nicht. Der Erfindergeist der Menschen dieses zwanzigsten Jahrhunderts hatte die Atombombe geschaffen, aber kein Heilmittel für die Wunden, die diese Bombe schlug. Und da saß er, ein Arzt dieses Jahrhunderts, und musste untätig zusehen, wie ein Kind an den Folgen einer Gammabestrahlung starb. Denn in dieser Stunde wird das letzte Fünkchen Leben im Körper dieses Mädchens verglimmen. Die Augen verschleierten sich –

Doktor Owens sprang auf. Die Verwandten des Kindes mussten sofort verständigt werden.

Das Mädchen Sadako Sasaki wollte den neunhundertundneunzigsten Kranich aus Papier zu Ende bringen. Der Tod gewährte dem Mädchen den bescheidenen Wunsch. Noch einmal trat er zurück. Ihn drängte die Zeit nicht. Dieses Kind hatte keine Furcht vor ihm. Er durfte diese Seele ganz sanft an sich nehmen, um sie ihrem Schöpfer zurückzugeben.

Sadakos Hände betasteten den Kranich. War er noch nicht fertig? Sie hätte ihn gerne betrachtet. Leider hatte die Nachtschwester wieder einmal vergessen, das Licht anzudrehen.

Es war doch Nacht? Ja, ganz sicher, sie sah nichts. Nein, doch. Ein leiser Schimmer war um sie. Vom Mondlicht vielleicht?

Sadako hörte Stimmen. Eine klang ihr bekannt. Das war – die Stimme – der Mutter. Ja, ja – die Mutter war's. Weshalb schluchzte sie? Vor Freude? Weil Sadako – nur mehr – zehn Kraniche – nur mehr zehn – Nein – es sind schon tausend! Gleich wird sie – gesund – sein. Gleich –

Der leise Schimmer wurde zu hellem Leuchten. Sadakos Augen öffneten sich weit. Sie schaute den Himmel in seinem ewig strahlenden Glanz.

ZUM GEDENKEN

Im Friedensgarten von Hiroshima steht ein Denkmal: Auf der Spitze einer versinnbildlichten Atombombe erhebt sich die aus Bronze gegossene Gestalt Sadako Sasakis. Ihre himmelwärts erhobenen Hände tragen einen goldenen Kranich.

Der Bau dieses mehrere Meter hohen Monuments wurde durch Geldspenden japanischer Schüler und Schülerinnen im ganzen Land ermöglicht.

Sie wollten durch dieses Mahnmal den Vätern und Müttern in allen Ländern der Erde zurufen: Gedenkt Sadako Sasakis! Denkt an eure Kinder. Sagt nicht, es ist klüger, unseren Kindern von dem, was geschehen ist, nichts zu erzählen. Es ist nicht klüger! Denn wer die Gefahr nicht kennt, kommt in ihr um. Und bedenkt: Tausende Wasserstoffbomben liegen bereit! Die Zerstörungskraft einer solchen Bombe ist tausendmal größer als die jener Uraniumbombe, die Hiroshima innerhalb von Sekunden vernichtet hat.

IM FRIEDENSGARTEN VON HIROSHIMA
STEHT EIN MAHNMAL!